午夜漫游

刘剑波／著

中国书籍出版社
China Book Press

图书在版编目（CIP）数据

午夜漫游 / 刘剑波著 . —北京 : 中国书籍出版社 , 2014.3
（中国书籍文学馆 · 小说林）
ISBN 978-7-5068-3961-7

Ⅰ . ①午… Ⅱ . ①刘… Ⅲ . ①中篇小说—小说集—中国—当代
②短篇小说—小说集—中国—当代 Ⅳ . ① I247.7

中国版本图书馆 CIP 数据核字（2013）第 305259 号

午夜漫游

刘剑波　著

图书策划　武　斌　崔付建
特约编辑　陈　武
责任编辑　赵丽君
责任印制　孙马飞　张智勇
出版发行　中国书籍出版社
地　　址　北京市丰台区三路居路 97 号（邮编：100073）
电　　话　(010) 52257143（总编室）(010) 52257153（发行部）
电子邮箱　chinabp@vip.sina.com
经　　销　全国新华书店
印　　刷　北京富达印务有限公司
开　　本　710 毫米 ×1000 毫米 1/16
字　　数　220 千字
印　　张　17.5
版　　次　2014 年 6 月第 1 版　　2014 年 6 月第 1 次印刷
书　　号　ISBN 978-7-5068-3961-7
定　　价　34.00 元

序

李敬泽

“中国书籍文学馆”，这听上去像一个场所，在我的想象中，这个场所向所有爱书、爱文学的人开放，不管是白天还是夜晚，人们都可以在这里无所顾忌地读书——“文革”时有一论断叫做“读书无用论”，说的是，上学读书皆于人生无益，有那工夫不如做工种地闹革命，这当然是坑死人的谬论。但说到读文学书，我也是主张“读书无用”的，读一本小说、一本诗，肯定是无法经世致用，若先存了一个要有用的心思，那不如不读，免得耽误了自己工夫，还把人家好好的小说、诗给读歪了。怀无用之心，方能读出文学之真趣，文学并不应许任何可以落实的利益，它所能予人的，不过是此心的宽敞、丰富。

实则，“中国书籍文学馆”并非一个场所，它是一套中国当代文学、当代小说的大型丛书。按照规划，这套丛书将主要收录当代名家和一批不那么著名，但颇具实力的作家的长篇小说、中短篇小说集和散文集等。“中国书籍文学馆”收入这批名家和实力作家的作品，就好比一座厅堂架起四梁八柱，这套丛书因此有了规模气象。

现在要说的是“中国书籍文学馆”这批实力派作家，这些人我大多熟悉，有的还是多年朋友。从前他们是各不相干的人，现在，“中国书籍文学馆”把他们放在一起，看到这个名单我忽然觉得，放在一起是有道理的，而且这道理中也显出了编者的眼光和见识。

当代文学，特别是纯文学的传播生态，大抵集中在两端：一端是赫赫有名的名家，十几人而已；另一端则是“新锐”青年。评论界和媒体对这两端都有热情，很舍得言辞和篇幅。而两端之间就颇为寂寞，一批作家不青年了，离庞然大物也还有距离，他们写了很多年，还在继续写下去，处在最难将息的文学中年，他们未能充分地进入公众视野。

但此中确有高手。如果一个作家在青年时期未能引起注意，那么原因大抵有这么几条：

一、他确实没有才华。

二、他的才华需要较长时间凝聚成形，他真正重要的作品尚待写出。

三、他的才华还没有被充分领会。

四、他的运气不佳，或者，由于种种原因，他的写作生涯不够专注不够持续，以至于我们未能看见他、记住他。

也许还能列出几条，仅就这几条而言，除了第一条令人无话可说之外，其他三条都使我们有足够的理由对这些作家深怀期待。实际上，中国当代文学的丰富性、可能性和创造契机，相当程度上就沉着地蕴藏在这些作家的笔下。

这里的每一位作者都是值得关注、值得期待的。“中国书籍文学馆”

收录展示这样一批作家，正体现了这套丛书的特色——它可能真的构成一个场所，在这个场所中，我们不仅鉴赏当代文学中那些最为引人注目的成果，而且，我们还怀着发现的惊喜，去寻访当代文学中那相对安静的区域，那里或许是曲径幽处，或许是别有洞天，或许是，众里寻他千百度，蓦然回首，那人却在，灯火阑珊处……

目录

目录

海的诱惑

一

五月，就几乎是吃粽子的同义语。

哪个说海滩不长苇子的呢（大山里倒真的是没得）。还是在三月，盐田上油菜冒出花骨朵儿，潮头鸟可着嗓儿喊“春来——，春来——”的时候，渔村小沟汊的河岸边，就窜出了很短很尖的绿箭镞来，后来，又受了甜雨的滋润，便越发的恣肆疯长起来。够绿的啊（没得海绿，男人说），那些受海潮蛊惑而得意地摇曳着的叶子，怎么会是剖鱼刀形的呢？男人说，荒古的时候，苇叶都圆，只是在一个黑夜，有个仗义报国的老人投了江，那江边的苇叶立时都成了刀形的，后来，一茬一茬的都长成了刀形的。女人问，那是为啥的呢？男人说，这还不好懂吗。善心的人拿苇叶裹了粽，投到江里喂鱼，好让鱼不去啃那个仗义报国的老人，不过，过了些时日鱼又饿了，就想打那老人的主意，却又靠近不得，刀形的叶在护着他呢。男人顶有学问了，女人老早这样想。因此，男人就是很喜欢吃粽。女人说，你又不是那些鱼。男人说，摸不着哪天船倒了，我就会投生成鱼，游着去找那个投江的老人。女人猛地捂住那竖着会让人手心戳得好生疼的胡须的嘴，气急得说不出话来。男人笑道，说说的，又不当真。女人锐声说，不当真也不许说。女人看了看青竹篮里满把的苇叶，想着，这一刻包上米煮，那轻袅出的粽叶味儿，直要让归港回来的男人流出口水来。不过，他先要让她使劲的刮三个鼻子，才肯让他揭锅盖。女人兀自很甜的笑了笑。

“阿妈，船翻了。”阿海喊着。还没怀上孩子的时候，男人说，就生两个，不问是男仔女仔，大的取名叫阿海，小的叫阿山。

女人一惊，手在苇叶上一划，划出血来，却顾不得，奔阿海跑过去，茂密的苇丛几次企图绊倒她。

离她不远的阿海还在喊："阿妈，船翻了。"女人随手拍了他一巴掌。阿海不哭，阿山却在河边嘤嘤地哭。原来，两个孩子将苇叶做了轻舟，又学大人样，裹了粽子（用泥作粽米）放在舟上，说是叫这舟到海上去寻阿爸的船队，送粽子给阿爸吃。阿妈不是说端午吃粽，今朝就是端午啦。

女人听阿海说了，眼也要垂下泪来。

她问阿海，疼吗？阿海说，不，就像抓了个痒儿。

女人晓得阿海是为她心安才骗她，就很紧的搂了搂他，又亲了亲那张黑胖的脸，说，往后莫再说翻船，不作兴，懂吗？要说倒船。

她让阿海领着弟弟站到河岸上去，看她做了一只很轻巧结实的苇船（没忘了添上帆），又重裹了小粽放在船肚上。

那船随风向东，很远的飘去了。

女人说，它会找到阿爸的船队。

两个孩子也都相信呀。

二

那一年，她受了海的诱惑。

山里的星子总是很低的挂在山顶上，让人能触摸到。还没到天黑的时候呢，牛羊踯躅的山野阒无人声，山寨里却有了情歌回应。而在杉树林里，蟋蟀正一条声儿的聒噪着山里黑夜的序歌——是因为再听不到丁丁的伐木声了。

春艾（那时她还不完全是个女人）撂了鹰嘴斧，顾不得伐木一天的腰疼背痛，拎个箩筐，采得些野百合、松菌子、木耳、山茯苓，带回家去。远远的看到那个苏北佬还没去歇着，弓着腰在树林里摸索，不知搞些啥名堂。春艾就走过去。

那苏北佬用块破旧围裙，正沾着椿树上结出的乳白色杉树油脂。

春艾好生奇怪，就问沾了做甚。

苏北佬见日里下老实伐木的山里妹子盯着自己，脸子就不自在起来，吞吞吐吐说，耍子的。

春艾听了，柳眉就竖起来，人家好好问你，你偏说耍子的，你咯（这）大后生了，沾咯（这）树脂耍，鬼才信！

苏北佬连忙摆手，厚嘴唇使劲抿了抿，惹得春艾暗自发笑。他摊开围裙让她看，那上面早就糊满树脂油了。

“你说，都是些什么？”苏北佬问她。

“山里人哪个不晓得，咯（这）是树油呐。”春艾冷笑着说。

“不，不是树油。”苏北佬沉思起来。

“咳，你们蛮子当然不晓得是甚喽，没吃过奶的娃只当奶是馍咧。”

春艾觉得同这个苏北佬没谈头，受不了他不亢不卑的样子，见后生忙着找椿树，不理她，就将树蔸下蜷着的一条草蛇抓起，冷空“嗖”一下朝苏北佬掼去，那后生吓得喊“娘”。

春艾几乎笑断了腰。好不容易止住，见后生脸子上惊恐之色未散，便喝道：“蛮子，不是树油是甚，快说！”

“是泪啊，是树的泪，”苏北佬说，“我晓得砍了树，树根会痛苦，就得把树的泪收起来带回去，等造了新船，再缝到樯帆上去，让船记得，大山才是生它养它的故乡。”

春艾听了，觉得心子很沉，便柔声问：“樯帆是哪样的？”

“樯帆就是块很大很结实的布，我们渔家称它做篷。扯起在船头上，船就靠它跑。嗯，你听，听到什么了吗？”

春艾凝神听了听，四处很静呀，就说：“甚也没听着。”

等山风又吹过来摇动松树枝时，苏北佬又说：“你再听听。”

春艾摇摇头。

又一阵风大咧咧地刮来了。

“你没听到风声？”

“就是咯（这）声儿？”

“这声音响起来的时候，我们的船队就扯起篷来了，一长溜的船队，日夜航到渔场上去。网一下，甲板就能把活蹦乱跳的鱼堆成山。”

“堆成山？”春艾吐了吐舌头，“不把船压沉了？”

“当然是很小的山啦，不会压沉的，海认得我们哩，”苏北佬笑笑，“等潮涨了，我们收了船，就拣出最大最鲜的鱼，放到锅里，闻着闻着，个个都趴到船帮上去了，做啥？将口水流到海里呀，不作兴流到船上，说是会倒船。打上几天鱼，我们的洗澡水都漂着寸把厚的油——是鱼油哩。”

春艾舔了舔唇。

她可没尝过海鱼，只晓得山沟沟里的鱼，味道硬涩涩的，哪里能同海鱼的鲜劲儿比呐。她看了看后生那道不安分的粗眉，竟有点敬重起他来了。

“那海又是哪样的呢？”她问。

“海就是很大的一片水。”

“哪样大？”

“同天一样大。”

春艾抬头望了望天，心里有点紧张，她怎么也想象不到，自己会到海上去的时候怎么办？“海又是哪样色气的？”她又问。

苏北佬只吐了一个字：“绿。”

春艾环视了四周：“没得咯（这）山上的树草绿吧。”

苏北佬想了想，又摇摇头：“没法比，世上没得哪样绿能同海的绿比。你不晓得海有多深，你看，你们的山够高的吧，可再高也能爬到顶上去。你到海上去看看，不问哪个都够不到海底咧，因此，海的绿就很厚重，能逼得人喘不过气来。”

春艾闭上眼，很神秘地去体会苏北佬向她描绘的那种感觉，可是心里很茫然。

只有亲眼去看看海才好，她想。

后来，苏北佬掏出一个纸壳笔记本给她，说他离开海满久了，很想海，就把同海说的话都写下来了。

春艾一翻开，全都是写海的诗，她心一热，同时又觉得眼前站着的这个虎墩墩的苏北佬很了不起。她也想了想，将新织的头帕取下来，那上面有个绣着的百灵，递给苏北佬。

那苏北佬就像挨着块火炭，忙不迭的缩回手去。他听说，山里妹子的头帕是定情信物呀。

春艾又咯咯笑道：“让你用它揩树泪的啊，你那块破布缝到篷上，还不丑死人，丢山里人的脸呐。”

苏北佬听了，就小心地接过去。

后来，春艾又想说什么，终没说出来，许是没得什么说吧。

只说了句：“恰（吃）饭去。”

天就黑严实了。

过上几天，苏北佬就和春艾熟了。他晓得，春艾是山寨顶标致的女子了，又时髦，又现代，说话不把头埋到胸脯上，却拿眼里的波光来温润你，嘴又不停的问你好多海里的事，还顽皮地将苏北佬的笔记本藏起。苏北佬硬要，春艾就要他拿东西来换。苏北佬问是甚东西，春艾说你猜吧，那后生猜了一天一夜也没猜出。

看看松木伐齐了，苏北佬再不费山里人的事，独个儿一根一根扛到江边，砍了葛条扎成木排。

收拾停当了，却再不见春艾来。她原是晓得他今日动身的。

苏北佬坐在排上，眼睛死死盯着山里阡陌、傍溪小道，终是失望。唯听到密幽幽的竹篁里，谁在吹曲子很柔的箫，跟着，山寨里骤响起乱人心的唢呐，“呜哩呜哩”。天上的星子也忽然多了，就像是从唢呐的喇叭口里蹦出来的。唢呐才歇，竹鞭纸炮就热闹闹的搅成一锅，四面八方的火把，游龙般的弯过来。

有几个小把戏打江边过，苏北佬揪住一个便问。

那小孩说：春艾今日出嫁。

还要再等什么呢？苏北佬掏出烧酒瓶，一仰脖，都灌下去了。他觉得心火辣火辣，要吃出泪来，便咬着牙将木排推到江里，竹篙一点，闪电似的跃到排上，顺水而下。他放过排，又做过船老大。

木排走到峡谷里，忽起了阴风，木排左摆右晃，活像让水里蛟龙的脊背顶着，这蛟龙定是不会放过木排了。苏北佬并不慌张，他是见识过海龙王的角色，便拿手中的竹篙穿梭般的左抵右顶，猛地，头顶上黑兀兀的石崖压下来，苏北佬将竹篙探下水去，竹篙完了还未着底，心里一慌，“哐”的一声，木排撞在一座礁石上，排头高高地翘起来了，忽地，“唰”的一下，一个人影自天而降，稳稳实实地落在排头上，须臾，人影又跃到礁石上，身子弓着抵那排。木排喘着气，像小儿学步，歪歪扭扭移动，一下到了中流，木排就像猛冷丁长成个大孩子，甩大步朝前窜，那人打紧贴住木排边缘，一个鹞子翻身，又稳稳实实地钉在排头上。

苏北佬借水中月定睛一看，原来是春艾！

“啊，你怎么来了？”

春艾抱住他哭了：“都怨你老跟我说海，海呀。”

后来，海滩上七零八落的渔村，个个都说有渔仔到南方山里采购船木，勾回来一个漂亮的山里妹子哩。

三

灶屋里弥漫了热气，粽子味浓浓的。都怨两个小馋虫，轮流揭锅，只怕粽子还没熟透，圆味。女人拣了两只绵软的，放到桌上，阿海和阿山一摸，手烫得好痛哟，便都瞠视着，飘着烟气的粽，就像小狗要吃尿泡般，没处下口。

女人好笑，又往灶里架两根柴火，火就把女人脸上的笑容也烧熟了。

这时候，女人又将黑锅里煨得通红的鲳鱼和马鲛鱼盛到很白的瓷盘里，放到窗台上冷着。男人顶爱吃冷鱼了。黑锅里再温上甜水井挑来的洗澡水。这甜水，是会很容易将男人身上的鱼油漂出来的。

等一切准备好，太阳就落下了。

女人一手牵着阿海，一手牵着阿山，朝海堤走去。

女人从山里来到海这，从山姑变成渔妇。

忘了会唱的山歌，却学会了男人拉网的号子，那双能伐木的手，却穿梭补网风快了。渔村里没得哪个有她剖鱼快，也没得哪个赶得上她说话声儿慢——她是怕她的话不好懂，人家尽称她作南方侉子。

也难为这个山里妹子哟！

刚来的那工夫，她记得牢男人在山里的话。

男人曾经说，躺在舢板上到海里去晃悠，能梦到当孩子时做过的梦。

女人第二天就跟男人到海上去。离开大山久了，她多么想能梦到溪流里透明的鹅卵石，山坳里一帕纱巾般的晨雾，和苦命的阿妈脸上好看的皱纹啊。

可是，她并没梦到什么呀。海，永恒的晃悠，把她苦胆都晃出来了。她是笑着出海去，却哭丧着脸回来。一连几天，都觉着屋在摇。

男人曾经说，海里的梭子蟹老大，壳里的膏黄很红，许是太阳沉在海里时，梭子蟹搂着它睡，怀上的膏黄呢。吃蟹黄时，沾上香醋，味美得会掉下牙来。

于是，女人就到海箩里去捉蟹，放到锅里蒸。没成想，手让蟹钳好夹，生疼得快落下泪来。

男人曾经说，到了夏初，海滩上会爬行有无数的葡萄状泥螺，又像蜗牛，海边人就采那生于壳外的舌吃，鲜味真的能醉人，常有一气吃一铜盆的，就如喝了好多酒，躺在凉榻上，舒服得不想动弹。

女人就捡了一只泥螺，专咬那舌，却咬了一口沙泥。

男人曾经把海说成天堂样，可是女人一旦真的到了海边，却没感受得到。因此，男人负疚地说，是他骗了她。

女人却说，这是美丽的骗呀。

海堤上，早就麇集了渔村的老少女人。

今天是船队归港的日子。

这条海是老早就有，绵长得没得尽头，长满了丁槐树和幽香的野菊花。说是很久前，有两条龙争斗，整整斗了三天三夜，斗得没了太阳和月亮，最后，那条灰褐色的老龙斗败了，却不愿到龙宫去当衣绣食肥的囚徒，宁愿僵卧到潮头上，做别鹤孤鸾的海堤。

每逢到归港日，渔村的女人就带着太阳，早早到海堤上，迎男人的船队。

她们实在是想男人想急了，巴望男人从海那边一脚就跨到堤上，然后，让他们紧搂着跑到渔村一簇簇诱人的灯火里去。等心子静下来时，就一起坐到毛竹铺上，说笑一些人，再说笑一些事，那是天底下顶快活的时刻了。因此，当第一页帆一冒出地平线，衬到月亮下，女人们就海啸般的狂喊起来，手上的帕子如无数面小旗挥动。有不少的婆娘，跑到潮水里去了，让咸咸的水和着咸咸的泪，疯打起水仗来——她们的心，实在是经受不起这快乐的时辰呀。

此时，月魂悠然飏出海面，享受万顷波涛的顶礼膜拜。浪花在朦胧中吐放，海鸟在浅醉中浅唱，沙滩却要做银光闪烁的梦了。

女人扶着两个孩子的肩头，静静站在人堆里，静静等那个心跳的时刻。

她记得男人上回走，说是此番回来，要用胶木给两个孩子做一只精致的小海船，有桅、有舵、有锚，陪两个小把戏玩水玩个够；男人说还要教会她写诗，这样，他们的日子又有了新的内容了——归港回来，就交换着诗看，让海里的情和岸上的爱，交流成一道牢固的屏障，拱卫每个湿润的早晨；男人还说，要做一回真正的丈夫，很温存地搂抱她一夜，给她说龙兵过的故事……

那些狠心的出海人，终于登上海堤。

女人眼尖，指着领头的那个壮实的身影，对两个孩子说："去叫阿爸，快！"

阿海和阿山，像两只泥鳅，从人堆里滑过去，齐声喊："阿——爸！"

那个壮实的身影停下来，却没应，只抱起两个孩子，亲了亲。往常，他是顶爱讨人便宜的，见有哪家孩子，就逼他叫"阿爸"、"阿公"。有不懂事的孩子就叫得甜滋滋很脆，他呢，也应得甜滋滋很脆。

这会儿，他的嘴却成了蛤蜊，紧闭着。

两个孩子挣脱了他的怀抱，很沮丧地回头对女人说："不是阿爸！不是阿爸！"

女人上前一看，却原来是村里的后生小水。

小水够顽皮的，每回进港，总要同等在堤上的女人打趣，不是"咋样，尿都等下来了吧"，就是"夜上可别把他爸压扁了"，可这回却对着女人低下头去。

女人问："阿海爸……"

小水朝海里看了一眼，不做声走了。

出海的人陆续走上海堤来，冷冰冰的不看女人们一眼，不做声走了。

落在最后的一个，也上了堤，从那颤巍巍佝偻的身影，人们猜出是2号船上的伙头军宝爷。

女人哭昏在堤上，有多少时辰了？不晓得，只晓得启明星在东天上眨着忧伤的眼，一抹深蓝色晨曦，给海堤镶上一道沉重的兜边。女人们一个也没回村去，都提着马灯守着她。她们很小心地护着灯，万不能让风吹灭了，要不，她就会变成望夫石，永远孤寂地坐在这条堤上——这是渔村一个悲惨的传说。

第二天，女人将一锅粽倒进海里。她敬仰她的男人，在遇上龙卷风的时候，男人是为了保全别人的性命，而舍生求死的。

第三天，女人带着两个孩子走了。她发誓永远离开这吃人的海，不再回来。

那一年，阿海七岁，阿山六岁。

四

女人又回到大山，回到青幽河边，竹园围着的草屋。

河水，还是像以前那样不起一点浪花的流啊。"咕咕"，竹园的斑鸠欢快着叫了一声。“咕咕”，渐渐飞来，近了，最后飞到屋檐下对着女人孩子叫。

“阿妈，这鸟叫真像海鸟。”阿海说。

女人应声给了他一巴掌：“什么海！”

阿海咧了咧嘴，等着阿妈来后悔地爱抚他，可是女人迳直上去推开屋门。

屋里空寂无人，有淡淡的霉味。正在灶根瓷碗里舔食的老花猫，懒洋洋地瞥了女人一眼，又垂头去舔。须臾，又抬头打量女人，猛地，跳到女人脚跟，拉锯般蹭起女人的腿来。女人跪下，抱起猫，在它头上梳理了一下，猫很温柔地“咪”了一声。

竹柜上，并排摆着双亲的遗像。

女人拿起来凝视了一会儿，却没有流泪。

帮着照看屋的夏婆，闻讯来了。好多人闻讯来了，站满了一屋场。

他们可是七年没看到春艾了，他们也想从她身上闻闻海的味儿。

可是，女人一句话也没说啊。

人们看着她找出在家当妹子时穿的衣裳，到里间换了。又看着她提着团篮，走进山去。

他们再也看不到七年前的春艾了，也永远不会闻到海的味儿了。

那一晚，女人将阿海的名字改成大宝，唤阿山为小宝。

……

青幽河水，暖了又寒，浊了又清。

女人从渔娘还原成山姑，从捉蟹补网的快手，变作采茶女。有了空闲工夫，就埋头做男人活计，铡薯藤，打草鞋，补箢箕，只是从没劈过柴。

要是这些事都做完了，女人就一边搂一个孩子，给他们讲竹园里唧唧叫的小虫，为啥一捉出土，就不做声了；竹园里栖着的鸟儿，几时出山，又几时回竹林；说牛郎织女，玉兔捣药……女人总是要将自己的心谷，让杂事装得满满的，不许那缕遥远的海风吹过来。什么时候，偎在膝盖上的大宝睡着了，梦呓着："……海……"女人一惊，劈头盖脸打了大宝一顿。

大宝痛哭，小宝惊哭，女人悲哭。

她对两个孩子说："忘了……海吧……你们以后……要做个山……民……"

五

女人回到大山不多天，到山那边的燕子坪去买些米盐。临走，将大宝和小宝锁在屋里。没想，抄近路背着货篓回来，不见了两个孩子，后窗却敞开着。女人急得满村找，人们都说没看到呀。

女人跌跌冲冲，直奔燕子坪。儿子一定是去找她了。

山里的天，说阴就阴，说下就下，不一会儿，山里葱绿的一草一木，受到凶残的暴雨蹂躏。山沟里的小溪，平日浅水潺潺，鹅卵石清晰可见，一遇暴雨，却是水深齐腰，湍急如马，就常有卷走孩子的事发生。女人心急火燎，顾不得雨箭刺破衫子，顾不得摔青鼻脸，她是要找着孩子，她是要赶在孩子过溪之前找着啊——大宝和小宝，她是一个宝都不能失！

可是，当她踉跄着奔到第一道水溪边，两个孩子竟搂着坐在一块巨石下，小声哭呢。

女人抱住他们，用体温温暖着他们，含泪问："是咋过来的？"

大宝说："有个叔打燕子坪一直送我们到这儿。"

小宝说："大河（胡）子叔叫我们坐这等妈妈。"

女人再没问什么，就抱着一个，驮着一个回家去。

夜里，天放晴，星光炫耀。女人记挂着割猪菜，很早就起来，开开门，却有一个竹篾背篓滚了进来，混漉漉的猪菜撒了一地，又滚出一个圆鼓鼓的油纸包。女人诧异的打开，却是她顶爱吃的糯米团和腊肉！这是哪个善心的人送的呢?

第二天，女人一夜没睡，在门口守着，却没见一个人影。

隔了几天的一个早上，女人又突然发现，场院里堆满劈柴，够烧一冬的。

女人发了狠，整整四夜没阖眼，终于“抓住”了那个人。

那是鸡头遍打鸣的时候，天还黑着，篱笆外传来迟疑的脚步声，很沉。有个高大人影挑着稻谷担，一步一步逼近，刚弓着腰将担放到门口台阶上，女人忽地开了门，柔声问 :“是哪个救苦救难的菩萨？”那人影一惊，直直地站起来，从门里泻出来的灯光照着他。

是他，果真是他！长脸盘，大刀眉，落腮胡。

这个人就是七年前她逃婚掉的男人。他住在燕子坪。

女人闭上了眼，一下子跌坐在门槛上。

男人却不知甚时走了，那个担子还静静地搁在台阶上，就像一杆沉重的秤……

看看山上又一茬杉木成材，得赶紧砍了送出山外。队上缺伐木的人手，队长跑来问她 :

“春艾，你去么？”

女人整整想了一天，就咬着牙把两个孩子托给夏婆，拎着鹰嘴斧进山了。

山上，全是盛密的树林，近处，一抹浓绿，远处，一片苍黑。地上全是铺着松针和腐叶，蜂了嘤嘤飞着，啄木鸟笃笃敲着，小鸟啭鸣，马鹿腾跃。这个悠远而宽阔的世界，是多么的快人心意，它将你许多的痛苦和烦恼，融进树脂的醇香气息里。一连几天，女人拼死抱着斧头，尖着声儿喊 :“顺山倒——”“横山倒——”，喊声刚落，群山应和，顺了水的小河，要四处溢出来。女人觉得自己又回到从前当妹子时候的年代里去了，无忧无虑，无牵无挂，好像自己没嫁过人，没生过孩子，没到海边去过。啊，原来世上有好多事儿，既难忘掉，又容易忘掉呀。

大约是在第六天夜里吧，睡在竹棚里的女人，突然莫名其妙地醒来，再也睡不着，如水的月光，从棚顶的隙缝里滴下来。忽然，她听到什么声音，那么近，又那么远，那么清晰，又那么模糊。是青幽河边的青蛙一起一落地鸣鼓？是那啼血的杜鹃，一意地呼叫："归——归"？

女人突然听懂了，是松涛阵阵，是像海浪般喧哗的阵阵松涛！

"这声音响起来的时候，我们的船队就扯起篷来了，一长溜的船队，日夜航到渔场上去。网一下，甲板上活蹦乱跳的鱼就能堆成山。"

"堆成山？不把船压沉了？"

"当然是很小的山啦，不会压沉的，海认得我们哩。"

"那海又是哪样的呢？"

"海就是很大的一片水。"

"哪样大？"

"和天一样大。"

……伐木……唢呐……放排……渔村……赤豆粽……望夫石仅就那么一刹那，女人好不容易才铸造起来禁锢自己情思的锁链，突然断了，放跑出她的梦，放跑出她全力忘掉的回忆。她捶着自己的头，哭着："你这是怎么的了，你这是怎么的了啊……"

她拿出那块曾沾满了树脂的围裙，擦了擦泪，恍惚间，那个做了她男人的苏北佬，就坐在床沿上。女人终于明白了，一个竭力想忘掉的人，本身就是在竭力记着他呀。那一刻，女人浑身瘫软了，任男人牵着到处转悠。

哦，那是多咋的事了？男人也就这么着坐在自己身边。想想，对，是到渔村不久，她跟着男人出海去，男人坐在舵楼里掌舵。

那时，朝霞初露，天边处的一簇白云顿时变成了玫瑰色，那簇玫瑰色的云缝里，陡然晃动起无数个人影来，好像在舞蹈，又好像在收割，却是在赶着用金针火线刺绣，很快，那精美无比的刺绣品一下抖出——太阳！霎时，玫瑰色云朵燃成火烧云，又割成无数狭长的块面，仿佛无数只金船，一起在大海似的天上航向太阳。而天空似的海面，泻着灿烂阳光的湍流，拥着无数朵白帆，向太阳聚集。

女人从未见过这样壮观的景象，便说："新鲜，真新鲜。"

男人说："要是你天天看到，就不新鲜了。"

女人想了想，说，"不会的。"要是自己这一世天天都看到这样的景子，该多美气啊。

起风了，海网从天边处刮来，一阵猛似一阵，平静的大海变了脸面，浪涛兴起，将渔船上下颠动，女人猛地觉得内脏有许多小手抓挠，一阵恶心，"啊"地吐开了。男人要她下船去歇着，女人不肯，说是把肚里东西吐光就没得吐了。男人便将她用绳拴在桅上，是怕她掉进海去。

大海索性撕开脸，怂恿着无数巨浪，如巨兽窜跃着喧嚣着猛袭渔船，涛声震耳，气势磅礴。女人从未经受过这场面。很是骇怕，唯恐拴自己的绳子断了，自己给撂到海里去。再看男人，却稳稳地捏着舵把，稳稳地站在舵位上，焊住了一般，不断有浪沫飞溅到他头上，脸上，可他眼睛却不眨，威严地下着口令："小水，下桅！""二毛，边篷！"

这就是那个山里伐木时有点腼腆的苏北佬？这就是那个在归港的日子里，倚在窗口吟诗的男人？女人用无比崇敬的目光注视着舵楼里塑像似的男人，觉得自己即便用这一世所有的爱，也爱他不过来呀！同时又觉得自己身体内裂变出一种从没感受到的力量，这力量将她的怯弱一扫而光，自己好像脱生成另一个人，这个人对她是那么陌生，又是那么熟悉。她被一种强烈的情绪感动得流下泪来。

男人在紧张地操船的时候，没忘了问她："怕么！"

"怕！"女人嗔道。

“要是你天天看到，就不怕了！”男人说。

女人想了想，就肯定了男人的话。

但她想象不到，要是自己这一辈子都生活在海上，自己会是哪样的。

不过，她也会像男人那样爱海，也会像男人那样说，要死就死在海里。

原来，死，并不可怕。它需要你的，并不是悲伤啊。

六

端午前的几日，远在二十里外的老舅忽然来了。多少年不走动，女人竟认不出这个髯须银白的老人了。

一进门，老舅就呵呵笑道：“艾艾啊，老舅给你提个事儿。山里人说惯的，屋里头没个男人，哪是个家呀。你看看，孤儿寡母的，这日脚咋朝前过？”

女人端上香菜来，勉强笑了笑，不做声。

老舅懂女人的脾性，就知她不乐意听，便说：“要是旁人，老舅就不颠颠着来了。那汉子你记不得了？七年前，人家迎回去的是一顶空花轿。人家不怨天，不怨地，只怨命苦，可心里哪一天放下过你？这七年，人家是咋熬煎过来的？好孩子啊，没日没夜地老实干，叫山里多少黄花妹子眼热。可人家打你跑了后，就没娶过婆娘！”

女人的心一跳，很沉的落到无底的深谷中去，又空泛的浮上来，折腾着她。她曾发誓，再不改嫁，尤其不嫁给山民，可是，既然那么恨海，既然离开了海，又为什么不改嫁山民呢？全都是为了孩子？她又自然的想起七年前，燕子坪等着她的那炷迷人的烛火，可是，经受过苦难的她晓得，那烛火照着的将永远是一个破碎的梦了，永远无法再用一个理由将它重新拼成全圆。因此，在老舅又絮叨着说了很多话后，女人只固执地摇了摇头。

老舅以为此事无望，也不吃饭，也不住下，就走了。临走，说了句

“推磨肿了蛋子，自己转的。”

老舅走后，那长着威武落腮胡的男人再没来过。

女人暗暗痛恨自己，觉得自己是天底下顶坏的女人了。

端午节的那天，大宝不见了。

女人猜想，准是去寻苇叶了。昨晚大宝在床上问：“阿妈，山里长不长苇子？”

“做甚？”女人问。

“我要裹粽子。”大宝低低地说。

女人没好气地说了声“不长”，就躺着睡了。那年，她哭昏在海堤上，醒来后发了很多誓，有一条便是再不过端午节，再不裹粽。

村里人都帮着找大宝，山旮旯里寻遍了，却寻不到大宝。傍晚，村里人都很失望地聚拢到村头的时候，一个邻村的猎人，抱着一样东西，缓缓而来。

众人一看，原来是大宝啊！

猎人痛心地说，他发现孩子已经晚了，一只狼咬断了他的喉管啊！山里没有龙卷风，大宝也死了！

那个睡梦里呼唤着海的孩子，那个没忘了端午节，没忘了裹粽子而去寻苇叶的孩子，也死了。

女人终于明白叫活是不能回避的呀！

七

在一个晴朗的早晨，女人将一只扎好的杉木排（是为了造船）推下江去，同时将小宝牢牢的绑在木排上。全村的人都来送她，全村的人都劝她别走，都说还会把她当作妹子时的春艾待，把善心都给她啊。

女人挥泪说：“小宝长大了，他身上是渔家的血脉，该回到海上去。”

木排行至七年前的峡谷，又起了阴风，莫非那条不死的蛟龙预料到七年后，还有女人的木排打此过，便等着搅翻它？就像七年前那样，黑崖压下来，木排撞在暗石上，小宝让水呛得昏死过去，女人也力怯得绝望时，横空里跳下一个人——是苏北佬！

一场恶斗后，木排沿江缓缓而下。女人转过身来。

不是苏北佬啊！是他，那个满脸威武落腮胡的男人！

女人颤抖着问："你来做甚？"

男人也颤抖着跑过来，紧紧把女人搂在怀里："艾艾，我要跟你看海去！"

女人晓得，今天是阴历八月十五，一年中海潮涨得最猛的日子。

（原载《中国时报》1989 年 11 月 16–18 日）

安息日

每个人在某一年龄段都有自己感兴趣的事，比如你在年轻时喜欢做爱，老迈时则爱好回忆。这一点在我幼小的儿子远远身上也表现明显。他在未满周岁时，整天撅着白胖胖的大屁股在六角形栏车里忙乎，把遗留在垫毯上的布缕或头发往外扔。由于布缕或头发总是层出不穷，所以他的屁股一直竖在那里。到了两周岁左右，他开始迷恋枪。由于他长得招人喜爱，几乎每个来访的客人都爱抱抱他。他在客人的怀里雀跃着，枪，枪！他拉着客人的耳朵或鼻子或头发嚷嚷着。有一次他竟把手伸到一个客人的裆部，使劲抓挠着，枪，枪！为了避免这种尴尬的局面发生，我给他购置了大量的玩具枪，多得能堆成垛。在月上树梢的夜晚，远远就从枪垛抽出一支，趴在窗台上往外瞄准。我居住的楼下是柳丝依依的水泥甬道，在城市膨胀的今天，情侣们幽会的步履开始向这儿延伸。柳丝把他们最隐秘的部分遮掩住，只裸露出无关紧要的脚踝和高跟鞋，但它们在我儿子眼里却是相当要紧的，他眯着眼瞄准，扣动扳机，嘴里模仿枪击声，砰！砰！我明白他的意思，他是想让虚拟的子弹击中它们，因为它们不老实，老是往上踮，往上踮。他趴在那儿连续作战，射出的子弹不计其数，但脚踝根本不听他的。他在心里愤懑地骂着，我操，我操，就把枪支丢弃了。可能是受动画片的影响，他开始求助于弓箭。如果你们被锋利的箭击中，我看还会不会往上踮了。我看到我儿子小小年纪就要成为爱神丘比特了。作为父亲，我对此是大为嘉许的，因为这种新的作战方式虽然对脚踝们仍无济于事，但对他磨练他日后找媳妇的本领倒是大有裨益的。现在我们看到怀着让脚踝们不离开大地的美好愿望的孩子，气喘吁吁，一支接一支射出从玩具店买来的红色塑料箭。但它们根本无法抵达暴露在月色中的不安分的脚踝，因为它们还没到半途就坠落了。你可以想象孩子如何的失望，同时我们也得到形象的启示：如果父母不进行卓有成效的引导，那么孩子的许多可能导致他日后成才的美丽的梦想，刚起飞就夭折了。这不能不说是一种罪过。但如何引导呢？我请教了一位资深的教育专家，他说很简单，想办法不让孩子的箭中途坠落就行了，就是说缩短射程，让箭射中目标。教育专家说，你不妨带孩子走出户外——注意，这一点很重要，许多创新能力的培养都是在户外完成的——到甬道上去，猫在恋人们的屁股后头，当他们正热乎时，射他们一箭。这显然是荒唐的，但这话却强调了应该让孩子箭不落靶。这完全可能，从客厅这头到那头正是箭的有效射程。于是战场就摆在了家里，我和他妈理所当然成了箭靶，孩子可以随时从任何角度挽弓搭箭，“嗖”的一声朝我们射来。开始还觉得新鲜，因为很久以来家庭气氛就像裹了一层膜，显得很沉闷，我们都希望通过什么来捅一捅，戳一戳，而现在用塑料箭来捅破这层膜是再适合不过了。但时间一长，我们就忍受不了了。有两个原因，一是我们都忙于革命工作，很少有闲暇来当箭靶。即使有点空又有点烦有点累，不愿意再让谁来点点戳戳，哪怕是你儿子。同时一个人上了岁数，难得再做个好梦了，有时好不容易正在做，“嗖”的一声就让塑料箭搅了。二是孩子对箭靶的要求太高了，当我们被射中，不管你正在干什么，你都要噗地倒在地上，而且不能随随便便地倒，要像电视里的坏人直挺挺地倒下去。有一次孩子他妈上厕所坐在便器上，不幸被射中，孩子喊着，妈妈，你快倒，快倒。孩子他妈央求儿子，你让我擦好屁股系上裤子再倒好吗？孩子不同意，同时哇哇哭得惊天动地。没办法，孩子他妈只好咬着牙翻身倒地。问题是孩子的本领越来越高强，屡射屡中，这意味着我们必须一刻不停地扑倒在地。我们全都脸青鼻肿。我们齐刷刷地跪在地上，儿子啊，饶了爸爸妈妈吧。这时我们就想，如果他有个弟弟该多好啊。远远虽然没有弟弟，但他有爷爷。我想爷爷肯定是乐意当孙子的箭靶的。

我是在三十五岁才有了孩子的，可谓老来得子。孩子下生的当天夜里，父亲骑着一辆破车摇摇晃晃赶到我家里。那是他第一次进城。他一进屋就抱起还没睁眼的孙子嚎啕大哭。那天夜里爷孙俩的哭声把全住宅区的居民都闹起来了。父亲边哭边数落，花儿呀，你晓得不晓得啊，你有了呀，你有了孙子啦，你就放下你那颗心吧。花儿是我母亲的乳名。在我婚后不久母亲就病倒了。她得的是一种活不了多少时日的顽症。病中的母亲整天瞅着她儿媳空瘪的肚子发呆。我猜想，不见到小孙子母亲是不甘心撒手西去的。这使我每天晚上对着妻子的肚皮祈求，孩子啊你快快来到吧。母亲终于未能如愿以偿。弥留之际，她抚摸着丈夫和儿媳的手，说了几句平静如水的话。我永远记得母亲那种不疾不徐的语调。几十年来她用这种语调部署她的慰藉，把恼人的生活缝缀得井井有条。她先对她儿媳说，孩子啊，看来你用不着再着急了，慢慢生吧，不管生出个啥，到时让你爸告诉我一声就行了。然后她对老伴说，二娃呀，我最放不下心的就是你，你别再记挂着那事儿了，快有孙子的人了，怎么就放不下呢，你快放下吧，要不咋让我走？父亲和母亲是在淮海战场上相识的，屈指算来已近五十年矣。五十年的姻缘随着母亲吐出的最后一口气，灰飞烟灭。

孩子还未满月，父亲就回到乡下小镇了。在此之前他三番五次表示呆在城里不习惯，老鸟恋巢，归心似箭。我劝说他好歹要等到孩子满了月再走。父亲神情落寞地看着我，默然无言。我最不忍看的，就是父亲这种落寞的神情。它通过呆滞的眼神、抽搐的嘴角、低垂的脑袋、卑微的比哭还难看的微笑和深刻的沉默，向你传递出伤痛、怯懦、自卑、痛悔、颓败等等太复杂的含义。怎么说呢，父亲落寞的神情，就像一个穿过一本书的每一页，却始终不能在任何一个句子结尾停下来的问号。我记得，父亲这种落寞的样子，在三个场合表现得尤为明显。父亲没有职业，用今天的话来说，是社会闲杂人员，靠送货、修车和打猎养家糊口。

在长沙镇边缘的公路两侧，坐落着一些老房子。潮湿暗淡的墙壁上蛰伏着许多半透明的蜥蜴，你在月色斑驳的夜里，有时会听到它们在用碎纸般的声音窃窃私语。这些老房子其中有一座就是我的老家。它紧挨公路，公共汽车经过时，你觉得车轮仿佛就从你枕头上碾过。我父亲叫陆伯堂，这一点长沙镇三岁的孩子都知道。从长沙镇往东不远就是黄海边，那些年盛产文蛤，金灿灿的文蛤堆满了街心的八鲜行。八鲜行司秤的叫吴松，他有一副唱京戏的好嗓，每天天麻麻亮，他就声若洪钟地喊起来，陆——伯——堂，陆——伯——堂——。声音撞到印染厂的水塔和窑厂的高烟囱上，再弹射回来，陆——伯——堂——陆——伯——堂——，全镇子都跟着抖起来。我敢打赌，镇上所有襁褓中的婴幼儿，最耳熟能详的就是这三个汉字了，所以他们最早会说的话不是“爸爸”“妈妈”，而是“陆伯堂”就毫不奇怪了。于是陆伯堂和另一些蹬二等车的壮汉就在八鲜行会合了。他们将文蛤打包绑在车轱辘两边，再在上面码一个，颤颤巍巍地沿着高低不平的街道推到公路上，往前小跑一段路，左脚踩在脚踏上，右腿从前杠上很快一跨，坐上车座。这时装载过重的自行车一激灵，愣地停下了，同时龙头左右乱拐，眼看要倾覆。车上的人不慌不忙，两脚一使劲，车就缓缓而行了。由于码在上面的文蛤包太大太鼓，骑车人的身体被严严实实挡住了，你只能看到后脑勺搁在麻袋面上。

他们将文蛤送往一百里开外的海安李堡，也就是说，他们的后脑勺要在麻袋面上搁整整一天。往李堡送一趟货，一般能挣七八块，在一个工只值六七毛的年代里，算是高工资了。我记得父亲回来都是在夜里。我半夜梦回，由远而近地听到呼哧呼哧的喘气声，就知道是父亲回家了。他把汗漉漉皱得像咸菜的钞票往母亲枕头边上一扔，扒上一大碗茶泡饭，就蜷缩在母亲脚头，因为劳累而“哎哟，哎哟”地呻吟开了。

后来吴松只能隔三岔五地喊喊“陆伯堂”了，因为渔民的滥捕乱采，文蛤日见稀少，而要求往李堡送货的人日渐增多，其中大都是吴松的亲戚，这样就很难轮到陆伯堂了。尽管如此，陆伯堂还是天不亮就爬起来，站在后门口支棱着耳朵听动静。他听见吴松高声大嗓地喊“陈希芳”喊“王含章”喊“毛广富”喊“赵树根”喊“吴二宝”喊“李鹤营”，就是不喊“陆伯堂”。他等得火烧火燎。他骑着擦得锃亮的自行车，带着麻袋、尼龙网，来到八鲜行。他看到耳朵上夹满了飞马牌香烟的吴松忙着过磅，看到送货者们忙着打包、装车，就站在一旁，垂首而立。吴松看到他，有点不过意，同他搭讪着，他就唯唯诺诺，一下子显出落寞的样子来了。有时发生一些特殊情况，比如陈希芳或毛广富因为家里有事或车胎车链突然爆了、断了，走不了，此时理应由作为“替补队员”的陆伯堂顶缺，当然吴松也是这个意思。但不幸的是，同时又来了几个“替补队员”，都是与吴松沾亲搭故的。吴松不好明说，频频向陆伯堂使眼色。陆伯堂完全知道吴松的用意，但他仍旧痴愣愣地站着，失魂落魄地盯着地上的文蛤。我猜想他在念咒语什么的，好让文蛤再多出一堆来。现在车队收拾停当出发了，陆伯堂扫巴扫巴遗落在地的文蛤，再把八鲜行的院子冲洗干净，就推起车很落寞地回去了。吴松冲着他落寞的背影骂了句“三扁担砸不出个屁来”。

由于房子紧靠公路，陆伯堂就搭了个敞棚，没货送的时候就给过往行人修车。那时根本看不到摩托，人们普遍用自行车作为代步工具。陆伯堂年幼时过继给南京的伯父，在自行车铺里当过学徒，现在朝花夕拾，重新捣鼓，就显得驾轻就熟。我小时候最爱看父亲修车。我看到他把自行车四脚朝天放倒在地，转动两个车轱辘，链条传送，发出类似吮吸的声音，就联想到露天电影场上的放映机。我闭上眼，看到好多电影画面出现在我眼皮上（背景音乐是东河边打着漩儿的流水声）。我看到书呆子郭新明吆喝着“一二一”，在或明或暗的夜里沿着环绕长沙镇的砂子公路无休无止地跑步，似乎在寻找一个出口。我看到刘家院子里孙张氏抖动着小脚翻晒花花绿绿的寿衣，她内心深处什么东西叹息着落了下来。我看到一群刚离开老牛贸易市场的裤管肥硕的农民，走进街中心的饮食店，把脑袋伸进盛满黄酒的大海碗，长久地啜饮而且沉醉，他们耳边隐约响起老牛凄惨的哞哞声，他们的心就像玻璃一样破碎了。我看到开老虎灶的孙士根倚着门框翘盼顾客，他的鼻子长得有点过分，你站在街头看过去，会发现他的长鼻头从一长溜墙壁伸出来，像一只错过了季节的长辣椒，让你随时采摘……

当公路上的自行车日渐多起来时，左邻右舍也仿效陆伯堂开起车铺来。他们更懂经营之道。他们在敞棚里准备了好多竹椅，在修车时就请车主吸烟喝水，或者让家里胸脯鼓囊的女人陪客人聊天。女人们在坐着聊天时都要干些针线活，如果没有针线活就剥剥豆瓣，她们由于太忙，早上起来顾不上戴奶罩，或由于奶子太大买不到合适的奶罩，所以就没有遮拦地穿着衬衣，奶头就像两颗黑枣顶在胸口上。客人开始也和她们一样，坐在特地从福建买回来的泛着翠绿的竹椅上，但很快他们就站起来了，这样他们可以一边说着话一边从女人的领口看微微颤动的奶子。自行车修好了他们也不愿离去。

很多不修车的人路过时也会停下来呆会儿，因此那些敞棚里每天都是人满为患。现在很多老主顾推着坏车打陆伯堂车铺前经过，朝他颔首一笑，就走过去了。陆伯堂欲言又止，抄着手跟出来，神情很是落寞地看着他们进了有女人的敞棚。

现在来说说打猎的事儿。陆伯堂曾在陶勇部队当过兵，是摆弄枪杆子的好手，就是说他的枪法很准，弹不虚发，说打鼻子不打眼。据说有一次陶勇和他比试射击飞碗，他砰砰两枪将两只小花碗打得粉碎，而陶勇只击中了一只。在萧索的冬天，你会经常看到陆伯堂一身猎人装束，远看就像常宝她爹，朝海边的芦草荡走去。颀长铮亮的鸟枪和装满火药的牛角交叉背在肩上，腰间束一根从部队带回来的牛皮皮带。海边的芦草荡离长沙镇比较远，他每次都骑车去。既然是去打猎，当然有猎狗跟着。在我们这儿的草荡里最常出没的就是野兔，它们只要一出现，很难逃过陆伯堂的枪口，但由于鸟枪射程不够远，钢珠的杀伤力又太有限，所以野兔被击中时一般是打个趔趄——那情形就像一个哲人猛然想到一个平时不太容易想到的高深哲理那样愣了愣——然后落荒而逃。然而毕竟是受了伤。所以逃奔时一瘸一拐，明显慢了许多，这时就需要猎狗上去将它叼回来，因此野兔最后实际上是被猎狗咬死的。陆伯堂喜欢体格健壮、剽悍凶猛的猎狗，这样的猎狗才不会像跟屁虫似的跟在主人后头呢。在出猎时，它们起先做出一副驯服的样子，在主人的车后亦步亦趋，但很快就会像一支利箭，嗖地掠过车龙头，射向前方，尖兵一般搜索前进。陆伯堂经常更换猎狗，这是猎人的大忌，但他无法不更换。这一点你很快就会明白。现在你看到的是一条全身油黑名叫黑豹的猎狗，高大如牛犊，它敏捷，忠诚，弹跳特别好，经常跳起来抓飞虫吃。现在它已经像一支利箭射出去有一里多地，经过仔细搜索没发现沿途有异样情况，所以它又摇着尾巴返回，绕主人的车转一圈，又跑到前头引路。此时猎人和狗抵达了目的地，猎人把枪架在土墩上，像听到口令似的卧倒在地。卧倒的动作干净利落，非常职业化。猎人在卧倒的瞬间重温了他漫长的军人生涯。野兔很快就出现了。这是一只失恋的野兔，步履显得忧伤和疲惫。猎人紧贴着扳机的手指有点犹豫，但最终还是扣了一下。砰！在沉寂空旷的海边，枪声震耳欲聋，简直可以说是轰鸣。野兔好像被拌了一下，前腿跪下去。这个时机当然是留给猎狗出击的。这个时候我们是多么希望黑豹像刚才那样，箭一般的射过去，将致伤的猎物叼回来邀功。事实上黑豹可能也正想这么做，因为它一进入草荡就把耳朵如雷达般的竖起来，将双眉如京戏里的黑脸包公般的拧起来。然而紧接着发生的情景让我们太失望了，因为黑豹又命中注定似的重蹈了它前任的旧辙。它听到枪响的一刹那，竖得笔直的耳朵突然耷拉下来了，然后掉转头，撒开四蹄，逃窜而去。陆伯堂那种落寞的神情就是在这个时候呈现出来的。他拄着枪佝偻着腰背跪在草地上，身体有点瑟瑟抖颤，向一边倾斜，弱不禁风的样子。他眼睁睁地看着野兔踉踉跄跄走掉了。

既然提起了话头我还想继续往下说。现在细想起来父亲还把他的落寞神情献给了两个特殊的场景。

场景之一。在长沙镇东头驻扎着一个空军雷达站，我们小时候一律称之为东海部队。几乎每个月部队都要在篮球场放一次露天电影。每逢此时，附近村镇的百姓会肩扛手挽各种板凳从四面八方蜂拥而来。银幕正面的地方坐满了，就黑压压的挤到背面去。银幕背面当然也一样看，但你要注意识别方向，比如鬼子被八路军打死后应该是朝后倒下的，但背面却相反，往前扑倒。背面的观众有时走神，忘了这个区别，第二天与正面的观众谈论电影时不免发生口角，双方争得死去活来。百姓们很早就来了，把整个篮球场围得水泄不通，但中间的一方空地无人敢僭越，那是留给亲人解放军的。放映前十分钟，解放军叔叔排着整齐的队伍，唱着《三大纪律八项注意》，从人们自动闪开的一条道进入那方空地。为了严防阶级敌人在放电影时搞破坏，解放军都是全副武装，在看电影时就把枪抱在怀里。解放军叔叔最喜欢孩子，有时看着看着，他们就把身后踮着脚尖看电影的孩子揽过来，让他们坐在自己的膝盖上。现在孩子不仅能清楚地看电影，而且还能抚摸可能是装着子弹的真枪，此时孩子真是幸福死了。我多想也这么幸福一回啊。有一次父亲带我去东海部队看朝鲜电影《南江村的妇女》。我们去晚了，只好站在最后。但还有很多去得更晚的人，于是我们就被推来搡去。后来落下脚来一看，我高兴得跳起来，因为我们紧挨着解放军叔叔了，在电影场散发着的浓重的汗臭味里，我一下闻到解放军叔叔芳香的解放鞋味。它让我兴奋得晕眩。电影开始了，美国佬的飞机对南江村狂轰滥炸，硝烟浓厚得一缕缕从银幕上飘下来。我身边的孩子故意大声嚷着，解放军叔叔，我看不见，解放军叔叔我看不见哩。于是解放军叔叔就一把将孩子揽过去了。那些孩子神气活现坐在解放军膝盖上，做各种各样的鬼脸。我也像别的孩子那样大声嚷着，但没一个解放军理我。这时我自然就想让父亲帮帮我。我父亲当过兵，这使我从懂事起就非常自豪。不过我当时产生了一种错觉，以为当兵的都是一家子，父亲应该是同东海部队的解放军熟识的，而且我想，父亲在部队里当过连长，这事儿就更好办了。我拽着父亲的袖口说，爸爸，你跟叔叔说说，叫他们也把我抱过去。由于轰炸声太响，父亲没听见，就弯下腰好让我的嘴凑到他耳朵根子上。我又重复了一遍。父亲愣住了。他肯定听明白了，但我担心他还没听清，又直着嗓子喊了一通。我说，爸爸，求求你了，你就跟解放军叔叔说一声吧。这时因为要换片子，电影场一下亮堂起来。我看到父亲一副落寞的样子，俯视我的眼神非常悒郁，嘴唇哆嗦着说不出一句话来。现在我想，如果父亲把那句话说出来，该是什么话呢？父亲把我扛到他肩膀上，这是他对我亲热的表达方式。我用衣袖擦着眼泪。越擦越多。

场景之二。有一天下午，一辆贼亮的黑乌龟壳开进了长沙镇。在此之前谁也没有觉察，就像从天而降似的。当时吴松正低着头在八鲜行门口调试磅秤，一抬眼，黑乌龟壳嗤的一声就来到跟前。吴松吓了一大跳。那天下午镇上所有的人都吓了一大跳。那时候人们把小轿车叫做乌龟壳。那时候乌龟壳是凤毛麟角，稀少得让人误以为神话传说里才会有。而且只有中央首长才能坐上。从黑乌龟壳里下来一个大胖子。由于肚子太大，他实际上是从小车门里挤出来的。在镇上人看来，他肯定是当官的，而且是个不小的官。他径直朝吴松走过来。吴松紧张得喘不过气来。大胖子朝吴松喊了声“老乡”，口音是当地的，但掺杂了一点不伦不类的普通话，给镇上人的印象是南腔北调。老乡，向你打听一个人。吴松学着样板戏里的人物毕恭毕敬地问，首长，你想打听哪个？围观的人哄堂大笑。大胖子说，此地可有个叫陆伯堂的。吴松眉飞色舞地一连声说了十几个“有”，然后主动要求带路。他领着大胖子的黑乌龟壳，来到我家。镇上的人都乱哄哄地跟在黑乌龟壳后面，所以大胖子一进我家，人们就把我家里三层外三层围得水泄不通。大胖子还没进屋就大声喊起来，陆连长，陆连长。镇上不少人知道我父亲当过兵，但不知道他当过连长，都惊得面面相觑。当时我父亲正蹲在一辆四脚朝天的自行车前两手油污地接车链，听到这个久违的称呼颇感意外，怔怔地看着来者。大胖子说，连长啊，你不认识我了？我是小毛啊。我父亲兴奋得叫了声“哎呀”，随即慌乱一团。他太慌乱了。他本来想说“哎呀，是小毛啊，别人不认识你我还不认识？你就是烧成了灰我也认识，我当连长时你还是个新兵，天天夜里哭鼻子，害得我老记挂着给你擦鼻涕”，但他看看小毛已今非昔比，再喊他“小毛”显然不恰当，可他又不知道小毛到底是个什么官，所以他只好像哑巴老是在“哎呀”。他伸出手去接小毛伸过来的手，但发现手上尽是黏糊糊的车油，赶紧往回缩。但人家小毛才不管你油污不油污，一把就抓住了老首长的手。我父亲见小毛的手上也沾了油污，慌忙捞起布围腰去擦，谁知越擦越多。我父亲急得大汗淋漓，拿脸盆去舀水，一下又找不着水瓢。人们看到我父亲像没头的苍蝇团团转。小毛说，老首长，别忙乎了，我现在调到你们专区当行署专员了，此次来一是看望您，二是征求您的意见，要是您愿意就跟我回去，机关里正缺人手。又对一屋子看热闹的人说，老乡们哪，陆伯堂是我的老首长，如果当年他不离开部队，现在肯定是省级干部了，他是对中国革命有功的人，你们要好好尊敬他，关怀他，我拜托大家了，说罢一揖到地。这时屋子里掌声雷动，夹在人群里的书呆子郭新明带头呼起了口号：毛主席万岁！共产党万岁！

我父亲当然不可能跟小毛回去。小毛再三相劝，他执意不从。看看时间不早，行署专员又有公务在身，黑乌龟壳在黄昏时分动身了。它一上路就消失在漫漫黄尘里了，老乡们渐渐散去，只有我父亲久倚门框凝望远方。他黯然神伤，手不停地在围腰上搓动，那种落寞的样子让人心碎。

父亲来我这儿一直睡不好，据他解释与听不到郭新明的跑步声和“一二一”的吆喝有关，心里空落落不踏实。长久以来，书呆子郭新明的脚步声和吆喝成了长沙镇居民的心理安慰。他的脚步轻柔明澈，吆喝错落有致，韵味十足，在无眠的夜里，你只要和着他“一二一”的节奏，轻叩床帮，很快就滑入梦境。父亲睡不着便喜欢下楼走走。在我们的住宅区，有许多彻夜不眠者，他们席地坐在路灯下的甬道上饮酒或者对弈。父亲有时就以参与者的身份置身其间。我虽然未见过父亲饮酒或者下棋的姿态，但我想象父亲的神情肯定是落寞的。落寞地呷着酒，落寞地举棋不定。有一天，父亲一夜未归，我们找遍住宅区的所有角落，不见他的踪影。这时晨曦微露，正是迷路的情侣回家的时候。在甬道上坐了一宿的人挟着酒瓶或棋盘，神思恍惚地寻找归途。他们都说夜里没看到陆伯堂。我妻子急得要报警。我沉思片刻说，父亲已经回家了。我随即赶往长沙镇。果然如我所料。邻居们说，父亲是骑着一头牛贸市场丢失多年的水牛回来的。我猜想，父亲可能在半路上邂逅那头因为倦游而还乡的水牛，于是就骑着它回来了。父亲正在堂屋的凉榻上酣然大睡，弥补进城后流失的睡眠。

后来我又多次央父亲进城颐养天年，但父亲借口生活不习惯屡屡推却。他是丢不下我母亲。虽然母亲已经仙逝，但父亲觉得她犹在人间，朝夕相随。父亲和母亲一生情深意笃，心心相印。母亲一心想好好侍奉父亲，谁曾想自己却先他而去。我说过，他俩是在淮海战场相识的。当时母亲还是二八少女，她作为支前民工给前线送弹药，半道上遇到一批撤下来的伤员，于是母亲就留下来照料伤员。她照料的正是我父亲。父亲的伤势并不重，养息几日后就重返前线。临行前他将一枚祖传的玉镯送给我母亲，我想他们的婚誓就是这时候立下的。

既然父亲不愿离开小镇，我们应该常回家看看。事实上我们并没有这样做，杂务缠身是一个原因，更重要的原因是对童年之地的恐惧。人世上再没有比童年之地更圣洁和纯净的了，当一个人像远航的船驶出这个王国后，它就以诘问的方式静等你回来。这些诘问我们无法回答，因为我们早就变成了用纸裁成的偶人，生活在用纸裁成的生活里。真正的你已经消失，虽然只隔着一层纸，但你永难回返。无奈的是，谁也不能戳破这层纸。

有一天我路遇一个来自长沙镇的箍桶匠，他告诉我“你父最近有点松劲”。松劲是长沙镇的方言，意谓乏力，倦怠，体软。他责怪我“咋不回家瞟瞟”。星期六下午我带着儿子远远，蹬上了去长沙镇的中巴。每次出行，远远都要捎上一大堆玩具，但因为他最近只对弓箭感兴趣，所以他就让塑料弓箭伴行。我打算让远远在爷爷那儿多呆些时日，让爷爷做他几天箭靶。

城里离长沙镇并不远，又是柏油马路，很快就到了。公路两侧的老房子几乎荡然无存，只有我家的还惴惴地蹲在那儿，惶然四顾。透过车窗我看到我家门口丁槐树上绑着的车轮钢圈还在，它几乎是所有车铺的标记。不过由于经年风吹日蚀，它瘦成了一个干枯的圆铁条。现在我领着远远走近家门。用来修车的敞棚还在，然而已然衰败，似乎随时都会倾圮。我在敞棚里呆了会儿。我清楚地记得多年前父亲搭建它的情景。那时父亲正值壮年，胳膊上全是硬邦邦的疙瘩肉。父亲请来几个帮工，为了消除劳动疲劳：父亲说了好多荤故事，几个帮工咯咯咯咯笑了一天。那时父亲是快活的，也比较有情趣。但是有一天发生了一件事，正是这件事改变了父亲的性格，或者说可能正是这件事使父亲开始变得落寞起来的。那天来了一个修车的，满脸碎麻子，人称麻爹，我经常看到他在长沙镇的酒肆里喝得烂醉如泥。很多人说他是靠老婆养活的。他的老婆叫小翠，既漂亮又风骚，招惹了不少汉子。天一黑麻爹就出去转悠，那些汉子乘机登门。麻爹很快回来把着门。到夜半更深，憔悴不堪的汉子出来时，正好被麻爹堵个正着。麻爹要拖他们到派出所去，那些人当然不敢去，因为有不少是镇上的干部或头面人物，于是就拿出钱来私了。第二天麻爹就揣上钱到酒肆里去了。我父亲当然看不起麻爹，很少与他言语。车修好了，麻爹拍拍屁股准备走人。我父亲提醒他还没给钱。麻爹说，你帮镇上人修车都不要钱，咋就问我要。我父亲说，别人可以，你不行。麻爹问为何。我父亲说，因为你不是人。麻爹不服气，老子今天偏不给，看你把我吃了，抬腿就跑。我父亲跳将过去拦住他，骂了声"他妈的"，父亲一动怒就要用上这句从部队学会的口头禅。我父亲骂着，他妈的，修车不给钱，天底下哪有这种理。麻爹支起车，捋起衣袖想动手。我父亲双目圆睁，抄起一把铁榔头，他妈的，你今天不给钱就能出我家门算你本事。此时麻爹冷笑了一声说，你以为我怕你这个胆小鬼，你的底细哪个不懂，要不要我再给你抖落抖落？父亲一听这话，举着榔头的胳膊就软了，榔头当地一声掉在地上，看着麻爹推起车扬长而去。

我和远远走进院子。父亲坐在一张爬爬凳上，由于天热，穿了一件布裤衩。父亲总是穿着空心裤衩，由于裤衩太肥大，有时就露出一截下身。我想起小时候当父亲穿着大裤衩坐在爬爬凳上劈木柴我趴在地上窥视他下身的情景，不禁心头一热。父亲倚着扁豆架打盹，我们一进来他就睁开眼说，知道你们回来了，我刚才梦着哩。父亲无精打采，一脸倦容，想从爬爬凳上站起来，试了几次都没成功。我蹲下来注视着他。我发现父亲的眼角泪迹斑斑。他说我还梦到你妈了，我老是梦到她，你妈叫我去跟她做伴儿，她在那儿太冷清了，孩子啊，我可真想去。

那天夜里月光如水，我在欲睡未睡之时，听到了母亲蹑手蹑脚走近窗棂的声音，我想，母亲会跟我说什么呢？黎明时分母亲出现在我梦中。她撩开蚊帐，坐在我床前，轻轻叹息。她说：儿啊，你终于回来了，你爸年老体弱你要多回家看看，我最放不下心的，就是他还惦着那件事，这么多年了，磨人啊，他咋就丢不下呢，非要等到闭上眼睛？儿啊，你要好好劝劝他，让他想开点，保重身子要紧。我知道我是在做梦，但我佯装不知，我想要母亲多待会儿，但是远处传来一声鸡鸣，母亲倏然不见。下面让我来告诉你我母亲说的“那件事”，你完全有权力知道。

1949 年 4 月 20 日晚上，父亲率领他的连队参加了渡江战役。他们乘木帆船从江阴进发，途中不幸与敌舰遭遇，受到重创，部队伤亡过半。我父亲心急如焚。他历经上百次战斗，骁勇善战，闻名全军，但在长江水面上却施展不了手脚，作为军人这是最痛心又无奈的。父亲的胳膊被弹片擦掉一块，顾不得血流如注，和战士们疯狂摇橹。这时候他真希望船能飞起来，他深知船跑得越快胜利越有保证，犹疑和等待意味着死亡。在滩头他的部队遭到敌人的猛烈狙击，敌人的暗堡密密麻麻，每个暗堡少说有三挺机关枪，形成火力交叉网，枪声似豆弹如雨，江水又一次被战士们的鲜血染红。我父亲懵住了。这时候除了强攻别无退路，因为呆在原地不动，就成了敌人的枪靶。但我父亲却愣在那儿，脑子里一片空白。有人说军人打仗越打胆越小，我父亲会不会是这样呢？他懵在那儿不可能什么也没想，也许想的是要保存实力，如果是这样，他应该下达撤退的命令。但他什么命令也没下，犹疑不决，结果导致他的部队全军覆没，他本人也神秘地消失了。这场战斗是父亲的滑铁卢，让他终生蒙羞。时隔几年，父亲又突然出现在母亲面前，而母亲早就以为他阵亡了。父亲和母亲喜结良缘，在长沙镇定居下来了。多少年来母亲期待着他告诉她失踪的经历，但父亲对此讳莫如深，不着一词。

在结束这篇故事之前，我想告诉你那个星期日我们是如何度过的。

由于孙子的到来，父亲的精神陡然好了。天一放亮他就起来了，叫醒孙子，然后用肩膀扛着他到镇上去了。长沙镇是三个乡的交汇点，每天早上，三乡的人民从四面八方跑来赶集，鸡羊猪牛吵成一团，好不热闹。父亲扛着孙子挤在人流里，嘀嘀嘀笑得合不拢嘴。但孙子却哭得不亦乐乎，因为人们都争着去捏他裸露着的屁股蛋子。父亲很是恼火。很凶地骂，你哭个鸟，男子汉不许哭，再哭就割掉你的小鸡巴。于是孙子要求放他下来，这样就没有人捏他屁股了。

父亲带回来很多菜。吃了早饭我就开始忙活午餐，让父亲跟远远好好亲热亲热。父亲起先给远远讲打仗的故事，远远不满足，要来点实惠的——让爷爷做老牛，他骑着玩儿。对儿子的无理要求，我大骂一通，但父亲却乐意为之。他四肢着地，让远远骑在他背上，做着老牛的样子，在院子里爬来爬去。父亲终于累了，但远远却不敢从他背上下来。他的脚几乎能踮着地，很容易下来，然而生性胆小的孩子就是不敢下来。他哭着求助于我。我想抱他下来，但被父亲喝住了。父亲怒气冲天，他妈的，没想到陆家出来这么个胆小鬼，我今天倒要看看你敢不敢下来。说完就把孩子掀下来了。这事儿发生在午饭前一小时。在这一小时里，远远哭着“再不跟爷爷玩了”，父亲则气得进屋躺在床上。

吃午饭时，父亲沉默寡言，但喝了不少酒，莫名其妙地对我说，孩子啊，你爸快到头了。我让他去躺会儿，这时远远拿出了他的塑料弓箭，要和爷爷玩。上午的那场不愉快他早就忘了。父亲摆弄着塑料弓箭，不禁哈哈大笑，一连声说道这也算弓箭，这也算弓箭？然后他找出锋利的柴刀，开始用核桃树枝、丁槐树的小枝杈和牛皮筋给孙子做真正的弓箭。父亲真的老了，两手抖抖颤颤用不上劲，用了将近两个小时才做成。这时已是下午四点，父亲累了，进屋去歇息。将近黄昏，远远把爷爷拖起来。爷孙俩开始在院子里玩打仗游戏。远远弓箭在握，代表正方。父亲拿着烧火棍，一脸落寞，当然是反方了。远远瞄准爷爷拉开弓，但是不敢放。父亲指着自己的胸脯，大声喊，快放快放，快放呀，你遇上了敌人就得勇敢。远远还在犹豫，甚至打算放弃。这时爷爷的口气突然软了，他乞求起孙子来，好孩子，你瞄准这儿一放就行了，好孩子，你就放吧。远远受到鼓舞，就照爷爷的话做了。我看到父亲胸部中箭，随即倒在布满绿苔的罗纹砖上。远远喊着“爷爷”，跑过去拉爷爷起来，但爷爷起不来了。

父亲已经西去。

写于 2000 年 6 月 28 日至 7 月 7 日江苏如东

伴你远行

夜里朱瓦梦见自己和一群番红花色羽毛的大鸟一起飞翔，那显然是“远行”的暗示。那天夜里，静谧的校园有颗果实落了地，发出“啪”的一声响。也许朱瓦就是这时被惊醒的。同时梦见的，还有一块悬在头顶上的柱石，这意思是让他“逃避”，而“逃避”不也就是“远行”吗？

几乎每个隅角都有昆虫在唧唧作响，它们和黏稠的空气掺杂在一起，有一种沉甸甸的重量感。朱瓦最初感到窒息，或许是由此而来，但当他打开初一（1）的窗户时，才明白其实是梦魇在追踪着他，或者说从宿舍至教室的这段路上，他一直身处梦中。除了那群渐臻模糊的红色大鸟的影子，他对一切都木然无察。窗户没有插销——很有可能是今天傍晚，他最后一次检查教室时故意安排的——轻轻一推就开了，迎面扑来一股铅笔木屑的香味，使他顿觉神清气爽。他甚至产生这样的想法：“远行”是否是指梦境本身呢？梦境从窗户打开的通道远行而去了，若是如此，这也就是他所做的全部了——打开窗户。

但接下来他从窗户跳进去了。原先靠窗户摆着一张课桌，现在看来这张课桌也是他今天傍晚搬开的，要不怎么显示出“跳”来呢？他像猫一样跳进去，划了一个僵硬的弧线，坠落在地上。我终于堕入命运的底部了。不管我们的命运如何，我们都要堕入命运的底部，过渡是暂时的。梦境是暂时的。

他从未在夜间进过教室。最初的幽暗过去后，教室显得白森森的。他穿过课桌间的罅隙，走向沉寂的讲桌。讲桌面上泛起的光泽，像片片闪亮的鳞片。他想象这些鳞片很快就会像蝴蝶在水面飞舞，不禁绽开笑脸。

每年暑期，教育局最为忙碌，也是人事股长最能颐指气使的时候。他对各校来要人的校长翘起二郎腿，然后吞云吐雾，信口开河，有时又言犹未尽，不顾左右而言他，弄得校长们丈二和尚摸不着金刚。这些校长中就有吉凡。“把朱瓦给你们怎么样？”人事股长打量着吉凡递过来的香烟。吉凡眼前浮现出一个风度翩翩，儒雅气十足的青年。暑期前区中学的公开课上，朱瓦磁性很强的男中音，吉凡印象甚深。但是在评课会上。有人悄悄告诉他一件朱瓦的风流韵事：朱瓦有一回家访时，迷上了学生的母亲。在一次偷情时，被学生的父亲发现，于是追赶和狂奔成了乡村田埂上的一道风景。最后朱瓦慌不择路，不惧天寒地冻，跳进一条河汊。但这个故事后来又被这样演绎：主题仍然是追赶和狂奔，但朱瓦最后来到的不是一条河汊，而是一堵高墙，朱瓦顺手操起一根竹篙，一个撑杆跳，越墙而过。考虑到家丑不可外扬以及孩子还要靠老师帮扶，学生的父亲本想忍声吞气，就此作罢，可是朱瓦情丝难了，竟然穿着游泳裤（另一说法是扛着竹篙）前来幽会。于是家长的父亲告发了他，这意味着朱瓦在区中学教育生涯的结束。

“他这人水平还是不错的，打磨打磨完全能挑大梁。再说人无完人，孰能无过，看问题要看主流嘛。”人事股长见吉凡犹豫不决，便这样开导。

吉凡担心的是，朱瓦既有此类前科，谁能保证不旧病复发？坎沙中学虽然是个幽僻的农村学校，但教育者的形象还是要维护的。

“这样吧，”人事股长进一步说，“你把朱瓦拿过去，我搭配给你一张讲桌，怎么样？”吉凡面露喜色，伸出小指与人事股长勾了勾：“一言为定。”

坎沙中学教学条件简陋，在全县教育界人所共知。全校竟然没有一张讲桌，黑板前面用沙泥垒成一个土墩，教师讲课像法师祭坛那样站在上面，小心翼翼地传道授业。要是讲得兴起，一激动，稍微打个重一点的手势，那土墩就会崩溃，教师理所当然闹个仰八叉。有一次患有心脏病的老历史教师，站在土墩上给大家讲三国，当那曹操老贼出现时，老历史教师恨得咬牙切齿，一跺脚，从土墩摔下来，险些命归黄泉。

为此学校曾有过一次罢教事件，教师们表示：不解决讲桌问题，决不上课。有个客籍周姓教师泪水涟涟地对吉凡说：“我大老远跑来，就是为了摔成鼻青眼肿的吗？”

吉凡挨个儿跑到教师跟前，差点下跪：“伯伯婶婶兄弟姐妹们，不管咋说，先把课上起来，不敢误人子弟啊。讲桌我再去跑，一定给大家一个说法。唉，都怪办公费太少了。”确实少，一学期五百来块，还不够上头来人吃一顿。由于这个原因，坎沙中学亦以节俭闻名全县。校园内找不到一个粉笔头，教师们最大限度地利用粉笔头的剩余价值。最后粉笔头成了一个浸满汗渍的白点，在黑板上那么一摁，就变做烟尘簌簌而下。教师们这么摁时，一副悲壮的神情。再举一例，由于发不起学习用纸，学生们都捡来香烟壳代替，甚至连擦屁股的纸也用上了，而擦屁股就用芦苇剖成的片片儿刮抹。

没人没钱没物，但学校要办下去，还要办出点名堂，这就是吉凡面临的困境。这次他到局里来，提出的第一个请求，就是拨给几张讲桌。管学校设备的朱股长没等他说完，就失去控制似地使劲摇脑袋。“不行，不行，我们首先要保证供给重点学校。”“一张也不行吗？”“一张也不行。”朱股长扭过头不再理他，继续往外拽刚出来一半的耳屎。吉凡失望得有种要寻短见的感觉。他万没想到，人事股长就这么轻易地答答他了。

“再搭配一张怎么样？”吉凡看着人事股长庄严的神色，做好下跪的准备。

“老吉呀，你不能太贪心，像你们那样的学校，拨一张就算老天爷开恩了。明年再说吧，要是明年你再拿个朱瓦这样的人，我会再给你一张。”

吉凡想，一张就一张吧，毕竟看到一丝曙光，而且回去也好交待了：领导还是惦记着我们的嘛。

在八月末的一个午后，朱瓦乘着一辆嘎嘎响的手扶拖拉机向坎沙中学进发。拖斗里除了几件行李和几捆书外，就是那张漆得闪亮的讲桌。道路沿着一条大河伸展。

这条河是构筑海岸时留下的，风从水面刮过，送来盐碱的气息。讲桌倒卧着，向燠热的天空叉开自己的腿脚。朱瓦不停地抚摸讲桌。那只细瘦的手，一直被水面浮游的马尾藻团的反光照亮。现在这只细瘦的手仍在这么抚摸，皮肤与木纹摩擦发出的细微之声，在静谧的教室游走。

既然过渡是暂时的，你为什么还不开始呢？反过来也可以这样问自己：既然过渡是暂时的，为什么要着急呢？所有的终结都需要“过渡”这个跑道。这就是他在开始（在大河边的手扶拖拉机）和结束（现在，黑夜中的教室）时，抚摸讲桌的缘由。

而且他觉得“过渡”是如此的能够触摸：一颗不期而至的雨滴，掉在窗外的攀援植物上，在发出滴答声的同时，又坠落到芭蕉叶上。蹦跳几下后，锻炼得更圆滚结实的雨滴，终于落到贴地而生的木犀草上。突然，窗户上映出一片光亮，人影闪烁。后面教师住房的其中一间灯亮了。

那是吉凡的寝室。莫非他已有所察觉，让事情终了在开端之时吗？但是很快，那片光亮就消失了。随即又传来另一种声响，那是毛驴蹄子踩在沙地上迸溅出来的。学校附近有个叫跳白的住户，从北方牵回一头毛驴，用来替人搬运货物。跳白有一次驾驴给学校驮砖，经过操场时，突然吐血而亡。此后每到深夜，毛驴就出现在操场上，来来回回不停行走。

“过渡”终于结束了。朱瓦打开教室门，开始搬动讲桌。

与朱瓦同时到达的讲桌，使教师们激动不已。大病初愈的老历史教师，摘下老花镜，凑上去左瞧右看，嘟囔着：“啧啧，我可没见过这么好的讲桌，我这一辈子书算是白教了。”

朱瓦教初一（1）的政治，当班主任，那张讲桌先安排在他教室里。吉凡在开学典礼上宣布，讲桌轮流使用，就先从初一（1）开始。

那天早上，朱瓦出现在校园时，全校一片哗然。先看他的打扮：港式分头，上面抹了很多保湿摩丝，亮得耀眼。然后是有棱有角的白衬衫，玫瑰红领带，仿金别针。下身是那种裤线挺直得能削萝卜的黑西裤，足蹬当地很少见的紫色牛皮凉鞋。他的教具也让人眼界大开：左腋挟长方形天蓝讲义夹，右手提着一根能伸能缩的天线教鞭。这让那些一听到上课铃，就抱了一团乱纸，抄起一根烧火棍，匆匆赶往教室的教师们面生愧色，无地自容。

朱瓦微露笑容，迈着专业色彩很浓的步伐走向教室。许多听到了预备铃的学生，不再像以前那样在座位上正襟危坐，而是跑出来跟在朱瓦身后往前走。有几个教师试图把他们拦下来，结果也走了老远，好像也加入了这支队伍。

这些追随者的心灵怎么能不震颤呢？从他们跨进坎沙中学的那天起，看到的教师的模样几乎无一例外：陈旧灰暗的服饰，领子上油渍发亮，而且经常系错纽扣，衣襟滑稽地吊着。有的教师衣摆下还有很长的裤腰带露出来，就像一截肚肠。学校里大多是民办教师，学校、田间两头忙，所以总是汗流浃背，头发蓬乱。好多学生在写谈理想的作文时，立志当一名教师。但是想到今后自己也会变成这种样子，不禁黯然神伤，满腹凄凉。而现在，当朱瓦突然跳入他们眼帘时，他们先是惊愕，继而欣喜若狂，小鸟般飞出教室。这一天几乎每个学生都在谈论朱瓦，而且重新确立了自己心目中的教师形象。

朱瓦进了教室，按照师范典章上安置教具的严格规定，把讲义夹、教本和教鞭摆在讲桌上，感慨万端地打量了一下墙角挂满蜘蛛网的教室。然后发现了课桌上的那些脏兮兮的香烟壳。当他知道是怎么回事时，便从寝室搬来一个纸箱，里面全是白花花的道林纸，是他在区中学时积攒下的。每个学生都得到了一小叠。他们把鼻子贴在纸上，迷醉在淡淡的纸香之中。

讲桌比他想象的要沉。无法搬动，只好一点一点地往外挪。河流在教室前面不远的树丛里流淌。河流与教室之间，是翠绿的树篱，一道小径和几户人家。现在他和讲桌都来到教室外。从树篱那儿涌过来很重的河腥气。

吉凡在当地可以算得上是德高望重了。他出身书香门第，读了速成师范后，一直在教坛辛勤耕耘，桃李满天下，很有声威。多年前他正值壮年时，不幸患上阳萎，一直与堂客分床睡。女人在学校食堂做工友，一日三餐忙得天昏地暗，也顾不上房中之事。时间一久就淡漠了，有时夜半梦回，偶尔想起这事，有种恍然隔世的感觉。吉凡夫妇就住一间寝室，怕占地方用的是上下铺，吉凡在上，女人睡下。由于堂客忙，吉凡爬上去睡觉时，底铺总是空的。

有一天夜里，吉凡突然醒了。他轻轻翻身，寻思着是什么弄醒他的。下面的堂客鼾声阵阵，但这轻微的声音是不会吵醒他的。也没做什么噩梦，这些天他一直是无梦而眠的。很快，他明白弄醒他的东西来自他体内。他穿着粗布裤衩溜下去，一下扑到女人身上。女人吓得惊叫一声，“死鬼，你干什么？”“声音小点，让隔壁老师听见。告诉你它来啦。”“什么来啦？”吉凡搂紧女人，“我那玩意儿醒过来啦。”于是老两口在毛竹铺上重温了多年前的美妙生活。就在女人幸福得乱叫唤的时候，吉凡隐约听到门口的脚步声，时断时续，显得很犹疑。但是他的警觉很快就被强烈的疲惫感淹没了。由于要给住校教师和寄宿生做早饭，吉凡女人天不亮就起床了，可门怎么也打不开。吉凡下来一看，原来门从外面锁上了，便立即联想起夜里的脚步声。一个早起的学生用砖砸开了锁。吉凡怀疑是朱瓦干的，原因很简单：朱瓦调来之前，学校从未发生过这类事。但仅仅是怀疑而已，吉凡并未抓住什么把柄。

朱瓦到来的短短几天，不仅受班上的学生欢迎，而且教师们也很钦佩。他仪表整洁，学识渊博，又从不摆架子。他上课虽带着讲义，却从不看一眼，往往是把粉笔像香烟似的夹在两个手指之间，在教室里踱来踱去，同时引经据典，滔滔不绝，神采飞扬，把枯燥的政治课讲得生动有趣。教室里时而寂静如水，时而哄堂大笑。课后他就衣着随便地到学生中间去，和他们交朋友，甚至学着他们的样说粗话。这样一来，他的威信就更高了。

不久，吉凡就听到了关于朱瓦的闲言碎语：班长朱玉东把在路上捉到的一只肥鳖，献给了朱瓦，而朱瓦全不顾教师的体面，竟拿到小镇上去卖，得了一张百元钞票。他用这钱请班上的几个调皮大王看了几场电影，又买了猪头肉和老酒，钻进玉米地里喝了半宿，个个喝得烂醉如泥。而且朱瓦的举止变得愈来愈诡秘：走路时经常朝身后看，寝室门常关得铁桶似的，有人从后窗的缝隙看见他躲在里面削竹篙头，那种用来做撑竿跳的竹篙。更蹊跷的是，有时他在寝室走动，竟然身着游泳裤。

吉凡找到朱玉东，逼他吐露了真情，不仅证实确有肥鳖之事，而且玉米地里喝酒也并非虚构。与传说略有不同的是，朱瓦喝醉后把在区中学的那件韵事，原原本本告诉了几个皮大王。还说了“拘泥”这个词儿。大意是人不能拘泥，要洒脱，就像往河里纵身一跳，或撑杆越过墙头那样。

吉凡满腹忧虑，想找朱瓦好好谈谈。坎沙中学还从未发生过教师和学生私下看电影、喝酒的下作事哩。但是当他经过初一（1）教室，听到朱瓦抑扬顿挫、字正腔圆的讲课声时，又犹豫不决起来。过些日子再说吧，他叹了口气。

看电影和喝酒的投资还是有效益的。那几个皮大王不仅对朱瓦言听计从，而且还帮着维持班级纪律。遇到哪个在别的教师上课时捣蛋，皮大王便衣袖一捋："去你妈的。"因而把初一（1）整治得条缕分明。过了两个月，全县各科统考，坎沙中学依旧拎了"草鞋"，但朱瓦教的政治却打入全县前八名，进入了八强。人事股长特地让人捎口信给吉凡："怎么样，是骡是马，拉出来遛遛嘛。朱瓦这个人水平还是有的嘛。"

与此同时，对朱瓦又有了新的议论：朱瓦在课堂上谈吐高雅，但课后却满口污言秽语，就是当着女生的面也不例外。有一次他甚至穿着裤衩在寝室里辅导女生。值得注意的是，他频频出现在一个叫田纪兵的学生家里，而田纪兵的母亲是远近闻名的美人，人称"落箱豆腐"，又白又嫩。而且他每次去都是挎着一个包，里面装的就是那条游泳裤。

继吉凡夫妇被锁在屋里后，校园又出现了咄咄怪事。朱瓦寝室后窗外是学校的油菜地，在收获的季节人们发现菜棵子里布满了白纸包，打开看时，全是干巴巴的大便。这白纸和朱瓦送给学生的一模一样，也就是说，完全可能是他干的：在寝室里大便，然后用白纸包妥甩到后窗外。

一年一度的乡秋季运动会，在学校的操场上如期举行，许多边远学校的运动员都赶来了。吉凡一大早亲自到镇上买了三斤白花花的大肥肉。准备中午招待来自各校的裁判。但是当工友也就是吉凡的女人，到食堂的储藏室去取来下锅时，那三斤肥肉竟不翼而飞。储藏室的窗户被人推开了，紧挨着窗户的条桌上，留下了长长的脚印。中午，饥肠辘辘的裁判们，兴致勃勃地跑进食堂时，才得知肥肉被窃的消息。吉凡女人最擅长煮咸菜汤，那汤能把人的魂鲜掉。于是她使出浑身解数，让裁判们气呼呼地灌了一肚子咸菜汤。下午，裁判们确实像掉了魂似的，动辄判罚坎沙中学运动员犯规。坎沙中学每年都是乡运动会的冠军得主，但是今年却连季军也未捞到。追根溯源，使学校蒙羞的当然就是那个窃贼了，一些教师要求向派出所报案，破获这起盗肉案。但是吉凡却擦掉了那个脚印。事情明摆着，只有朱瓦才有那么长的脚，而且在肥肉被偷的当天晚上，有人看到他进茅坑呆了很长时间。那人出于好奇，佯装进去小便，发现朱瓦正在拉稀，肯定是吃肥肉吃的。

时隔三天，食堂刚打的一塑料壶菜油，突然消失了。那是在晚饭过后，吉凡女人刷完锅碗，锁门前照例要把灶间收拾一下，发觉那壶油不见了。这一次吉凡按捺不住了，脸红脖子粗地喊出所有的住校教师，然后亲自挨门搜查。查朱瓦的寝室时，吉凡注意到朱瓦不时朝墙角的几只茶瓶瞥上一眼。他思谋再三，还是从茶瓶边上过去了。搜查自然是一无所获，但第二天终于在学校北面的小沟里，找到了那把塑料壶，当然是空的。

那扇沉重的铁门也是在小沟里找到的。学校董事会出面请一家乡办企业赞助了一扇铁门，这意味着坎沙中学从此有了像样的校门了。铁门拉回来后，就倚在校长室的西墙上。吉凡半夜起来解手时，铁门还在，但早上就失踪了，毫无疑问，作案是在下半夜进行的。设想，漆黑的夜里，作案者胆战心惊地背负铁门，弓着腰颤巍巍挪动脚步，好不容易越过一片棉花地，到达小沟。他试图直起腰，让铁门滑到地上，但铁门太重了，他不仅没如愿反而跌了个嘴啃泥，那门也磨盘似地压在他身上。

这一连串的事件，给全校教师的心灵蒙上了一层阴影。校园失去了往日的宁静，教师们顾不上备课、批改作业，一下课就聚到一起无休止地谈论。他们一直为这样两个问题困扰着：

1. 为什么朱瓦没来时，从没有出现过这些事？

2. 下一次会发生些什么？

冬季到来之前，吉凡同朱瓦进行了一次谈话。时间之短连吉凡也始料未及。他本来是准备畅谈一番的，但刚开了个头，就进入了尾声，完全是写意式的。

谈话地点在吉凡寝室里，两个人都盘腿坐在底铺上。算得上促膝谈心了。话题从韩愈的《师说》开始，吉凡背诵了几个名句，然后解释了一番，却发现这不仅与谈话的初衷大相径庭，而且颇为滑稽。接下来应该单刀直入，把那些事件摆一摆，然后迫使对方就范。但吉凡话到嘴边又吞回去了——那些事件就一定与朱瓦有关吗？证据何在？当然，同学生喝酒、看电影是抵赖不掉的，但谁说这不是在市场经济条件下探索的教育学生的新路子？喝了酒，看了电影，那些人见人怕的皮大王不是被收伏、招安了吗？吉凡觉得自己一开始就犯了个错误：本来以为到了谈话时机，结果还是太早了。

吉凡解释完《师说》，便缄默无语了。朱瓦善解人意地说，我明白你的意思了，我知道以后怎么做。

谈话的当天夜里，朱瓦出去解手，刚打开门，就见一个人影呼地溜走了。这个人也许一直就趴在窗上屏息静听。

第二天政治课上，朱瓦第一次撇开了教学大纲，另起炉灶，竟然讲开了存在主义。说到兴起处，便脱下西装，胡乱一捆，掼在讲台上。下课时，他不再像以前很有风度地挟着讲义夹，而是挟着西装卷回寝室的。

在另一堂政治课上，他竟然没带教本和讲义，一开始就有声有色地谈起教育局某些领导的艳事趣闻。全班学生个个听得津津有味。此后，每当政治课他都大放厥词，有时还板书，让学生记下来。这个情况吉凡当然知道，但他觉得找朱瓦谈话的时机又过去了。

下课了，朱瓦不再把寝室关得像堡垒似的，而是门窗大开，时常是宾客满座，笑声喧嚣。衣着也更换了，从箱底翻出破旧的中山装套上。头发也不抹摩丝了，很少洗，蓬得像鸟窝似的。他还要了一块菜地，一有空便去锄草。听到上课铃，就匆匆跑到寝室，抱起一团乱纸，抄起一根烧火棍赶往教室。总之，朱瓦课后的举止与别的教师没什么不同，无懈可击。

有一天下午，乡里来人通知吉凡到乡邮政所听电话。电话是人事股长打来的。喂，老吉呀，听说朱瓦在政治课上诽谤局领导，有没有这回事？嗯，好像是有的。有没有，没有就没有，什么好像。我没有听过他的课。那我来听，不过我担心会一无所获，我是说他会不会暂时收敛。你放心，他在课堂上已经把持不住了，而且你来听课对如何处置他更具操作性。好吧，我同监察股的田股长一块来。

放学后，吉凡把来人听课的事通知了朱瓦。朱瓦当时正在教室检查门窗。他想了想，把靠门那扇窗的插销拔了出来。

朱瓦终于把讲桌挪到河流边缘了。刚才过树篱时，脚踝被荆棘刺了一下。现在他感到那地方麻酥酥的。低头看时，那血在星光下如黑乎乎的墨汁似的糊满脚面。他坐在地上吮吸起来，像喝了酒似的醉醺醺的。然后把讲桌推入河中。自己则坐在上面顺流而下。

写于 1996 年 12 月 6 日至 12 月 11 日江苏掘港

午夜漫游

我要告诉你我父亲的一段失踪经历。那是四月末一个恬静、温润的夜晚，时间恰值午夜。你站在城郊滨东新村楼群的某个罅隙，看到离你不远的一棵棕榈树播着六片叶子，叶脉间流淌的是鸢尾花的那种蓝色。因为是在清澈明亮的月色里，住宅区边缘的一块黑黝黝的水田漂浮着老牛若明若暗的蹄影。邃然亮起的一两点火星牵出一两声咳嗽，又为语焉不详的吆喝所湮。总之，这样一个温暖的掺和着花蕊、青草、树木逸出的甜美的气息的夜晚，多么适合漫游。我父亲正是这个时候从 10 号楼某个单元的顶层顺楼梯一步步捱下来，然后就像走出火柴盒走到了户外。不用说，楼道里一片黑暗。如果有亮光的话，肯定是猫或耗子的眼睛。由于是平生初次接触楼梯，对混凝土台阶的恐惧使我父亲像押赌注似的把整个身体的重量全部押在扶手上，这样他的左腿或右腿在未挨上下一级楼梯之前，就像一截了无生气的木棍在空中荡来荡去。当时我父亲穿了一条灰色涤纶裤子，那两条先是跋涉在黄海滩涂，继而流连在闽江两岸，然后踯躅于泥潭小院的腿，从裤管中无可奈何地垂挫下来，最后着陆在这陌生的楼道上，我父亲像马喷着鼻息一样忧伤地叹息着。

在这里我要简单说说滨东新村。大约在五年前，房产部门在滨城东郊掀起了一次圈地运动，其结果是和春天一起生长的麦苗倒毙在推土机疯狂的喧嚣中。人们在新翻耕过的土畦上看到一个古老部落的影子消逝在蓝天之下。随着第一幢住宅楼的崛起，鳞次栉比的高楼仿佛多米诺骨牌效应，一夜间星罗棋布。人口膨胀的滨城开始向新村泄洪，而在迁徙过去的住户中，就有我和我堂客。

在我父亲失踪的前两天，我把他从乡下接到城里来。我们是黄昏时分进入滨东新村的。一绺淡紫色的暮霭穿过某扇玻璃窗，给父亲核桃一样布满深沟的脸庞上，投下一种对新生活探究的奇异光彩。正当我们穿越一幢六层楼时闻到一股油炸鲇鱼的香味，不用说那是从二层的一间厨房飘出来的（后来我们才知道，整座楼都在制造这种鱼味）。那里，一个中年模样的人俯身站着，驼起的背峰就像他面前的那口锅，不停颤动的右肩表明他正不遗余力地拨弄着铲子。我父亲颇感好奇的是，整幢楼的厨房窗前都站着类似的人影，他们右肩颤动的幅度几乎一样，而且脖颈后系着饭单的那颗结也打得一样的醒目。也许是不慎的一滴水溅进了油锅，“嗤”的一声，所有的人都同时后仰躲避油星。我父亲竟也不由自主地朝后仰了仰。父亲解嘲地笑了笑，意思是说，你瞧，我这么快就成了城里人，城里人就是别人干啥你也干啥。

父亲失踪的那天傍晚，惠风把一河之隔的田野的清新之气都吹了过来。早已抽穗的小麦被风摇响着，发出金属摩挲金属才有的那种铮铮之声。它们并不总是摇来摆去跳着一种简单的碎步子舞，更多的时候是流露出某种安详、梦幻般的神情沉思着。对墨绿色的小麦的向往，使父亲在天即将黑下来的苍茫暮色里，始终把脸紧贴在玻璃窗上。其实，从住宅楼的顶层看低矮的田畴，最多只能看清色块的流动和雨燕的飞翔，更何况是在黄昏的雾霭中呢？

我总认为，父亲的失踪与小麦有关。每年的此时，乡下的父亲总要到麦田间去漫步，玩赏着芒刺初露的麦穗，悦目于其色之绿，醉心于其味之醇，而今年对麦地的亲近，却成了南柯一梦，但父亲却又不甘心于此。现在想来，那天晚上父亲离开窗户坐到饭桌上来时，确实迷离恍惚，心神不属。对麦地的迷恋总像是一个令人不安的陪音，隐藏在晚餐的欢乐气氛中。父亲饭碗一撂就上床歇息去了，这种一反常态的行为使我和堂客面面相觑。现在看来，这是狡黠的父亲玩弄的一个小小的花招。而且，父亲上床后不久发出的呓语也是故意的。因为父亲一进我家的门，我就与他约法三章，不让他随便下楼，所以父亲在佯睡中等待深夜的来临。在父亲看来，只有在寂静无人的深夜，捆缚他的栅栏才是松开的。

第二天早上，父亲没有像往常那样，倚身阳台，俯视住宅区一条甬道的水杉树底下，一群老汉遛鸟的景象，嘴中情不自禁嘘出啾啾之声。父亲睡的那间小屋门虚掩着，让人感到就像一个形同虚设的圈套。开始，我们还在耐心等待屋门的打开，走出来日见苍憔、陌生的父亲。后来当等待变得虚妄和无望的时候，我们同时走进散发着淡淡芜菁气味的小房间。父亲的被窝很随便地往上一掀，仿佛随时期待着覆盖。这使我想起一件往事。有一次父亲到我姐姐家去，临走的那天早上，他把被子折叠得整整齐齐，把床扫得一尘不染。姐姐看着父亲离去的背影，鼻子发酸。父亲离我们越来越远了。

当时我们想，也许父亲刚刚下楼。在等待父亲归来时，我把脸贴在父亲昨天贴过的窗户上。令我诧异的是，在朝暾通红的初夏之晨，苍碧的麦穗一夜间就成熟了。田野遍地是被割倒的麦个子。我预感到，父亲再也不会回来了，父亲在深夜消失。但不会在深夜重现。无论如何，父亲的出走是事出有因的。被掀起的被角后来自行耷拉下来，充满了自我弃绝的悲壮意味。

让我们再回到那天午夜里去。我父亲那两截木棍荡出火柴盒之前，出了一点麻烦。不知谁把一辆破烂自行车堵在二楼的梯口，父亲摸到此处原想喘一口气，但脚下的异状物使他大惊失色。在两腿与自行车纠缠时，不慎碰响了车铃，空旷漆黑的楼道冷丁地“叮铃”一声，父亲吓得毛骨悚然，一愣怔的当儿就越过自行车翻了下去，然后就像鼓鼓实实的麻袋咕噜咕噜滚到一楼。奇怪的是，那辆自行车一直紧随我父亲身后。当我父亲终止“运动”时，自行车也蓦然打住。问题是如果仅仅到这一步，也许就不会发生父亲失踪的事。父亲滚到一楼，并未伤及皮肉。这是有原因的。在父亲漫长的生涯中曾有过短暂的“兵史”，而印象很深的是一位山西麻脸教官教授的“战地滚坡法”。因此父亲腾空越过自行车的短短一瞬，便温习了一连串自我保护动作：抱头、含胸、憋气、收腹、蜷腿，并暗中祈祷。父亲滚到一楼时，原来缩成球状的身体自然展开，一下站立起来。未曾预料的是，自行车凭借惯性又来了一个前滚翻，后轮盘结结实实敲在我父亲的后脑勺上。可怜的父亲像一摊泥那样晕眩过去。我想，父亲后来的迷路肯定与神智不清有关，而这无疑是那猛烈的一击造成的。

设想父亲躺在无人的风口昏迷一个时辰后渐渐醒来。第一个反应是毫不迟疑地爬起，但剧烈的头痛击毁了他的意志。更使父亲难堪的是，不知自己置身何处，又为何这般头疼。记忆空白片刻后，事情的来龙去脉才由从墙隙里钻过来的风一点点吹进脑袋。

蹒跚走出门洞，我父亲啜饮了一口沁凉醇美的空气，不觉清醒了许多。此时四遭虽是梦一般静穆，但在我父亲看来，泛着碧玉色泽的麦地却过分喧嚣地来到他耳旁，声音似乎来自东南，这与父亲在楼上看到的麦地方位是一致的，于是父亲大踏步向东南走去。正如你所预料，此时麦地正悄悄地在我父亲心中隐没，他不可能看到麦地。如果说麦地还存在的话，我父亲就是麦地。但我父亲并不明白这一点，他以为越往东南就离麦地越近。通往东南方的途中有什么呢？除了一幢幢杂乱无序层出不穷的住宅楼外，就是废弃的蛇皮袋、用过的婴儿尿布、血迹斑斑的方便兜、剥落的标语和葬礼上的彩色花圈。最后，一堵冰冷的水泥围墙拦截了父亲。也许麦地就在围墙外面？但翻越高耸的围墙显然非父亲力所能及。父亲在围墙根下懊恼片刻后，开始往回走。迷路正是发生在此刻。这里有三个原因。第一，自行车后轮盘对父亲的影响，使他还处于晕迷状态中；第二，难以辨清方向；第三，所有住宅楼的大小、高矮、样式如出一辙，缺少参照物。

开始，父亲并未意识到迷路将会带来不堪设想的后果。在沟渠纵横，阡陌遍布的乡下，你沿着书背一样的路往前走，同时阅读两旁的稻菽、蝶影、小溪中偶尔闪现的美丽的小鱼——那些书页上的句子。但那条路往往并不能把你带回你想去的人家——它在你左顾右盼的时候，突然变成一条河流或跨越不了的沟壑。这时你随便问一个在庄稼地里摘豆角的村妇或老汉："到善堂家咋走？"她（或他）就会详尽地告诉你怎么走，什么地方有个埠口啦，什么地方有一堆灌木丛啦，什么地方有一棵白果树啦，当你碰到一个常年坐在高坡上晒太阳的鼻子上长了个大疣子的老太婆时，就离善堂家不远啦。不仅是善堂，在乡下你随便问起谁，人们都熟知得如同自己的手足，不管彼此间的距离相隔十里还是八里。父亲寻思着是否该问一问路。

在乡下，午夜时分早已为一片寂静笼罩，此起彼伏的鼾声在窗棂间逐渐黯淡的月色下显得斑斑驳驳。而住宅区的午夜，天空在灯光的照耀下亮如玻璃，每家每户的窗帘都被音乐或话语逸出的气流吹得飘拂不止。父亲信步钻进一幢楼的门洞。我之所以要用"钻"，是因为门洞被各种自行车堵得水泄不通，父亲几乎是手脚并用爬着钻进去的。楼道漆黑一团，与户外的不夜天判若霄壤。父亲生气地想，城里人咋这样懒呢，安盏灯多好，又方便又不费事。父亲好久才适应了楼道的黑暗，这之前他像个没脚蟹似的趴在楼梯上一只腐朽的樟木箱上。父亲原想敲开底楼单元某户人家打听一下，但所有的门框都安装着钢质防盗门，还嵌着窗纱，摸上去毛茸茸的，类似于某种食肉动物舌苔上的倒刺。还未举手，父亲倒先自胆怯了，因为四遭城堡似的森严壁垒，给人一种恐慌的感觉。父亲认为二楼的情况会好些，遂健步而上，那情形活像逃避来自黑暗中的伤害。但二楼是一楼的复制。三楼亦然。当父亲大汗淋漓地爬上四楼时，累得就像严重的哮喘病人那样大声喘气，楼筒子里发出拉风箱似的嗡嗡的回音。待风箱声稍稍平息后，父亲开始小心翼翼地研究离他最近的一扇防盗门。父亲块头大，几乎与门一般高，因此很轻易摸遍了整个门面。父亲发现门上铸了个竹形图案，那尖尖的竹叶还戳手哩。摸了几个回合后，父亲便弯腰谛听，奢望能听到门内的一点动静，一声儿啼或一声响榧，但钢门把里面所有的声音禁锢得天衣无缝。父亲后来就把鼻子贴在门上嗅闻，除了一股浓重的铁腥味和油漆味以外，父亲还闻到一缕鼻涕的酸臭味，不用说，这户人家喜欢把拽出来的鼻涕揩在钢门上。父亲在防盗门前犹豫半晌后，终于壮起胆子敲门。父亲当然不敢敲重，而是像拍婴儿那样轻轻叩击。啪，啪啪。啪，啪啪。钢条上发出的回响既苍白又缺乏弹性。父亲后来渐渐把肚子里的气敲出来了，他想，防盗门，防盗门，老子又不是盗，你为何要防我，嗯？父亲俯耳听听还没动静，便用死力一拳砸在门上，然后连滚带跳地溜下了楼。下到二楼时，父亲想也许另一幢楼没安防盗门，但旋即又自我否定了。城里人就是别人干啥你也干啥，自己的儿子家不也装了防盗门吗？连儿子也防备着老子，你又怎么能怨人家呢？这么一想，父亲的气消解了许多。父亲于是带着一种宽容、谅解的心情开始敲一户人家的门。冷寂中响起的敲门声显得不疾不徐、不亢不卑，富有节奏。父亲他想，老子敲你门算你走运，平时你就是求我敲门我还不定敲呢。父亲还想，我就这么一直敲下去，敲到天亮不愁你不开门。由于父亲做好了长期敲下去的准备，加之夜半更深，睡意朦胧，因此父亲敲门的时候，脸上泛出恹恹欲睡的表情，灿然并且温柔，或者说父亲把笃笃的敲门声当作一种美妙的催眠曲而沉醉其中，乐此不疲。父亲万没想到，没敲多久门就开了，这使他冷然吓了一跳。准确地说，是防盗门里的那道门打开了，露出一张妩媚的妇人脸，头发用花帕绾了，就像个茨冈女人。我父亲满脸堆笑打问道：“请问妹妹，到刘 ×× 家咋走？”花帕妇人隔着防盗门说：

“哪个刘 ×× ？我不认识。”父亲有点奇怪：“离这不远呀，还没二里地咧。”妇人有点腻烦：“别说是二里，就是对门这户人家姓甚名谁，我还不知呢。”父亲带了点盛气凌人的口吻说：“直说了吗，刘 ×× 就是我儿，他是作家，你们城里人看的书都是他写的。”妇人噗哧一声乐了：“嘻嘻，作家，这个住宅区里住着将近二百个作家。你以为这年头作家是什么东西？”妇人转身把屁股蛋子朝我父亲扭了几扭。我父亲当即像泄了气的皮球，可怜兮兮地望着妇人。妇人摊了摊手表示无能为力，便想关上门。我父亲试图抓住最后一线希望，大声嚷道：“刘 ×× 家门口放着个陶瓷尿壶，是我用的，我儿媳嫌放在家里骚。”妇人开始皱眉头：“你能不能告诉我他住几号楼？”我父亲傻着眼摇摇头：“城里楼房还编着号咧？”妇人把门关得刚够夹一张嘴：“你再想想有什么醒目的标志？”父亲冥思片刻跺着脚说：“楼顶上有个大铁锅，说是电，电视天线哩。”妇人交差似的说了句“往前拐弯向左再往前拐弯向左就到了”。我父亲踏实许多，默念着“往前拐弯向左再往前拐弯向左”钻出楼去。夜更酽了些，原先飘在空中的花香也淡了些，那是由于露水渐浓的缘故。一些人家熄了灯，窗户漆黑。这使父亲想起吹笛子来。吹笛子并不是每个孔眼都按着的，熄了灯的窗户就像没按着孔眼的笛子。父亲开始按照妇人的指引在住宅区转悠，为了避免忘却，父亲一路上大声吟诵：“往前拐弯向左再往前拐弯向左”。后来父亲觉得有点不对劲，因为他摸进一间女厕所里，幸亏里头没人。父亲正是在这时觉出问题的严重性来的。父亲虽则惊慌，却未失措。他想起当年独自一人离家当兵时母亲的教导：“儿啊，到了外头莫怕认不得路，路就在鼻子底下一横上。”父亲踅进一幢楼的二楼上打问。使父亲不可理喻的是，打问的竟是花帕妇人家。父亲高一脚低一脚兜了个大圈子，又回到了原来的位置。父亲敲门时听到屋里应答的嗲声，不禁心里一哆嗦。花帕妇人也未料到是我父亲，“哟，是你呀，你到底是问路还是别有他图？”父亲满面通红：“妹，妹子。”“呸！哪个是你妹子？老不要脸的。“我，我真，真的迷了路。”“我不是告诉你了吗，往前拐弯向左再往前拐弯向左。”“我，我是照，照你说，说的走的，哪，哪个想，想到，又走，走回来了。”“那好，你再照着走一遍试试，往前拐弯向左再往前拐弯向左。”

父亲下了楼在月光中愣怔了半晌，与其说他耿耿于怀于花帕妇人的数落，不如说惊骇于走回原地的现实。父亲发呆时脑袋像霜打的茄子蔫着，两肩低垂，袖管随风飘落，就像里面没有胳膊，而且脸上下意识地挤出一个笑容。整个看上去我父亲活像一只无精打采的病鸟。

更使父亲无地自容无颜见人的还在后头，我父亲又一次依妇人所言，往前然后拐弯。来到两楼间的一座花圃右侧时，被背后树荫里的一声断喝——“站住”——吓得魂飞魄散。多年来我父亲未改掉从旧战场上带回来的习性，只要一听到“站住”，便条件反射似的举起双手，而且立正，而且双目平视前方。有一次，父亲在乡间小路上散步，远远的有一对恋人在追逐由于断线而在远逝的风筝。俩人齐声吆喝风筝“站住”。我父亲竟然抖瑟地举起双手，站在那里许久，成为一个被自己放逐的风筝。现在，我父亲像一个被俘者举着双手等侯发落。

这是一个工纠队员模样的人，双眼吊着犹如戏曲里的武生。他大声嚷嚷着：“好小子，患梦游症啦。我问你，怎么不回家睡觉？”“同志，不，师傅，不，大爷。哪个还不晓得有觉不困，我这不正在找家嘛。”“老滑头，别蒙我，我跟在你屁股后头快跑断腿啦。我问你‘往前拐弯向左再往前拐弯向左是什么意思？”“我去问路，人家说朝这个方向走就能找到我的家。”“哈哈，真有你的，如果我没猜错，这是一句秘语。两天前我们破获了一个盗窃团伙，只抓住一名案犯，他交代的埋赃物的地点的方向也是‘往前拐弯向左再往前拐弯向左’，可是，没等让他领我们去挖掘，却不慎让他溜掉了。就在我们发愁的当儿，你小子自投罗网了。有句古文怎么说来着。我想想看，哦，对了，祸兮福所寄（倚），哈哈。我父亲当即抱住脑袋失声惊叫。他看到一架由自己制造的刑具正朝他合拢。虽身有百口，亦莫能辩焉。我父亲长叹一声“冤煞我也”，遂由工纠队员架着踯躅前行。由于我父亲被吓得处于谵妄状态，所以脚步摇摆不定，像刚离开酒桌的醉汉，又像踏着波尔卡舞步。但工纠队员是清醒的。往前走了一会儿，遇到一个岔路口，便问我父亲：“是从这儿拐弯吗？”当时我父亲的脑袋也像脚步那样机械地上下晃动。当工纠队员问我父亲时，脑袋刚好向下运动，看上去仿佛在坚定地点着头。于是便拐弯。穿过几株孤零零的梨树，来到一条铺着细沙的小径上时，工纠队员突然解衣宽带，两脚分跨两侧。膝盖略弯，脑袋前伸，脊背后躬，从容不迫地开始小便，而粗心大意将“盗窃犯”撂于一旁。工于心计的父亲从月色中不显眼地一步步挪进由楼角投射的阴影中，然后就像一条泥鳅似的消失在一簇灌木丛后面。

其实我父亲并未走远，他就躲在附近一幢楼的门洞里。他匍伏在一堆歪倒的自行车上窥探工纠队员把尿射成一道银亮的美丽的弧线，一边尿还一边吹着口哨。父亲想，工纠队员的这个习惯也许还是他给孩子把尿时养成的。工纠队员尿毕，把脑袋侧向我父亲原先呆着的位置。口哨声倏然中断。这说明我父亲的消逝使他惊讶。但工纠队员随即没事人似的重又吹起口哨，甩着轻快的脚步走了。

摆脱了工纠队员的纠缠并没有使父亲有半点轻松，对被窝的眷恋，对找不到正确路径的焦虑，对由于长时间没有回去可能会被儿子发现而引起的不安，对午夜遭遇的一连串尴尬而产生的愤懑，都令父亲比任何时候都想急于回家。但回家之路在哪儿呢？父亲于是再一次求助鼻子底下的一横。也许是连袂而至的倒楣事使父亲的大脑受到刺激而呈现一种紊乱的状况，父亲又糊里糊涂地敲二楼某户人家的门。由于信心不足，敲门声显得懦弱犹豫、断断续续，第一声和第二声相隔的空隙大得足可以被清风穿过，被蚊虫飞越。门无声无息地打开了，这倒使父亲吓了一跳，因为父亲敲门的手掌一下子找不到落实的地方，甚至使父亲一个闪失，险些跌倒。但更使父亲恐惧和惊悸的是，他又看到了花帕妇人那张茨冈女人似的脸，而且她毫无戒心地拉开了防盗门。父亲一时忘乎所以地站在门口，心潮起伏，百感交集，其中有在突然间发现劫数难逃而感到的惊怔，有对自己用这样的传统方式问路是否恰当的怀疑，甚至有接二连三地轻易敲开美妇人的门而引起的喜悦。这次出现在父亲面前的花帕妇人赤裸着双臂，父亲只专注于她赤裸的部分生长着的金色细毛，却未注意到她端着一盆潲水，一种淘米、洗菜、洗刷锅碗用过的水和吃剩的猪杂碎汤混合起来的液体。花帕妇人笑道："我就知道你这老色鬼还要来。"然后就若无其事地将一盆潲水兜头盖脸地浇在我父亲头上。我父亲猛一激灵，旋即被各种刺鼻之味呛得呜呜咽咽，抱头逃遁，形同鼠窜。

潲水给父亲带来的难以名状的奇耻大辱，使父亲在一段时间内难以平静。他的貌似疯癫的行为使人误以为神经错乱。比如，父亲穿着被潲水浇透的衣服，任意闯进某幢楼的单元，在认为应该是安排门的地方乱敲一气。在进行这种含有复仇意味的举止时，我仿佛看到父亲枯皱得像一粒干栗子似的脸上布满了快意。由于用力过猛和频率过急，几乎每敲必应。但应答者无一例外都是妇女，而在父亲听来，又无一不是花帕妇人的声音。因此，每次听到门内的第一声应答时，父亲便匆忙逃离。然后又跑到上一层或下一层楼道去挨门乱敲。由于紧张，敲某扇门的时间越来越短，发展到后来往往是只敲一次便转到另一扇门上。在我看来，问路寻径为难以遏制的敲门冲动所替代，或者说父亲以纯粹的敲门来分解找不到家门的焦灼。

当然，被父亲敲过门的人家并非都未就寝，常常是父亲来到某户人家门前尚未抬手，就清晰地听到飘出来的鼾声，而且还夹杂着猫和狗互相枕藉着睡觉的鼻息。无疑，父亲被某种疑虑纠缠着：为什么听不到被防盗门禁锢的说话声或娱乐声，却能听到他们粗重的呼吸声呢？究竟是什么东西能使他们在鸽子窠似的狭窄、憋闷、异味囤积的房间里坦然自若地闭上眼睛，脱出生命之链，沉入虚无的时间空洞之中。然后醒过来，重新连接自己的生命之绳的呢？

如果不是后来发生的一件事，父亲大概会一直敲下去，敲遍住宅区每户人家的防盗门。当然，这也不失为一种寻找的方法，谁说父亲所敲的门当中没有一扇是自家的呢？说不定父亲在将敲未敲之际会突然发现脚下那只蹲伏的陶瓷尿壶呢。一件正宗的景德镇产品。壶口有一溜刷不掉的浅黄色尿垢。父亲在惊喜之余说不定会端起它，把憋了一夜的尿倾泄一空哩。

父亲敲门的兴致随着夜色的惭浅而渐浓，在把某层楼所有人家的门都敲了一通，赶紧上楼或下楼时，父亲常常会透过楼梯间的窗户看看外面。伴随着夜的静谧的，是一些无定型的影子在煽动翅膀，它们偶尔触及窗玻璃，发出沉闷的“嘭”的一声，转而惶急飞远。它们那种介乎老鼠与飞禽之间的不确定的混合型身体告诉你：夜游的蝙蝠。父亲当时的心境和举止与它们何其相似。大约在敲某幢楼最后一户人家时，父亲忽然听到里面传出有别于所有人家的应答声，那是一种浑浊、低沉、满含疲惫与无奈的男子噪音。这使父亲喜出望外，他聚集起残剩的最后一点力量，恨不得把门敲成破棉絮。奇怪的是里面好一阵子没有动静，让人觉得刚才的应答不过是一句梦呓！计时沙漏里偶尔流出的一丁点儿沙子。正当父亲神色沮丧转身欲走时，门突然打开了，从背景灯光里出现一个秃顶的黄皮脑袋，一张皮肤松弛、眼睑浮肿的脸。也许是刚从床上爬起，除了两腿间的羞处系了一条毛巾外，全身一丝不挂。秃顶户主莫名其妙地被打扰，原本是十分恼怒的。但他看清来人是我父亲，或者说是个虽然老态龙钟却未丧失最后那点阳刚之气的男人时，不禁笑逐颜开。他不由分说地抓住我父亲使劲往门里拽：老伙计，你可来了，你一来我就得救了，我就信那句话：“来得早不如来得巧。”我父亲惊恐万状地揪牢门把，哪敢越雷池半步：“大兄弟你放放手。站在门口说话就中。”秃顶户主仿佛得了救命稻草一般，岂肯放手？“大兄弟，你别误会，我一不做贼，二不为盗，我来只是打探回家的路径。”秃顶户主还是不顾一切地往里死拉硬拖，我父亲也毫不示弱，启用了尘封多年的犟脾气（从前有个山羊偷吃我父亲菜地里的胡萝卜，父亲硬是掰掉两只山羊角，被当地传为美谈）。两股蛮力汇合到门框上。直到它发出吱吱的摇摇欲坠的声音，秃顶户主才善罢甘休。我父亲气咻咻地说："是这样，大兄弟，我回家迷了路，请问……"秃顶户主急促的喘息声引发了接二连三的咳嗽，这使他一连串时断时续的尖笑声听上去像鬼叫，"咯哈，咯哈咯哈，咯哈咯哈咯哈，老伙计，哈咯哈咯，算你找对门了，哈——咯哈——哈——咯哈——，我对住宅区每家每户的分布情况可以说是了如指掌，因为当初住宅区的详细规划及布防系我一人设计，我甚至知道哪户人家的下水道有鼹鼠窝。不过，你应先帮我忙，我再尽我职，如何？咯咯，哈哈，咯咯，哈哈。"听得出，秃顶户主的音调里透出无比的热情，这是对某种行业详尽了解的人在炫耀自己的知识，并使对此无知的人听后心驰神往时所特有的得意情绪。作为某种妥协或让步，父亲把右脚跨进了门里，而左脚仍然留在门外。秃顶户主再一次昭示我父亲："你这样还不行，你必须到卧室来帮我的忙。"父亲于是顺从地走进了挂着珠帘的卧室。

宽敞的卧室几乎被一张奇大的席梦思占满了，这时父亲感到，"进卧室"与"上床"是同一种意思。首先引起父亲注意的是一个伫立于床畔的棕瓷衣柱，那上面挂着一顶大盖帽，由于壁灯太暗，看不清颜色。但父亲知道，这种帽子只有公安、工商、税务或邮电部门的人才能戴。秃顶户主拉拉父亲的衣襟，颤着手指一指床上蜷着的那团丝衾。父亲揉眼一看，又吓了一跳。那是一个侧卧着的似睡非睡的裸身女人。秃顶户主轻声说："老伙计，上去摘下来怎么样？"我父亲总是在关键时刻撑不住，只见他瘫软得几乎跪倒，苦苦告饶："大兄弟，你放了我吧，路我也不问了。"秃顶户主急得面色苍白。老伙计，这个时候你怎么能走？古人云，救人一命胜造七级浮屠。"我父亲云里雾里地问道："什么救命？"秃顶户主让我父亲蹲下来，然后贴耳相告，"老伙计啊，你有所不知，你道她是我老婆？不是不是。告诉你吧，她是我新近搭识的妞，几天前我们单位在海鲜楼例行聚餐，负责我们这一桌的服务员就是她。酒足饭饱后她过来拾掇桌子，由于酒桌直径过长，她不得不俯下身子揩拭，她的肥软的大奶子无意中碰了一下我的手背。就那么一下，我就动心了。过后我派秘书去找她，叫她以后到我卧室来服务得啦，她呢，慑服于我的权势，贪婪我的钱财，于是欣然前来。但是第一次上马我就败下阵来，你道怎的？这妞贪得无厌，无法满足。我央求她，待我吃点中华鳖精之类的补品壮壮阳再去要她，可她坚决不从，并且还骄纵地说，倘若我不是在今夜把她征服了，她即借助新闻媒介，把我的隐私悉数抖落。这事主要怪我，上床之初，为了尽快激发她的情欲，表明我对她的忠诚，我把隐藏多年的隐私全都告诉她了。老伙计，你知道，社会要求我们这些为官者的形象是不能有半点隐私的，否则你不被吃了才怪。但今夜我确实是无能为力。所以我只能请你代劳，如果你能把这妞弄舒服了，并且在她今后的岁月里还屡屡惦着我的席梦思，我即刻领你到你要去的地方。好了，现在你去洗手间。”“洗手？我现在……”“老伙计，请原谅我把专业用语带回家里来了。我们这些人到大酒店去吃饭，那里金碧辉煌，气派高雅，席间你要大小便了，不问服务小姐厕所在哪，这样问既扫兴也不卫生更不文明，而是问洗手间在哪。洗手间和厕所是一个意思，那些厕所都有洗手池，而且水龙头往外喷水时还携带着一股香水味，大饭店的姑娘小姐为什么一身香？就是用那自来水洗的，有一次……不谈了，不谈了，等以后再告诉你。记住。在一切典丽的场合和高贵人的面前，一定要说洗手间。好了，到茅坑去准备吧，就在那儿，厨房隔壁。”

可想而知，住宅区所有卫生间的格局都是大同小异。由于我父亲在他儿子家住过两天，因此对瓷质便器和乳白色的浴缸并不陌生。父亲进去后便把门插上了，然后踩着浴缸从窗户翻越出去。幸亏这是底楼，而窗台离地面也不高。但地上长满了荆棘，父亲抱头跳下去，又滚了几滚，沾满了棘刺，看上去就像刺猬。父亲唯恐秃顶户主会跟踪追来，便闭着眼睛瞎跑一气。不幸误入一汪水塘，水中每片蕨草的叶子上都趴着一只绿油油滑溜溜的青蛙，没好气地冲着他乱叫：呱！呱！呱！父亲爬上水塘彼岸时，身上披满了破布条、烂树皮和黑色污渍。鞋也掉了。只能像蹼足动物那样踮起脚板走路。此时已是启明高挂，正是万物挣脱黑暗的包围，逐渐恢复本色的时刻，但晨曦尚未微露，一切仍很模糊。虽然不时有光明从头上掠过，但充其量不过是给所有的物体加了一道晕圈而已。但父亲还是捕捉到了一个人黑魆魆的身影。

父亲正是在这时感到住宅区的建筑群不翼而飞的，因为树木和溪水莫名其妙地呈现在父亲面前。那个人吹着一管竹箫顺溪水而来，但他并不靠近父亲，而是远远地站住，然后又转身沿原路缓缓返回，仿佛他的到来仅仅是为了引导父亲去一个隐秘之处。我不理解的是，为什么父亲一听到清越的箫声便会产生一种飘飘欲仙的感觉呢？而且身不由己地跟随而去。

父亲从枝叶疏朗之处走进一块林中空地。这时箫声蓦然消失，那个人将箫扛在肩上，复又向溪水走去。父亲惊讶间忽听到背后说："欢迎你，迷途的羔羊。"一个满鬓银霜的老者从天而降般出现在父亲面前。"请问老伯，这是何处？""迷路者切忌问这样的话。请跟我来。"他们来到树林深处，只见四周黑压压站满了人，全都缄默着闭目凝思，一副摒弃尘世的样子。父亲问："他们是谁？"老者说："和你一样，都是迷了路而又要急于回去的人。"

"那他们为什么还呆在这里而不去找寻路途呢？""迷路不是一种偶然的行为，从某种意义上说是蓄谋已久的，当然，每个迷路者都有各自的迷失原因，对他们而言，重要的并非匆忙寻找回去的路，而是弄清楚迷路的深刻原因，否则你以后还会迷路，永远迷路。""我迷路的原因很简单，对住宅区不熟悉，如果熟悉了，我就……""你以为就这么简单吗？其实迷路是个很复杂的社会问题，它涉及到政治、经济、伦理、哲学、历史、民俗、宗教、艺术，以及天文学、地球物理等多种科学。你所说的熟悉，仅仅是指对一些表层标志的熟悉，比如岔路口啦，拐角啦，台阶啦，樱桃树啦，沥青气味啦。实际上，长年居住在住宅区的人也会迷路，只不过是以另一种形式表现出来，除非……”

这时一个迷路者离开了人群，从他频频回首的样子可以看出对集体生活充满了眷恋之情。他走了几步后突然模仿天鹅张开双臂，几乎是飞着跑出了树林。老者颔首嘉许道：“他成功了，他再也不会迷路了。”“我越发糊涂了。”“甭急，听老夫慢慢告诉你。刚才离去的这个人是十年前迷路的，他到附近的镇上去打酱油，却忘了回家的路。十年来他苦苦修行和净化，忘掉世间的万事万物，同时又捉摸它们，把自己融进它们的呼吸中去，终于修成与万物相通之功，进入一种自由的神游状态，这样你想去哪儿就能去哪儿。记住，你遵循的唯一法则是：放弃自我。具体的操作方法是：我思乃我视。比如你看见一块浮云，就要用神思去追逐它，同它化为一体。因为你所看到的一切正是阻拦你回归的障碍，而你与它们的交流正是排除的最佳方法。好了，现在我送你加入他们的行列。”

于是我父亲消失在人群之中，或者说我父亲实现了他真正意义上的失踪。

多年以后我偶遇那满鬓银霜的老者，他颇为详细地说出了我父亲的失踪经过，并指出：你父亲正在回家的途中，不久就会抵达。

写于 1994 年 5 月　江苏如东

幻

阿香婆的年岁几乎跟小镇一般古老。

她的足音曾经藏匿在每块青石板的罅缝里，她的堆满皱纹的笑容，宛如一块冬天的铅云，在小镇的上空笼罩了许久。

但阿香婆毕竟一天一天地衰老了。她的原本丰满迷人的胸脯，已如午夜干瘪了的歌声那样凹陷下去。她的原本茂密油黑的头发，也如淡季的鸽哨，消逝了许多令人眼亮的光泽。她的曾经叫许多人发疯发痴的桃颜红唇，也被她每天于时光中迈动脚步所织就的网捕去。

她后来就靠龙头拐杖做她与这个世界的维系物了。她始终并不明白的是，为什么当初与她一同降生的小镇，却越活越年轻了。因此，她对小镇有一种本能的妒意，是十分自然的。并且，她将拐杖发泄般地拄向青石板，也是十分自然的。

但阿香婆终于感到，她的做工精致的楠木拐杖竟一天短似一天。终于，在一个有着紫红色星星的美丽黄昏，阿香婆感到她的拐杖短得再也够不着地面。这时，有一颗流星如三月断线的纸鸢，摇摇晃晃地飘向小镇背后的竹林，落下时迸发出一声轰然的巨响。这个巨响的分贝数，是阿香婆八十年生命之声的累积。

阿香婆死去的时候，我正坐在她的身边看一本流行小说。

书里写一个荒蛮村寨的男人为了争一个美貌妇人的心吃而大动干戈，厮杀得血流成河。但当剩下的最后一个勇猛异常的胜利者，疲惫不堪洋洋得意地奔向那坐观争斗的妇人时，妇人却倏地变成一条树干般粗的毒蛇，咬死了勇士。

看到此，我不禁打了个寒噤，我分明感到四周有无数条毒蛇，撞破门窗扑向我，我吓得大叫一声。

这时我回过头去看阿香婆，我渴望她用她瘦骨嶙峋的手指，抚弄一下我披肩的长发。我的头发是我生命之树的黑色树叶，我愿意在它们还没有飘落的时候，让我亲近的每个人都能摩挲一下。

阿香婆并没有理睬我。她的混浊的眼睛瞪视着屋顶，那里高高挂着一顶空空如也的蜘蛛网，仿佛在耐心地等待着什么。

我连叫了几声阿香婆，却丝毫得不到她的回应。我忽然感到我一点都不害怕了，我的心境宁静得如黎明的天空。

暮霭从窗户探进身来，筛落了一床。

静静地躺着的阿香婆，在光明与阴影的反差中轮廓清晰。我试着想摸一下她睁着的眼皮。当我的手在她褶皱稠密颧骨高耸的脸庞上移动时，我感到是一种晚秋的小风，轻轻吹拂在有着港汊和丘陵的古原上。

阿香婆固执地不肯合上她的眼睛，也许她在等待着那只不知躲到何处去的大蜘蛛的出现。一直到那颗流星的坠地巨响传来，老人才安详地闭上眼睛，犹如关上了一扇抽屉。这时，我惊奇地看到一只灰褐色的大蜘蛛，正昂立于屋顶的那张网上，眼睛猩红地瞪着我。

老人死在一间破烂古朽的老屋里。

这间屋是一块沉静得发出寒光的化石。它的门口立着一只圆肚洋坛，下雨天老人用它接屋檐的天水烧茶喝。

老人每次俯身舀水时，总要将耳支在坛口，倾听内里的嗡嗡之声，这声音荡漾出许多陈旧的谜语，阿香婆猜了一辈子也没猜出。

这间屋除了我以外，再也没有别人光顾过，因此，下雨天院子里会清楚地留下我和老人的两双脚印，勾出一朵朵梅花形图案。这些图案总要令我无端地生出许多遐想来。

有一次我突发怪念，将印着图案的黄泥整块铲进阿香婆的铁锅里，然后放上水，架了柴禾烧起来。我巴望能像蒸馒头那样，蒸出一个结结实实的泥梅花。

我那时还不知道花朵是一种虚伪的饰物，而为她娼妓般的脸蛋所惑。

锅膛里青蓝色的火焰跳跃如男人滑动的喉结，我知道这会儿柴禾被烧得痛苦不堪地说不出一句话来，它对这个世界的埋怨和渴望都吐在灰黯的锅底上了。

我失声痛哭起来，是在锅底被烧焦的时候。我看到那只用几块木板拼起来的锅盖，蓦然飞上了天空，铁锅里的泥块变成一片荒芜的墓场，我的枯萎了的尸体扭曲成梅花形，偎在坑穴一隅。

我把这个发现告诉了阿香婆。

老人一点都不惊讶，她咂摸着没了牙的瘪嘴。我知道老人这个时候正沿着她心里的那条狭窄的小路，走了很远。

“小孩能看到的事多着哩。我爹死时我还小，也只有你这般大。烧五七的那天晚上，我清清楚楚看到爹回来了，还是穿的那件黑绸大褂，胡子刮得铁青。爹推门进来的时候，灯给吹得晃了几晃。我对我妈说，爹回家了。我妈使劲往四处看了看，哪有爹的影子呀。我妈说，大人看不到的事儿，小孩子能看到。我信我妈的话，小孩子没心事，能看到天上的事儿，大人可只能看到头顶。为甚？大人心里装的事太多太沉，把他的眼光都垄断了。”

我不太明白阿香婆的话，也不太明白我为什么会看到我的尸体。

阿香婆闭上眼，许久才说：“三三，你说，我坐在这块算人还是算个尸体？”

“当然是人啦。”

“不，三三，你说错了，我们每个人一生下来就成了尸体，我们从娘肚皮走出来的当儿，本来就属于我们的那个‘人’就撕脱开走了。不管哪个小孩一落地都要哭，那是让撕疼的呀。三三，尸体是毫无用处的，它最后会化成一滩臭水，所以每个人一生中都在寻找那个走脱了的叫做‘人’的自己。有的人能找到，有的人没有找到。没有找到‘人’的人，死了后当然还是个尸体啦，可最后找到自己的人死了后，他还是一个人，三三，等你长大了，你就知道了。”

“阿香婆，你找到自己了吗？”

老人沉重地叹了一口气，说，“真难啊。有的时候我睡不着，躺在床上朦朦胧胧听出哪个人在门外喊我，就赶紧爬起来开门……

“找着啦？”

“门外一团漆黑的夜，把你缠裹得紧紧的，你还能看到什么？唉，那个属于你的‘自己’，到处都有，又到处都没有。有的时候，就像影子似的跟着你，你一回头又跑了。”

“那你怎么不先答应一声呢？”

“傻孩子，你要记住，往后你走夜路，不管哪个喊你，你都不要答应。”

“要是我的伙伴喊我呢？”

“这你答应没事儿，我是说你听到陌生的声音喊你，你可千万不要答应。”

“不会有陌生的声音喊我的。”

“那陌生的声音就是在你出生时离你而去的‘人’。你要是答应了，你就会死的。”

“我怎么会死呢？”

“你答应了说明你找到了自己。这么不费功夫就找着了自己，还有什么活头呢？三三，你这么早就看到了自己的尸体，这是你的福份，有的人活了一辈子，还不知道自己，原来是个尸体赖在这个世上。”

就在这个晚上，我看到阿香婆居住的小屋，犹如一只野兽的脑袋，摇摆着朝一条小河蹒跚而去缄默着涉入河中，浮沉上下。蓦地，明澈的水波淹灭了那盏豆油灯，世界并没有因此而遁入黑暗，相反，这屋忽然变成了一只巨大的火鸟，燃烧着从地面起飞，倏然而逝。它的重新出现，是在经历了漫长黑夜后的淡蓝色黎明。我忽地发现，这只火鸟并不是飞翔在天空中，而是飘忽在黑土地下。那个晚上，是——谁——一变——小——屋——为——鸟——而——逐——它——于——天——空——之——外——？

我们这个镇子叫长沙镇。

考证“长沙”这个名字的来历，曾经使几个历史学家绞尽脑汁，耗秃头顶，终无所得。流行的说法，很久前便是女祸补天时曾遗下一粒沙土，这粒沙土极具灵性，补到天上会长出星子来，掉在地上会繁衍出村子来。于是不知掉于何处草堆旮旯里的这粒沙土，成了许多人苦苦寻觅追逐的至宝。这使得曾散居于此处的各个部族，相互猜忌，相互械斗。后来的某一天，庞阔无边的莽原倏然裂开一条宽缝，正血红着眼残杀的人们纷纷掉落进去。

这个世界毁灭后留下了一支长长的箫，这箫每日为凄风吹得呜呜咽咽。这箫后来成孕，分娩出一个没有眼睛的女孩。这女孩出生时手心里正捏着女娲遗下的那粒沙土。一直到这粒沙土上袅袅起乳白炊烟，流淌起淙淙作响的血液，敲击起嘚嘚的旅途马蹄，那个女孩才长出一双眼睛，不过，这时的女孩不再是一个女孩了，她已经成了受每个小镇人顶礼膜拜的图腾，那是小镇郊外由一百节老砖一百个女魂撑起的贞节牌坊。

这座贞节牌坊曾经是小镇人百般荣耀的风景，它的存在曾经冰清玉洁了每个小镇人的心灵，使每个人都那样凄楚哀怨，温柔多情。

我来到这个小镇时，它却为一所学校所取代，它的缭绕香烟业已被天真无邪的朗朗书声吹散。不过，我还是在它的旧址上，焚烧了几张纸钱，轻烟淡火中我谈到了一则美丽的纪实文学。故事的男主角，是疯癫的流口水的男孩，在新婚第一夜还要让媳妇抱上床，却于翌日死在小河涟漪对他诱惑的微笑中，而女主角正在画另一个梦中的少年肖像时被族长撞见，于是她就成了贞节牌坊的第一块青砖。

当我把这个故事说给阿香婆听时，她陷入了长久的思索中。从她如塑像般的侧影里，我感到她并不在思索。她的思想已经如结了痂的伤口，再也不会有春意辽阔的鲜血流出了。

此刻，暮色已经飘浮于小屋四周，阿香婆饱经沧桑的瘦长脸庞，如一只破旧的单桅船，停泊在暮霭中，永远不会出航了。

许久，阿香婆才说："故事都不是想出来的，想出来的不是故事，想出来的是心事。三三，你来数数我脸上的皱纹，有多少条皱纹就有多少个故事。我们老人都是活在故事里头，不像你们年轻人都是活在心事里头。"

我抚摸着阿香婆脸上的皱纹，我想，正是这些粗大的船缆，才把船拴在苍茫暮色里的吧。我央求阿香婆给我说许多故事，这样，等她把她的每条皱纹都说尽时，那只船就会跃然而出。

我非常向往船航出时泛起的清亮水花。

"别说话，三三，我求求你，"阿香婆脑袋向前倾着，"你没听到有人在叫我？"

我凝神听了听，告诉她有一只鸟儿在叽叽喳喳叫。

阿香婆很高兴地搂着我说："是呀，那是善堂在叫我呢，每天这个时候，他都要来同我说话哩。"

"善堂是谁？"

"怎么同你说呢，三三。你在很静的傍晚中坐了好久，你觉得再也不会有太阳从你额上升起了，你就是傍晚，傍晚就是你，傍晚变成了你的眼睫毛，你看一切都是昏暗的。这个时候，有个鸟儿来告诉你好多伤心事儿，这就是善堂，我的善堂，他要能活到今天，正好是九十岁。”

“阿香婆，你给我讲讲他好吗？”

“讲他？没什么好讲的。三三，你不知道，其实人会活一万年不会死，要是他一生下来就不同自己过不去；要是他不给自己砌二间四周密不透风的房子，要完工的那天，他不把自己也砌进去。善堂不会死，他在那间屋里等我。”

“要是找你怎么找呢？”

“找？用不着去找。你要是长大了，和一个你喜欢的人过了一阵日子，你和他就会分不开，你的眼里有他，你的心里有他，你的梦里有他，你不管到什么地方，都会觉得他在跟着你。后来他死了，你很伤心，不过伤心不了多少日子，你心里就淡了。有一天早上起床，你一下子高兴起来，你快活得要死，你晓得从此以后你的眼里心里梦里全没有他了。他没死的时候，他是你的影子，他死了后，他就做了你的魂。”

我不懂阿香婆的话，我闭上了眼睛。

我看见从叽叽喳喳的鸟鸣声里，走出一个身材魁梧的英俊少年。我问他是谁，他沉默着走到我跟前，他的两只狭长而好看的眼睛，开始温存地抚摸我全身，蓦地，他紧紧拥住了我，他的那双长满黑胡须的嘴唇，如两爿坚硬的山岩，朝我的脸上倒塌下来。我恐惧地避开了，他焦急地说，我是善堂呀，阿香，你不认识我啦？我摆着手说，我不是阿香，我是三三。我刚想把阿香婆指给他看，转过头来时，阿香婆却蓦然而逝，与此同时，我发现那英俊少年变成一个耄耋老者了。我说，善堂，你怎么也会变戏法，你教教我变成一个老婆婆好吗？善堂用一种非常古老而遥远的声音说，只有死过的人才会变，你还没死过，怎好变呢？我说，那你就让我死一回好吗？他说，死是自己的事情，不好让别人给你做。我说，那又为啥？他说，这还不好懂吗？一个人会有好几次生，但死只有一回，这么宝贵的事，怎么还舍得让别人给你做？我非常庄重地点了点头，我虽然还不知道我什么时候会死，但我却感到死就像过年一样，令你期盼不已，又令你留恋不已。我应该珍惜死，所有的“唯一”都应该珍惜，这是一个多么浅显的道理啊。也许，只有懂得死的人，才会懂得生。一个人如果能先死而后生，他是否幸运？

这天夜里，我就睡在阿香婆的床上。老人对我此举表现出极大的热情。她用铁锅为我烧了满满一锅透水，再从床底下拖出那只黄橙橙的腰子形澡盆。这澡盆使用的年代已经十分久远了，它的四周原本粗硬的盆沿，也已为柔软的皮肤锉得光滑溜亮。阿香婆说她每晚都要打浴，要不会困不着。

在蒸腾着热气的澡盆前，我开始忸忸怩怩地脱衣服。我那时虽然已经发育，臀部已经显示出一个成熟的少女所具有的轮廓，但我却不满意我依旧平板的乳房，它们就像两个还没睡醒的娃娃，蜷缩成一团，我不愿在阿香婆面前暴露它们。阿香婆噗哧一声笑了，孩子似的眏眏眼，对我说，你怕什么，都是女的呗。

我穿着背心一下坐进盆里了，水很烫，我感到我成了一块透明的塑料板，上面渗出许多小水珠。仿佛要做一件非常神圣的事，阿香婆很认真地捋好衣袖，然后坐在我跟前，开始寻找我颈上的污秽，说要为我捉“螃蟹”。但她失望了，我的颈洁白如玉，哪有半点尘埃。阿香婆叹了一口气，懊丧地对我说，下次一定要留些“螃蟹”给她捉。我笑着逗她，颈上没有，都藏在心口窝呢。阿香婆满怀希望地一连声追问，真的？真的？然后竟咯咯笑着撕扯我的背心。我四处躲避，但一个澡盆的世界太小了，房间里到处撒满水滴，而澡盆边早已汪了一滩水。阿香婆累得气喘吁吁，却仍不肯放手。我索性一把褪下我的背心，阿香婆猛地呆住了，她眯起眼打量我犹如乳糕似的白嫩胸脯，和那两个正沉睡着的光头小子，半晌没有说话。

我有点无聊地把水泼到胸口，突然发现水珠凝在皮肤上不再滑落，在满是皱纹的灯光里，每颗水珠都映出阿香婆憔悴不堪的身影。再看阿香婆时，我感到非常奇怪，老人已像一个孩子似的呜呜直哭。

原先的兴致全无了踪影，我每撩一把水，都像在抖落一个非常沉重的故事。后来老人不哭了，她对我说，看到你的身子，我就想起我年轻时的光景，我从前的身子比你还要嫩，都是让该死的善堂给吸去的，要是没他我不会老的，真的，三三，你相信不？记住阿婆的话，你以后长大了不要让别人去爱，你也不要爱别人，这样你就不会老。

我点了点头。

许多年后我才知道，这是多么荒唐，如果生活能被分成“要”和“不要”两大块，那么我们的人生就永远不会摇曳多姿，绚丽多彩，永远不会让人感伤不已。

洗好了澡，阿香婆并不急着上床睡，她翻着箱箧，拽出很多厚厚的线装书，有《侠义风月传》、《玉娇梨》、《平山冷燕》、《水浒》等，几乎每本书里头都写着密密麻麻的小字，划着密密麻麻的杠杠道道。阿香婆在我耳畔得意地说，这都是善堂留下的，他瞅空就躲进这些书里去，让你找不到，我识的字都是善堂手把手教我的。

我于是坐在床上翻起那些书来，我从书中嗅出许多气味来。我说：

“这书里有一种汗臭味。”

“那是善堂留下的。”

“还有香味呢。”

“那是我留下的。”

我又说：“怎么还有青草味。”

阿香婆说：“有一次我同善堂躲在苇丛里看书，善堂还用苇叶折了只小船夹在书里，你找找看。”

我翻了几页，果然找到一枚被压扁的小小苇船，我的心似乎受了重重的一击，我感到从未有过的痛苦。正是在那一瞬间，有一种叫“深沉”的细胞，流进我的血管。

我端详着这只苇船，我崇敬它仰慕它，这不仅因为它已经从翠绿走进枯黄，渡过了许许多多弯环诘屈，如歌如泣的岁月河，而且迄今它尚无停泊的念头，它依然神往着前景无限的彼岸风光。后来我回首起这一幕，便豁然悟出历史并不是那些抽象的文字记载，历史是一件件可以触摸的实物。我们每天都生活在历史当中，历史每天都在主宰着我们的生活啊。

阿香婆说："三三，你找着了吗？你把它拿给我瞧瞧。"

我并没有把苇船拿给老人，而是缓缓地走向他。

阿香婆说："听到了吗，三三，快拿给我。"

我说："阿香婆，我就是那只苇船啊。你就是线装书，你快翻开呀，我就要走进你里面去了。"

"怎么翻呀，三三？"

我走到老人跟前，拨弄开她瘦小的双臂，然后紧紧拥抱了她。

我不禁潸然泪下。

夜里我就枕着那些线装书睡。屋外倏地旋起一阵风来，须臾有两点开始不紧不慢地敲击窗户，这是黑夜在孕育太阳时所哼出的痛苦而欢快的呢喃声。

我很快便睡着了。我清晰地听出我脑袋下的书页里，传出沙沙的写字声，善堂那只握着笔杆的白皙的手，正紧张地忙碌着，这声音渐趋宏大，须臾便快意地湮没了我。这声音把我的身体一片片地解剖下来，装订成一本很薄的书，给许多人去读，但人们嫌弃它的肤浅，随手一抛，不再理会。我感到一种透心彻骨的悲哀。

醒来后我发现阿香婆并没睡下，她正就着油灯穿针引线地缝什么。灯火一晃，一片如血的殷红刺伤了我的心，原来阿香婆在缝她的红寿衣。有那么一会儿，我坐在床上一动不动，似乎失去了自我。我惊奇地看到，那寿衣在阿香婆手里变化出几种颜色。它时而玫红，时而天蓝，时而墨黑。寿衣呈玫红时正是春水东流，两岸繁星满树，恋歌四起。寿衣呈天蓝时正是晨钟暮鼓，所有的眸子都如鸟翅扇动着，欲起飞在美丽的风景里。寿衣呈墨黑时正是夜的前序，一队轿夫正抬着沉重的棺木，缓缓前行。

寿衣，人生的旗帜。

我轻声敛息下床，蹑手蹑脚地走到阿香婆身后。我看到阿香婆神情专注，庄严肃穆。我多想知道，老人在为度过人生的最后一个节日而赶制新衣时，会是一种什么样的心情。

忽然，线头断了，老人就着灯光穿起线来，但怎么也穿不进去。也许她根本无心穿线，她为针眼里的景色迷住了。她看到针眼里麇集了许多黑色的亡魂，犹如蝌蚪群在往返游动，相互交头接耳，喋喋不休，倾诉离开人世时的撕心裂肺般的快感。不知不觉中，仙乐声四起，犹如仲春时漫起的晨雾，一个聪慧秀气的白衣天使，手持素幡，引导着亡魂循序进入天堂。这条短暂而漫长的路上撒满了衅花和悠长的铜钟声，亡魂们快乐无比，它们觉得曾经在人世间生活的，只不过是自己的影子。

许久，阿香婆抖颤的手没有将线穿过去。我突然预感到，倘若她把线穿过去，她的生命即会终结，那针眼是死亡的眼睛，正引诱着她呢。我喊了一声“阿香婆”，老人一哆嗦，一看是我便大声地喘了口气。我知道她那已经游出躯壳的灵魂，犹豫了片刻又返了回来。

我很快便给阿香婆穿好了线，然后求她教我缝。

阿香婆很高兴，她说 :“缝过寿衣的人，别的衣服都会缝。三三，你先帮我钉扣子，莫要钉紧，要松，懂吗？活着的时候整天憋得透不过气来，死了说什么也得松坦松坦。”

我说 :“寿衣什么时候做不了，非得晚上做？”

阿香婆说 :“晚上做的寿衣结实，不容易烂。这是一个人活在世上最后要做的一桩事了。一个人一辈子做了很多快乐的事和很多痛苦的事，唯有做这最后的一桩事，既不快乐也不痛苦了。三三，你爬过坡吗？你想想，你好不容易才爬到坡顶上，累得满头是汗，你就那么用衣袖擦了一把汗，就又走下去了。”

对阿香婆的话，我并不能理解，但在那个晚上我竟然很快就学会了缝寿衣，我的老到的技艺连阿香婆也赞叹不已。这太不可思议了，要知道在这以前我连毽子都不会踢，更没有做过女红。可是许多年后，我为我的女儿文文缝制衣服时怎么也做不好，连拆了三次也没缝成，我不禁怔住了，我对阿香婆的话发生了怀疑。

那天晚上，我在我做的那件寿衣上，写了几个字：“给三三八十岁的生日。”

后来的一个下午，我同阿香婆一起去拔茅针吃。

这个营生是我小时候非常喜欢做的。春雨在小河沿上走了一遭，就哧溜哧溜丛生出许多绿箭簇般的茅草，每棵茅草里都藏着一根柔嫩的芯子，我们叫它做茅针。茅针里那种带着青草香味的甘汁，滋润了我们童年时的好多梦境。

风从河床上徐徐吹来，激不起一点水波，有许多小鱼将嘴伸出水面喋着，咬出一圈圈美丽的花纹。一队长着洁白羽毛的鸭子，半身在水中，半身在水上，从远处游弋而来，到我们跟前时眼睛仍朝前凝望，瞅都不瞅我们一眼，仍潇洒地滑行而去。

阿香婆看着鸭群，自言自语地说：“善堂就是这样的。”

我抓住她粗糙的大手，有点激动地说，“给我说说善堂的故事好吗？”

阿香婆俯身拔了一根茅针，便顺势坐在草地上。她把茅针放进嘴里嚼了嚼，然后又吐出来。

她垂下头来，一种十分忧郁的色彩罩在她脸上。

“三三，你知道吗，长沙镇原先有一条热闹的街，后来叫日本人给烧了。那条热闹的街上开了一家窑子，老鸨是个四十岁的和善女人，谁见了谁都喜欢。老鸨开窑子不是为了赚钱，她不缺钱花，她家白花花的洋钱都用囤子囤着，她男人在南京洋行做老板，不常回家。那窑子是一座小洋楼。猩红色，老远就很是显眼。这窑子的名声好，远近都知道，经常有女子主动找上门来，有开过怀的，也有黄花女，窑子小住不下，老鸨给她们点盘缠，打发她们走了。老鸨说，世上降下一个男的，就会有一个女的配他，男的离不开女的，女的也离不开男的，男的离开女的是罪过，女的离开男的也是罪过。那时镇子上有好些男人出去跑买卖，在外头娶了小，只顾自己享福，再不管家里的孤儿寡母。那时的镇子地处要道，很繁华，南来北往的人特多，也有不少外地流浪到此的单身汉。老鸨想，何不把这些外地光棍同本镇的守空房的女人叫到一起乐乐呢，有相互看了中意的，可以领出去成亲过日子。窑子就是这样有的。”

阿香婆抬起头来，照进河里的太阳反射在她脸上，唤起她快乐活泼的神韵。看得出，她深深陷入了对过去的那段暖玉温香生活的回忆。

我想了想，终于问她：“你那时也在窑子里呆过吗？”话一出口，我便后悔不已，这是一个明摆着的而又多么不该问的问题。

没想到阿香婆极荣耀地说：“呆过，呆过。怎么没呆过呢？我那时长得俊，老鸨看上了我，要我去端个茶递个水的，帮着照应照应。老鸨在镇上的人缘好，我妈就对我说，你去吧，好歹还有点进项，我就去了。老鸨上过女师学堂，有空了就教我识字。”

“后来你就碰到了善堂……”

“别急，听我慢慢说。我到窑子里去了两个月，一天早上进来一个穿长袍戴礼帽的白面书生，胳肢窝里夹着两本砖头厚的书。他说他是从城里来的，专门来找一个人。他要找的这个人就住我家后头，是个老秀才，写了不少书，那些书后来都让他的朋友给刻印出来了，可惜他那时已经死了。白面书生很伤心地叹了一口气，转身想走。我要是让他走了，就不会有后来的事了。三三，世上的事都是命里注定的，你躲也躲不了。我当时不知哪来的胆气，拦住他不许他走，我看到他累得鼻尖上渗满了汗珠子，我心疼他。他告诉我，他刚从东洋留学回来，顺路来看他的先生。后来他就在窑子住下没走，再后来我和他就搬到外头一起过活。”

“他就是善堂？”

“嗯，他就是我的善堂。三三，喜欢上一个人是一件最不幸的事，善堂也这么说。我和他恩爱着过了一年，却没有哪一天是安生的。”

“你和他常吵架？”

“不要瞎说，我们爱都爱不过来，怎么还会吵架？”

“那为什么呢？”

“世上有很多事情叫你没法说清。有一天善堂忽然走了，什么也没给我留下。他走了后我大病了一场。后来听说他在城里当了教书先生，第二年城里杀了好多人，善堂也在里头。我跑去看了，善堂的头就挂在城墙上，我请人把他的尸骨运回来，埋在接天水的洋坛底下……”

阿香婆一下瘫靠在我腿上，我没忘记看看她的眼睛。这时天空中没有一丝云絮，日光清虚爽朗，阿香婆的眼睛纯净得透明，深邃得无底。我感到背后嗖地有一股凉气袭来，不禁抖瑟了一下。

因为我看到一个无法改变的事实。阿香婆的亡魂正从她的眼睛里蠕动着爬出，这亡魂如一个刚降生的粉红色婴儿，无声地啼哭着，对外面的世界充满了好奇。它善意地看了我一眼，便离开阿香婆，朝远逝了的鸭群跑去。

我愣了愣，便拔腿追去。

我为什么要愣一愣呢？如果我那时即刻就追过去，我会追上它的，我会用我还没有沾上灰尘的洁净的手抱着它回来，交还给阿香婆。可是现在我再也追不上它，虽然我和它只隔一步之遥，但这段距离恰好是一根绳索，牵我到了一个遥远而陌生的世界，我在一片长满罂粟花的枫杨林里昏睡了过去……

我想起一件往事来，它如一条翻着白眼珠的死鱼，在我心河里飘浮了好久。

我在五岁的那年，跟母亲到舅太家去贺寿，那一年，舅太七十岁生日。我记得那一天去了好多人，放了半宿鞭炮。舅太红光满面，喜气洋洋，坐在高头受众人祝福，见我进去时便乐滋滋的过来抱起我。我突然感到舅太卡在我腰上的肥胖的手，变得僵硬冰冷，令我毛骨悚然。我挣脱了舅太的怀抱，跑到母亲跟前，我转身再看舅太时，呈现在我眼前的却是舅太的一具骷髅。我脱口喊了声，“舅太要死了”。全屋的人都愣了一下，舅太陡然变了脸色，很凶地盯着我。母亲气得用劲扇了我一巴掌，我嚎啕大哭。我不为疼痛而哭，而是恐惧那不可抗拒的死亡。第二天舅太就其名其妙地死了。舅太死得很轻松，他是在睡梦中开始那快乐的旅行的，这连他自己都不知道。

拔茅针回来，阿香婆便卧床不起了。她在病床上躺了七天，这正好是一个人的亡魂去阴间的时间。

这七天使我知道了死是多么不容易。如果说生是痛苦的欢乐，那么死则是欢乐的痛苦，生死相加，才构成完整的人生。

这七天里，阿香婆没说一句话，她用她那双干瘦的大手，紧紧抓住我的手。我默默忍受着疼痛，我知道阿香婆正乞求她身体里残余的力量，抗拒着亡魂的召唤——绝望的背水一战啊。

这七天里，阿香婆一直哀怨无助地看着我。我对她眼睛说，你不会死，你会好起来的。我在这七天里说了好多这样的话，我试图把这些话变成那只苇船，驶进老人的眼里，但她的眼睛早已没有了泪水，她的眼睛成了干涸的河床。

后来阿香婆紧抓着我的手一点一点地松下来了，她的亡魂正在一口一口地吞噬抗拒着它的力量。它需要一个至轻的躯壳，这样它才好背负。

与此同时，老人的眼睛渐趋黯淡下去，如一个人远去了的脚步声。一时间我感到一种无边的孤寂紧紧锁住了我的咽喉，我拼命喊了一声

“阿香婆”。那个人的脚步声猛然停下来，我看见老人的眼睛突然迸射出一束灿烂的光芒，几滴泪水汩汩流出。

我俯下身去吻着老人的眼睛。一直到老人死了许久，我的嘴唇才告别了老人不肯闭上的眼睛。

水中风景

——对一次大雨的回忆

应该说，那场大雨曾经做过少女静 音诊病的背景。晦暗的门诊室的角隅搁着一张赭黄色的行军床，面色苍白的医生用听筒在静音扁平的胸脯上爬行了一段时间后，就让静音躺到行军床上，用手替代听筒的圆形铝片做进一步的探查。静音颇费踌躇地看了医生一眼，然后蹒跚地绕过一个装满了裹着脓血的纱布、棉团和蛀牙的污迹斑斑的铅桶，走向偃仰的方式。而坐在窗前的静音的母亲，则把视线投向户外一棵树干粗壮的栗子树。在夏季黄昏的微风中，柔软的扇形树冠婆娑地摇曳抖动，开放在一簇簇树叶中的淡青色花朵散发出酸涩的气息。这时静音已经十分谨慎地平躺在行军床上，医生随即走上前去。他的优雅的步态表明他干这个行当是非常的得心应手。行军床前拉了一根 5 号铅丝，一块供遮挡用的天蓝色布帘就像舞台帷幕聚拢在铅丝一侧。像往常那样，医生扯起布帘，使它插入患者与外界生活之间。可是聚拢着的布帘并没有如往常那样像手风琴一样伸展，而是一片夏末的雨帘被扯落下来了，透明又混沌地垂挂在医生的背后。滑腻和沁凉是医生对那场雨水的感觉。

事后想起，回忆中的那场夏末雨水的来临，预先并不是没有一点征兆。在一个桃香飘扬的傍晚，长沙镇郊阡陌上一群荷锄而归的菜农，忽然看到一条从池塘边沿的茅草丛里游上岸来的花斑蟒蛇，它杌陧不安地盯视着人群，然后就像一只小猫似的扭动着腰肢爬上就近的一棵楝树，它攀援的过程宛如一条狭长的百褶裙在升起。同一个时刻，镇上一个读小学的孩子正想利用夕阳的金黄色余晖，描画他梦中的牛栏和草屋，可是当他把白嫩的小手伸向笔筒时，一分钟前还好端端的水彩笔倏忽地断成两截，昔日干燥无比的椭圆笔筒莫名其妙地长出了开着小黄花的水生植物。突如其来的变化吓得小孩哑然无语。

更荒谬的是，三年前就和大家失去一切联系的善堂，长沙镇著名的老车夫，突然穿着一件黑色府绸衬衣回来了。他对所有遇到他都瞠目结舌的人说，濠河干得起了许多皱纹。人们对三年前一个炎热的午后记忆犹新，那时善堂裸着上身只穿一条尿布似的短裤衩钻进濠河，那情形就像是要把自己永远储藏在记忆里。暮霭飘落的时候，有人在濠河下游的河滩发现了善堂。他躺在一片硌人的鹅卵石上，颈上还系着那条用来擦澡的灰白毛巾。

当这一切发生的时候，静音正仰卧在病榻上汗流涔涔，噩梦不止。少女静音是在去年仲秋时节得了一种莫名其妙的病的。在此之前，悬浮在她周围的岁月里结满了健康的红葡萄。那时候她还是初三的学生，两条油黑浓厚的长辫子和一副高挑的身材，使尾随她身后的晨风充满了迷人的曲线。那时候静音喜欢在蜂蝶喧闹的郊野奔跑，树木和草丛依次闪开，呈现在终点的总是明亮的梦境。谁也说不清她究竟是何时在晨风和郊野中消失的。有一天傍晚静音放学回来，来到一座公寓式的白色豪华住宅楼前。她的家就在第一单元的三层上。她看到她家的窗户上已经拉上绘着傣族妇女舞蹈的彩色窗帘，柔和的灯光剪出窗前一盆兰草妩媚的影子。走近楼梯口时，她的想象布置了如下的场景。母亲已经在圆形饭桌上铺上了洁白的台布，作为一种晚餐的装饰和气氛的点缀，桌上的高腰花瓶插着一束玫瑰，在花香虚无缥缈的氤氲中，扎着黄帆布围裙的母亲来来回回忙碌着，递次端上桌的美味菜肴，使蜷伏于碗橱底下的那只蓝印花小猫的眼睛缱绻地流连忘返。少女静音想象中的脚步已经跨进了家门，在回应了女儿温柔的招呼后，母亲怜爱地说，休息一会儿吧。这句话的意思是说，弹一会儿琴吧，因为女儿总是把弹琴当成休息的最佳方式。在紫色琴盖上俯视良久，是静音弹琴前的一个习惯，因为锃亮的琴盖总是把她白皙俏丽的面容映衬得楚楚动人。琴盖打开后，那条流经中欧八国贯穿奥地利的“蓝色多瑙河”，到达这座装潢考究的三居室时，开始呈现出潺潺漩淌的局面，微风激扬起的水花时时开放与时时凋谢。静音总是把手指徘徊在多瑙河边那座沉浮着颀长鹿角的白桦林里，以便让自己周而复始地品尝那种漂浮着树脂香味的幸福。

对水的痴迷与热爱，也许决定了她日后病症的方向。去年深秋的时候，静音身上渐渐显露出让人不可理解的病灶。在秋风萧瑟寒意渐近的日子，静音开始像夏季的小学生那样背着一只塑料水壶上学。那只水壶大得足可以灌进满满两暖水瓶水。那时候静音的脸色与语言和别的少女并无二样，但对水的嗜好却使老师和同学大惑不解。

一开始，静音的喝水是在课后进行的，迟疑的下课铃声总是为她指引着操场北端那片榆树林的方向，在那里她一遍又一遍地完成了酣畅淋漓的举动。有一次上语文课，那个穿着对襟褂老气横秋的语文老师正在教授一首著名的律诗，其中有两句是“春风杨柳万千条，六亿神州尽舜尧”。在诵读了十数遍后，语文老师洋洋自得地发出这样的提问：

“请一位同学回答一下，春风杨柳多少条？”

这时静音脸上流露出的痛苦、仓皇和迷茫的神色突然深深攫住了他。语文老师茫然不知所措地问她，你怎么啦？静音急不可耐地说道，老师，我要喝水。然后当着所有同学和老师的面，把一塑料壶水悉数喝下，令在场的人目瞪口呆。

在最初的一场大雪降临的冬季，人们再也没有看到过身背塑料水壶的静音从上学路上走过。静音从此时到翌年夏季的这段生活是在数十只水盆之间进行的。

在一个星期天的下午，静音的几个同学去看望她。她们知道静音的家位于长沙镇西区某幢楼的某个楼层，但她们从未去过西区，尽管西区离她们的住所近在咫尺。

这是雪后一个天朗气清的晴日，寂寞的小旋风使通往西区的那座高耸的小石桥面的一层浮雪无影无踪，站在裸露着的粗糙的桥面上眺望西区便不必会担心滑进冰河。后来痊愈后的静音问她们其中的一个对西区最初印象是什么时，那个被问的女孩毫不犹豫地回答，西区就是富贵加贫困，西区就是布达拉宫加贫民窟。

有一天傍晚静音的父亲从他上班的有着花圃与树篱的大院里回家时，忽然发现黑乎乎的楼梯口蜷缩着一团阴影，这使他吓了一跳。他怔怔地站在数尺开外的地方，拎着牛皮公文包的手簌簌发抖。后来那团阴影发出的似曾相识的呻吟和熟悉的气息，使他想到了自己的女儿。他嗫嚅地问了一句，那是谁莫非是静音吗？但是静音却不能顺利地接受父亲的声音，那一刻她似乎是进入了谵妄状态，而孤独的宛如哭泣的呻吟却是对水的渴望。

在此之前，她爬了无数次的那截楼梯严酷无情地拒绝了她。事情说起来让人蹊跷，当想象中的《蓝色多瑙河》圆舞曲开始延伸的时候，静音登上了第一级台阶，这几乎是短短的一瞬。处于青春期的静音总是觉得自己的体内勃发出无穷的力量，爬楼梯对她来说就像是蜻蜓点水那样轻盈。但是这一回却与往常迥然不同，当她的脚尖在第一级台阶上轻轻一踮时，却听到体内一种十分奇妙的声响，清脆又模糊，就像某一处骨折的响声。

像蜻蜓点水那样登梯的静音并没有停顿下来，这并不是说静音没有听到来自于体内的怪异的响声，而是蹦跳的惯性阻遏不了她的脚步。接下来的几步使她体内愈来愈清晰的声音，从各个方向络绎不绝地狂奔而出，整个楼梯间弥漫了一种类似炒熟的蚕豆在锅内蹦跶的音响。也许，静音风华正茂的少女时代将在这散发着焦味的蹦跶声中结束。突然间变得软弱无力的静音就这样从她最后努力到达的第八级或第九级楼梯上翻滚而下。笼罩着她多日的疾病的翳影，终于找到楼梯这样的通道走进她的身体。

趴在父亲背上的静音仍然口干舌燥地呻吟着，水……当静音家的那扇安装着门铃揿钮的钢质防盗门，森严地把那一串遗留在楼梯间的“水”关门外时，少女静音就再没能独自下楼过。

那一年的冬雪就像江南的丘陵连绵不断，长沙镇所有房屋的窗棂上留存的茸雪就像老者的白眉毛在寒风中微微颤动。

在大雪骤歇的时刻，频频出入静音家门的是镇上一个面色永远苍白的医生。他给病人诊疗时有个并不雅观的习惯，就是用左手食指伸进鼻洞抠那永远抠不完的鼻垢。为此，有不少病人为了躲避他的抠鼻动作在自己心里引起的厌恶心理，而宁愿涉过幽深的濠河去邻镇的诊所。他游手好闲却年轻漂亮的老婆一再警告他：

“快改了你那臭毛病吧，要不你就得喝西北风了。”

医生却意味深长地说：

“对付习惯的最好办法，就是顺其自然。”

但是从静音身上表现出来的疑难复杂的病症，却使医生轻而易举地改掉了这种不良习惯。医生曾经在镇上的每个人面前夸耀过自己妙手回春的高超医术，他沾沾自喜地说，临床三十年还没碰上一例看不了的病。可是从他跨进静音家门的第一天起，他积了三十年临床经验的医道就受到了令他难堪的威胁。当他忙碌地围着静音异彩纷呈的病体团团乱转的时候，你想，他还有闲暇去抠那布满卷毛的鼻洞吗？

用所有经典的病例去诠释静音的病症都是南辕北辙。事实上，静音自从那天在楼梯口进入谵妄状态到医生的最初几天光顾，一直没有恢复过来，所不同的是思维的错乱和喁喁私语，使她暂时遗忘了对水的向往。

静音滑入健康和疾病的边缘时是十分忧伤的，因为她同时被两者所抛弃。

有时她心神不宁地坐在床沿，似乎陷入对往事的回忆，但回忆中的往事总是像小孩的脚步与断桥那样磕磕碰碰与脱节不连贯的，所以当她把这些往事用语言表现出来的时候，那种荒唐与怪诞总是使医生不明所以。

有一天静音对医生讲述幼年时与祖母共处的情景。她说祖母在步入八旬高龄时仍然是一头黑发，这可能是祖母一生都在里间的大马桶上解手的缘故（医生想，黑发与解手有什么关系呢？）。有一次邻居的老黄猫趁祖母沉醉于里间的马桶上时，偷偷跳上了锅灶。当它开始专注于一碗吃剩的红烧鲫鱼时，遭到了祖母的一块坚硬屎头子的袭击（事实可能是，祖母解完手后发现了老黄猫的越轨行为，她悄无声息地从墙角捡起一块垫床的木疙瘩扔向老黄猫）。

另一天的同一时刻，静音告诉医生关于老师对学生采取的一些刑罚方式。譬如语文老师往往迫使惩罚对象抄写一万或两万遍生词，化学老师热衷于让学生喝一瓶无毒的药剂，而体育老师喜欢简洁和一针见血，他惯用的扫腿法使所有上他课的学生战战兢兢。叙述这些的时候，静音的思维与正常人毫无二致，可以看出她这时正被疾病抛向交界线的另一边。

接下去健康就开始背弃她了，因为她说物理老师总是在寒冷的冬天把同学们像赶鸭子似的赶下河去（在这里静音明显地把童年目睹的一次冬泳场面与刑罚混为一谈）。

更多的时候，静音独倚床栏的漫长独白使一天的时光变得纤细又扭曲。她用少女那种尖细的嗓音表达她的杂乱无章的思想时，让人感觉到她正迷失于一座遥远的荒山中。所有的路口都诱惑着她又把她引向绝望之崖。混沌中，静音发现那座遥远的荒山其实就是她自己。她绝望是因为命运也许不会让她在十六岁的荒山上再栽上第十七棵新树了。在那些由陈旧的年龄组成的路口的跋涉过程中，消瘦与虚弱开始走向她。到后来，她那双原本清澈和青春激荡的眼睛也成了大而空洞的路口了——她的所有的目光都遗留在过来的路上，譬如草丛岩缝和树丛里。

这是医生最后一次登门发现的。

当他跨过门槛就置身在静音目光的包围中了，它们不是源于静音的眸子，而是呈现在屋内的一切物体上。当他注视静音时，发现她的眼睛空洞成了酒盅或木塞了。医生匆匆整理起刚铺陈开的诊包，恐慌地对静音母亲说，你以后就让病人到诊所来找我吧。

医生的离去使静音恢复对水的挚爱成为可能。在冬雪接踵而降的日子，静音开始穿起水淋淋的衣服。她每天早上都让母亲拎一桶水进来，然后把这天要穿的衣服全部泡进水里。她一般穿衣是在床上进行的，因而被褥和枕头也潮湿得仿佛在水中浸过似的。

在水影飘扬的房间，静音本身就是一泓岑寂的冬水。女儿的怪癖使父母亲深为恐惧，他们穿着雨鞋走进女儿的房间，几乎要跪下哀求：

“行行好，快把湿衣服换了，要不你会冻坏的。”

女儿却回答：

“我要是穿上干衣服，就会变成木乃伊。”

在雪霁的头一个星期天，长沙镇西区迎来一群穿着鲜艳的女学生。

这是一个孕妇首先发觉的。当时她正在当门的一根支撑着棚屋的木柱上照镜子，突然占据整个镜面的妙龄少女的倩影使她颇为诧异，后来她就看到几朵红艳艳的牡丹和天竺开放在被脚步玷污的雪地上。

几个水灵灵的女孩的到来，使灰暗衰败的西区上空布满了动人的诗意，几乎所有的人都走出棚屋对她们的到来表现出惊喜。

在那个晴朗的星期天，女学生们对西区人民沉默的热情视而不见。她们注意到的是强烈的阳光照得那些低矮破旧的草屋进出吱吱的倾圮声，和草屋群背后那座粉刷得雪白的高层住宅楼发出布达拉宫式的辉煌耀眼的光芒。“鹤立鸡群”是她们那时对住宅楼的感叹。也许棚屋檐楞上飘摇的枯草使她们误入荒原——她们在茂密的枯草丛里甚至发现了老态龙钟的野猫和一群鲜活如初的羊羔，但是飞越而来的住宅楼顶上那架银灰色的锅状卫星接收天线所聚焦的阳光，烧毁了低矮丑陋的破屋在她们心中引起的冰凉的悲鸣和压抑。

她们是去看望同学静音的，她们知道静音家住在哪个楼层哪个房间，但对如何到达那儿却茫然无知。当她们步入孕妇的镜子时，就开始走进一座散发着属于梅雨季节的霉浊气味的迷宫。

第一排棚屋是松散的，就像老人的牙。她们轻易地越过宽敞的栅栏门，看到对面的某个门楣上挂了一束芦荟和稻穗，这使她们感受到了一种乡间的乐趣。但随着脚步的延伸，她们变得越来越懊恼。在深入腹地的路途中，一堆淌着赤褐色锈液的铁锅铁盆铁铲拦截了她们，这纯粹的现实表明她们来到的是一块世袭的祖居地。

要从一堆废铁中开辟道路几乎是不可能的，于是铁锅和铁铲的刃口割破了她们的脚跟，嗄吱嗄吱的响声使她们趔趔趄趄，举步维艰。她们常常沿着一条文蛤壳铺成的小路前行，但结果不是误入歧途就是无功而返，因为最终等待她们的不是一堵百孔千疮的老墙，就是一泓漂浮着猪杂碎的池塘。

最要命的是那些紊乱的遍地而筑的露天茅厕，它们的设置就好像博尔赫斯的“交叉小径的花园”，把她们的脚步弄得极其错综复杂，往往刚结束了这座茅厕的探险，又开始了下一座茅厕的旅行。结束之后是开始，是这群女学生在西区学到的哲学。

西区的游历对她们至少有两个良深的印象。当西区灰黯的空气淹没她们的时候，她们碰到最多的是那些在山墙边佝偻着腰背无所事事的老者。他们中没有两个人是同一年出生的，因此当他们彼此喋喋不休地谈论远古和展望未来时，由于仰俯的角度不同，造成了历史身影的参差不齐，时间便呈现出一种非常复杂的局面，也许这才是她们所面临的真正迷宫？

傍晚的时候，她们终于到达了白色高层住宅楼的脚下。在此之前，它诱惑又拒绝着她们，就像荒坡背后隐约又清晰的峰峦。

回首来路，她们几乎同时发现，西区颓败的建筑有着严密的逻辑。从檐角飘展着金黄茅草的寮棚开始，依次是水泥结构的砖屋，木梁和木椽的瓦房，简易楼，最后才是长廊上陈设着蔷薇和欧洲蕨的白色住宅楼。

一个女生沉吟了半晌，然后对她的同伴们说：

“这就是秩序。”

让她们始料不及的是，当她们推开静音的房门，充斥视线的是数十只摆放在病榻四周贮满清水的水盆。恹恹欲睡的静音安卧其中。

多年以后，当静音变成一个耄耋老妪，遥想某年夏末的那场大雨时，都要说：“那是我引发的。”

记忆中那场大雨的降临是突如其来的。那是午夜子时的事。在此六个小时以前的时间里，净无云翳的天空在许多建筑和植物背后进一步露出秋的端倪，在暮霭低垂的南方土地上，稻菽和棉花摇曳着终于走出梅雨季节潮湿和腐烂交缠的喜悦，向成熟坚定地迈进。

在收获即将来临的时候，人们的鼾声也变得沉甸甸的。最初的雨帘从夜空中筛落下来的时候，那些醒着的人们倍感亲切，毕竟雨季撤走已久。当雨水逐渐深刻的时候，西区的一些人看到的也不过是门板上褪了色的春联的飘落和一两只母鸡受了雨滴惊扰的咽咽。

人们随雨水的深入而酣睡和梦呓。

屋中雨水的产生是由砖地上渗透出来的，那是西区一个盲眼老者的发现。这时大约是凌晨五时，这意味着雨水已经像飘逸的南方丝绸冰凉而柔滑地抛洒了五个小时。

每天凌晨五时撒尿是盲眼老者多年养成的习惯。盲眼老者褐色的陶制尿壶通常是摆放在搁毛竹铺板的高脚凳边的，这样他仄起身伸手就能够到。凌晨五时，盲眼老者被强烈的尿感唤醒，当他仄身去够尿壶时，摸到的却是一手冰冷的秋水，那只陶制尿壶业已漂至墙隅，在屋内迅速泛滥的黄水中颠簸。

盲眼老者大惊失色，他从箱架上摸出一只破烂的铜盆，敲击着涉水走出户外。

现在西区的人们每当想起那种凄惶急遽的铜盆击打声，就会忆起那场飞扬的大雨，或者说每一次连绵不绝的雨水的来临，都会使他们听到那种“当当”声如一首挽歌在雨缝中生存。

浩荡的水势在低洼的西区汪洋恣肆。

那天少女静音到诊所看病是由母亲背下楼的，久病后的静音体态轻盈若草。

在诊所角隅那块天蓝色布帘背后，医生为行军床上的静音做了最后的检查，然后神色沮丧的对静音母亲说，看来我是爱莫能助了，你女儿的病状很怪，在所有的医学典籍中都找不到记载。

静音的母亲叹息一声，欲言又止。这时她和医生都听到了隔一层布帘的静音的嘟哝声，大雨快来了。

回去的路上，静音的母亲一直咀嚼着医生的话。医生在她们跨出门槛时，作为一种对自己无能为力的矫正，搓着手说：

“让静音看看风景吧，这样也许有利于病体的调理。”

但是到何处去看风景，却一直困扰着静音的母亲。站在白色高层住宅楼的阳台上，你面对的只能是西区灰黯凌乱的建筑群，泥泞的通道，镶嵌在建筑罅隙里的乱七八糟的尿片和出没于屋头棚尾的翅膀因为沾满了污水而耷拉着的小鸭。

现在是夏末秋初，你除了从一些水洼里看到片断的天高云淡外，就是第一批飞离枝头的凋零的枯叶，它们往往和从许多高矮不一的铁皮烟囱里升腾出的黑烟一起，搅乱了西区低垂的天空。冬天呢，一场接一场的浩荡大雪会把整个西区掩盖，你目所能及的只是皑皑白雪上数行鸟兽的足印。而春天，一切使人们欣喜的鸟语花香，桃红柳绿似乎都与西区无缘，因为所有的植物都驻扎在西区的边缘以外，即使灿烂的阳光来到这里，也会被无所不在无时不有的烟尘所分解。

静音的母亲背着女儿上楼，悲悯地说：

“西区没有风景呵。”

现在离盲眼老者发现尿壶失踪，已整整两天。继铜盆的“当当”声，是纵横交错的水流的呼啸和凄恻的妇呼儿啼。西区的人民在大雨中手忙脚乱。

两天以后的西区呈现出一种壮丽的景观。白色高层住宅楼自始至终都“恃才傲物”，对历史上罕见的这场大雨，保持着不屑一顾的君子风度。大水虽然淹没了整个西区，使西区的所有棚屋看上去就像掉进大海里的降落伞一样，但仍对白色住宅楼敬而远之，因为即使是底层，也离水位线差不多还有一尺多高。

水中西区的壮丽景观是逐渐明朗的。

开始的时候，当泥黄色的水流淹没某户人家的储藏室时，一只装了柴油的瓦坛以不倒翁的姿势在水面上摇晃。随着水流的湍急，油坛终于噗哧一声訇然倾倒。可以说西区景观的形成是由浑厚的柴油的溢出作为先导的。它最初流向水域时几乎与别的液体没有两样，但一旦占据了整个水面便在瞬间显露出赤橙黄绿青蓝紫七种色彩，它和垂落于水面的阳光合二为一，闪耀出一种立体的美丽光环。你如果躺在水底仰视天空，会看到西区每个闭塞的角落都挂满了鲜艳的彩带。

几乎是在同一时刻，家家户户的门洞都漂出了形状各异的铝锅瓷盆，在一片沁人肌肤的水气中，叮当碰撞，琅琅有声，就像五线谱上的蝌蚪，在一条条鲜艳的彩带上构成迷人的组歌。

那些昔日因污水沾翅而提不起精神的鸭们，此刻争先恐后地把每根羽毛都洗涤一新，然后就像典雅的天鹅，把一条开阔的水带当成早春的小溪，有条不紊地来回游弋，使西区的景点充满生气。

空酒瓶和树叶差不多同时在水面呈现。前者是从一个嗜酒者家中漂流出来的，原先它们堆满了床底和门后。空酒瓶在水中沉浮，瓶嘴频频亲吻水面发出类似鱼类凫水而喋的声音。布满水面的树叶来自于所有的旮旯，它们在水中连缀成的图案极像灰褐色的菱叶。这时原先发现那群女学生光临西区的那位孕妇出现了，她坐在一只肥大的澡盆里，两只手笨拙地划动浊水，远看上去就像在采菱，就像一幅绚丽的江南水乡晚秋图。

如果不是这场大雨，人们也许永远发现不了西区会居住着一位穷酸的作家。平时人们只能偶尔从茅厕的蹲座上看到他，一个头顶秃谢，神色郁悒的中年人。他每次蹲坑都要携带着一柄水烟枪，一直咕噜到事毕为止，然后慌里慌张地提着裤子钻进家门。那扇行将腐烂的桑木门，似乎只有在他去茅厕的时候才会打开。将他的家门恒久地打开的是这场浩淼的雨水。作家是盘腿坐在一张破旧的写字台上浮出家门的，他身后紧跟着一长溜秩序井然的由各种各样的书籍和登载着他的作品的花花绿绿的刊物构成的队伍。写字台漂到哪儿，它们就忠贞不渝地紧跟到哪儿，仿佛书籍和刊物是写字台航出的水迹。它们给西区景观平添的是一份难能可贵的温文尔雅。

写字台上的作家并没闲着，他因为置身于各种充满个性的景点中而显得异常兴奋，他一面观察水面一面紧张地在摊于膝盖的记事本上走笔。他对每一个沦落于水中的西区人说：

“这个作品的题目叫做《水中风景》。”

当西区的人民在水中挣扎的时候，白色高层住宅楼上所有的住户都麇集在阳台上津津有味地看着。他们指点江山，高谈阔论，迷失在一片前所未有的眩目的景象中。

《水中风景》的写作在延续的时候，水面上又呈现出另一番景色，它为他们日后的生活留下了深刻的印象。凭心而论，西区的女孩是低贱的，因而她们的衣着是平庸的，无论是款式还是花色都显得寒酸不堪，这使她们在大街上行走的时候，都是躲躲闪闪，匆匆而过。是大水将她们收藏着的花衣裳一览无遗地展示在人们面前。人们惊讶地发现，女孩们的衣裳尽管寒酸，却有着城镇女孩难以企及的让人怦然心动的淳朴和沉静，它们就像夏日荷花开放在一片污水之上，散发出少女肌肤的馨香。每一朵灿若云霞的落花下面都有一个属于少女的美丽得忧伤的故事，这使得水中风景底蕴十足。

白色高层住宅楼上的居民难以忘怀的是，西区的水域一直像一面庞大的电子显示屏幕一样，不断变换着让人难料的花样。

现在展现在人们面前的是秋后草原的风光。两年前羊毛的价格持续上涨，这使得西区的每家住户不约而同牧养了一头北方绵羊。清晨它们成群结队地到衔接西区的一块宽阔的草原打磨时光，傍晚又都排着队回到各自设在茅厕背面的羊厩。由于羊群的出没都是在黑暗中进行的，住宅楼上的人们除了偶尔听到恢宏的咩咩羊叫外，对西区绵羊的饲养情况一无所知。当大水在西区肆虐的时候，正在羊棚酣睡的绵羊无一幸免地罹难灭顶之灾。这是距盲眼老者摸不着尿壶后一袋烟发生的情景。所有的绵羊漂出棚门后几乎覆盖了整个水面，它们在水流中疾速地挣扎着，就像草原上庞杂的羊群争先恐后地抢占鲜嫩的草区。

两天后，羼杂在住宅楼观望风景的人群中一个久病的少女，悄然返回家门。她的久治不愈的病症奇迹般地好了。当她蓦然回首时，步她后尘进来的父母，就像列宾油画《归来》中与一个流放囚徒邂逅后所表现出的瞬间的陌生与惊喜的家人那样面对她。

棚天花

那人第一次出现在渠路上，是一个中巴上的乘客发现的。那人的面颊黑黢黢的，看不出年龄，骑着一辆破旧的自行车，龙头挂了一块木牌牌。乘客曾经在“文革”中遭受过游斗，因而对木牌之类的器物特别敏感。他先是瞥见了木牌牌，而后看到上面的三个黑体字，还有那辆快要散架的自行车，最后才注意到那个脸色黧黑的人。渠路几乎和柏油马路平行。柏油马路是由城市延伸下来的，而渠路则是从一间废弃的电灌站游过来的。那个人骑车与行驶的中巴逆向而行。中巴刚停过，启动后速度很慢。它与那个人隔着一溜橡树，所以从中巴上看去，那个人总是滞留在两棵树之间。木牌上的三个黑体字歪歪扭扭，但是饱满直率，有一种粗俗之美：棚天花。

乘客曾经在城市的街道看到过许多这样的人，他们骑车漫无目的地四处游走，试图让那些打算装修房屋的人发现，然后领着他们消失在楼群深处。但滑稽的是，这个匠人竟跑到幽僻的乡村来了。那些几近倾圮的简陋村舍，难道需要装饰天花吗？这天早上，匠人骑车跑遍了大街小巷，却未遇上一个主顾，不免焦虑，不经意间便滑上这条柏油马路，又从马路边的某个路口坠入乡野。当他发觉了自己的“失足”时，便急忙下车，折身而返。这也许是唯一能够作出解释的理由。

匠人来自遥远的北方。他很久前就学会了棚天花的技艺，但到这个南方小城谋生还是头一遭。几天以来，他和同伴骑着挂着木牌的自行车，奔波不息，试图找点活计，哪怕只赚取返程的盘缠，但除了一身汗水，别无所获。昨天早上他离开了伙伴，踏上去乡野的路。确切地说，他踏上的就是这条渠路。柏油马路边缘有不少路口，走出路口便是坑坑洼洼布满羊屎蛋子的渠路。然后又有许多羊肠小径像树枝子似的，与渠路纠结在一起。而每条小径都通向村里人家的场院。如果从空中看去，所有的小径都是弯弯曲曲的，那是树的果实——那些人家——过于沉重所致。匠人像攀援一棵大树，先爬上树干，然后吱溜过枝头，颤巍巍地想要采撷果实，折腾得气喘吁吁却空手而归。他又一次失算。那些低矮破旧灰不溜秋的农屋，仿佛是对棚天花这个涂抹了深厚奢侈色彩的手艺的嘲弄。那些庄户人，不是在田间弯腰劳作，就是坐在墙角“低头看瓜”式地晒太阳。匠人想，为什么他们都不正眼瞧我一下呢？他甚至希望有条龇牙咧嘴的狗，凶狠地吠着从草垛里蹿出来，撵着他在渠路上狂奔。昨天傍晚，他经过一座磨房时，一个穿黑衣的汉子，从天而降般挡住他的去路。“滚，快滚，我们这里可没有天花，这种脏病只有城里才会有。”汉子扯下木牌打水漂似的扔进河塘里，还把他的自行车扔进灌溉渠。那车不知以哪种姿势呆在渠底好，忸怩一阵后，还是取了个“仰八叉”。匠人开始想念伙伴，想念闪现在北方某个木屋炕头上女人白皙的脖颈了。他想尽早返回北方，回到自己家里去。现在他在寻找路口，踏上柏油马路，然后像一枚疲惫的树叶飘到城里。

女主人刚欲转身进屋，瞥见龙头挂着木牌的自行车又从田埂过来了。女主人的三间草屋，紧傍一片竹林，四周则是汪洋般的菜蔬。如果要出门，就得滑着田埂走一会儿，再从小径抵达渠路。女主人是出来收衣服的。那件水绿夹袄裁得很窈窕，挂在晒衣绳上杨柳似的摇摆着。刚才她从屋里出来倒垃圾，簸箕里的很多瓜子壳还泛着唾液的光泽。她看到那个匠人推着车从田埂上过来。请问大姐，去柏油马路怎么走？匠人操着北方腔问她。后者不知是没听懂，还是对那块木牌发生了兴趣，好一阵子没开口。匠人又比划着重复了一遍。女主人告诉他顺着小径一直往东，然后从渠路向右拐，见到中栏就离柏油马路不远了。不一定要找到路口，渠路同柏油马路只隔一条小沟沟，一跨就能过去，女主人说完又强调了一句。匠人拱手道谢去了。但是现在他又出现在女主人面前。

大姐，我照你指的路走，也看到中栏了，也看到柏油马路了，就是找不到路口，匠人哭丧着脸，绝望地说。女主人瞅了一眼水绿夹袄说，你有没有完全照我说的去做。匠人说，那条小沟沟我怎么也跳不过去，我想我顺着渠路一直走下去，总会遇到路口的，谁料又回到你这里来了。这么说你是迷了路，女主人断言道。我再按你说的走一遍，兴许能成。匠人不知出于何种考虑。把木牌取下夹在后座上。木牌只剩“棚天”两个字，那个“花”字在飞向河塘时，被一块界石蹭掉了，女主人想了想说，你还会回到我这里来的，你不如暂且留下，施展一下你的手艺。匠人狐疑地打量了一下坐北朝南的三间草屋，屋脊上的稻草已经烂成糊状，一滴雨水就能穿个窟窿。

你这样的房子也要棚天花？谁说让你给这房子棚天花了，我是要你给新屋棚天花。可是新屋在哪儿呢？还没盖，不过很快就能盖起来。大姐，你是在拿我开心，等你新屋盖起来要到什么时候？我不是说很快嘛，我男人一走我就盖，他很快就会走的。匠人抬头看了看瞑暗的天色说，我不能再等了，我现在就走，我在城里的伙伴一定以为我掉进河里淹死了。昨天分手的时候，我对他们说，要是今天不赶回去，肯定落进河里了。女主人笑了笑说，那你快走吧。然后走进屋去。匠人看到她的腰肢柔软欲断，而结实的臀部就像潮水一样生动。

现在天色已晚，一些人扛着农具从田埂上一闪而过。远处不知谁在找藏匿在芦苇丛里的家鸭，那种模仿鸭叫的古怪声显得瘆人。他们肯定在谈论我，肯定以为我溺水而亡了，要是现在出现在他们眼前，肯定把我当鬼魂看了。当然，鬼魂不鬼魂倒无所谓，问题是白天尚且到不了柏油马路，何况在晚上呢。匠人犹豫再三，终于把车子支在草屋门口。由于土质太松，车子晃了晃倒在地上。女主人再次走出来。她已经把水绿夹袄穿在身上了，身姿绰约撩人。她招呼匠人，把车推到屋后去。原来屋后还有一间储藏室，堆了钉耙锄头粪桶之类的什物，散发出甜丝丝的泥土气息。现在匠人跟着女主人来到正屋。当门是泥灶，灶壁上花里胡哨地绘了个灶王爷，胡须像葡萄藤缠在一起。东房的门上垂悬一块蓝印花布帘。西房门开着，黑咕隆冬的。

女主人端着灯盏掀开布帘，对匠人说，进去看看吧，我不骗你。一张雕花木床几乎占去房间一半，床柱亮得耀眼。女主人把灯举高了点。淡黄色的灯光映出床上的一个人。那人直挺挺地仰面躺在那里，瘦骨嶙峋的脸上，两只眼睛成了深不见底的黑洞，匠人能感觉到有股凉嗖嗖的阴风，从那洞里飘逸出来。匠人不解的是，棉被只盖到小肚子那儿，而整个上身则赤裸着。女主人解释说，是大夫让这样盖的，至于原因大夫本人也说不清楚。那人，也就是女主人的丈夫，在酣睡，而且睡得很香。女主人又说，自从那天掉下来，他就睡到现在一直未醒。大夫告诉我，他的睡眠很快就到尽头，也就是说很快就会去的。听了女主人的话，匠人再看时不禁吓了一跳，似乎才发现那个人身体苍白得像成熟了的蚕，透明得能看清五脏六腑，而且鼾声像断了线的风筝，一颤一颤的。有时发生故障，中断许久，让人觉得再也接不上趟了。

匠人是在西房间的一张竹床上过夜的。他很快就步入梦乡：伙伴们把他从河里打捞上来，然后剁成碎块，镶嵌在天花板上。天亮前，他被一场大雨惊醒了，发现床的周围变成一片水。他再也无法入睡，爬起来想趁早离去。他穿戴好走出屋时，女主人挟着一捆稻草守在门口。她对他说，你还是想走吗？我昨天说的话你一句也没往心里去。我在城里看到过天花板是怎么回事，确实很洋气，你也给我棚一个吧。他去了后我就把他搁在天花板上，让他在上面永远陪伴我。匠人说，那我过一阵子再来，要不把地址留给你。女主人神色凛然地说，不，你不能走，你要是走了就再也摸不到这里来了。女主人的下颏往稻草上贴了贴，央求着说，我家屋顶漏得厉害，你今天就帮忙修一修吧。

匠人转身想看一看屋顶，却发现墙上倚着一个梯子，由于风吹雨淋，上面爬满了苔藓。他就是从这上面掉下来的，女人指着梯子说，好久好久以前，屋顶也漏过一次。他借来梯子，爬上去整修，可是不小心摔了下来。从那以后他就一直没醒，我也没把梯子还给人家。它一直没挪窝，还保持着原先的模样。匠人像多年以前女主人的丈夫那样爬上屋顶，把那层腐烂的稻草掀下来。女主人则在下面一次一次地把新稻草个子扔上去，好让他换上。

整个工程不到一天就结束了。屋里屋外洋溢着迷人的稻草气息。晚上，皓月当空，一派清明。女主人已在正屋备下酒菜，灯光把她脸蛋照得苹果一样鲜艳。女主人打来热水，让匠人洗脸净手，然后请他入席。匠人受宠若惊，又盛情难却。不过在坐下前朝那条蓝印花布帘看了看。女主人明白他的意思，便说他自从摔下来后就不吃不喝，大夫说睡眠是他最好的粮食。可能是出于礼貌，匠人走过去掀开布帘，但最终没有走进去。他掀开布帘时，无比深沉的黑暗和无比透明的苍白，使他倏然悚惧。黑暗是那个人的眼洞，苍白则是那个人的身体。

劳作一天的匠人，夜里睡得很香。女主人为他的那张竹床铺上了新被褥，温暖如春。子夜刚过时，他被一个噩梦惊醒。当他回味时，脑子里却一片空白。这时他听到一阵窸窸窣窣的声音，起初他以为又下雨了，但雨点并没有这样轻柔。后来他才恍然明白，这声音是屋顶刚换上的稻草发出来的。它们带着一种生命的强韧，在夜风中躁动。

其实，声音是女主人的脚步发出来的。她每晚都与丈夫抵足而卧。似乎是受到丈夫酣睡的感染，她总是倒头便睡，很快入梦。但从昨晚开始，她变得辗转难眠。夜里她悄悄下床，像夜行动物一样在黑暗中穿行。她穿过正屋，进入西房。确切地说，她只是跨进了一只脚，犹豫一番后就退了出来。她听到了匠人轻盈的翻身声和喃喃呓语。那呓语就像秋虫唧唧那样悦耳动听。

女主人摸黑顺原路返回。她掀开布帘，正想跨进去，却鬼使神差般的退后一步。方才她没有进入西房，是因为匠人身上散发出的浓烈生命气息，使她深深迷醉。而现在布帘深处那张雕花木床上霉味十足的死亡之气，使她再也不能忍受了。

她在正屋的八仙桌旁坐了一会儿。桌子上残留的几片鱼鳞，发出荧荧之光，映出她脸上的焦渴之色。她遂又起身往西房走去。但是像先前那样，只伸进一只脚。她觉得置身屋内，享受那种如朝阳一样的清新之气，太过奢侈，让她消受不了。

黑暗中的女主人，只能滞留在正屋了。

匠人很晚才起床。女主人早就盛好早饭在等他了，还打好了洗脸水，把芳草牌牙膏挤在牙刷上。洁白如玉的牙膏挤得太多，像蚯蚓似的爬在牙刷上，头和尾都耷拉下来。

匠人再没提要走，不是忘了，而是觉得女主人这样厚待他，不能一走了之，应该为她做点什么。他看到屋后的草田，有个木犁竖在那里。风从犁把上经过，发出唿哨之声。女人忽然想起什么似的说，那犁到现在也没挪过窝，当时他在耕地，耕了一半就让我喊来修屋顶。匠人说，你去借头水牛来，我把那一半耕完。匠人在家时就是做田的老把式，耕田种地可以说是驾轻就熟。由于时间过久，木犁上的绳索早已腐烂，木犁本身也发芽生根了。匠人重新整理好，便吆喝起水牛像多年前女主人的丈夫那样耕起田来，一直到月升星稀才耕完。他精疲力尽地坐在田头寻思，明天无论如何要走了。他相信自己会找到路口和柏油马路。

女主人更热情地款待他，烫了满满一坛米酒，桌上全是喷香的牛羊鸡鸭。女主人言辞恳切地说，大兄弟，多亏了你，要不那块地明年又要抛荒了。酒酣耳热之际，匠人说，大姐，你这样说要折杀我了，这么些年你也不容易。女主人听了这话，眼睛就红了，低头走出户外。

夜里匠人又听到了那种窸窸窣窣声，不过这次他没做梦。他听到既不是雨声，也不是稻草拂动声，而是人的脚步声。然后他就听到了细微的鼻息声，而且愈来愈清晰，这表明那个人已经逼近，说不定现在就站在床跟前。匠人是面朝里侧着睡的，吓得不敢出气，更不用说翻过身来看个究竟。他听到心里有个尖利的声音在喊：醒过来了，醒过来了！那个沉睡多年、黑如洞穴苍白如蚕的人，终于苏醒了。他不能容忍一个北方佬踏进他的家门，试图夺妻谋财。他手执一把牛耳尖刀，站在床边，考虑怎样下刀才干净利落。

匠人感到鼻息越来越宏大，似乎快把他吞噬了。他感到脊背有一缕冷风吹过，那是被角被掀开时造成的。匠人惊惧得几乎晕眩过去。但是触到他的不是冰冷的牛耳尖刀，而是两只温热的颤动的奶子。女主人全身都在颤抖，像只猫似的紧紧搂住了匠人。匠人仍然晕眩过去，不断低吟，我怎么老是梦境缠身呢？女主人狠狠亲了他一口，然后凑到他耳根子上说，不是梦。不是梦呀。女主人带着一股疯劲，像剥香蕉皮似的扒光匠人的内衣内裤。匠人被撩拨得欲火难忍，一个鹞子翻身。压在女主人身上。女主人像条鱼似的扭动着。絮语绵绵。我不能让它再荒芜下去了，你就像白天耕地那样。也把我耕耕吧。快点，大兄弟，你还等什么。我和他的最后一次已经好多年了，眼看快要来，他却跑下床去耕地。你就像他那样接着来吧。再让我尝尝那中断了好多年的滋味。我打头一眼就看上你了，反正他也快去了，你留下别走，我真的要盖个又高又大的新房。你拿出十八般武艺，棚个漂漂亮亮的天花。让他在上面好好歇着，我们在下面好好过日子。哎呀，大兄弟，你怎么还不进来。快点，快点，大兄弟……

但是无论是女主人还是匠人，都没料到会是这样的结局：匠人大声叫喊着，在这样热切的召唤下，多年前因为女主人的丈夫突然下床去耕地，而中止了到来的那个湿润的东西又出现了，并且离女主人越来越近。这时女主人突然捏亮了手里的电筒，让我看看你，大兄弟，女主人急切地说。电筒久不使用，发出的光很模糊，似乎上了锈。在光线的照耀下。匠人发现女主人的裸体极其苍白，苍白得就像成熟的蚕。匠人仿佛挨了一击，顿时柔软了。他像一个做错了事的孩子，满含愧疚地说，明天吧，明天我一定能行。女主人安慰他说，别着急，犁搁久了也会钝的，好在日子还长。

又一个夜晚降临了。女主人不再是夜里蹑手蹑脚而来，而是一开始就与匠人同床共枕。两个人的动作完全是对昨夜的复制。女主人娇喘吁吁地对匠人说，你放心吧，这次我不亮手电了。在匠人的催促下，那个鲜亮的东西又出现了，朝女主人蹒跚而来。匠人信心十足，一刻也不放松，但是他无意中看到女主人的眼窝黑得像深井似的，他觉得有什么要坍塌了，又要功亏一篑。他几乎是下意识地说，快打开手电。可是手电亮起来时，他又看到了透明的蚕。匠人绝望地敲着自己的脑袋，似乎要把它敲碎。女主人则悲从心来，啜泣不止。她想那个东西再不会来了，它被囚禁在时间深处了。

早上起床前，女主人趴在匠人的怀里哀求，你无论如何再让我尝一次，我不需要你帮我干活，我只需要你让我满足一次。匠人缄默无语，但心里暗下决心：在没满足女主人之前，决不离开这里一步。

他与女主人俨然夫妻一般地生活着。白天他一刻不停地完成女主人的丈夫遗留下的活计，偶尔掀帘进屋，看一眼那个深睡不醒的人。晚上则使出浑身解数，试图让女主人发出幸福的呻吟。这对他很重要，因为这意味着他在此逗留的结束。然而每天晚上无一不是以失败告终。时光飞快流逝，而在这方面却没有丝毫进展。到后来他甚至连自己曾经是个棚天花的匠人也忘了。有一天他在东房那张雕花大床前走来走去，指着那个瘦成一把骨头的人，问女主人，他是谁？怎么老是睡在这里。女主人心中暗喜，认为这是事情开始好转的征兆。

正是在这一天的午后。匠人在屋后的储藏室发现一件褂裤连在一起的黑胶衣。它像一个自缢的人吊在古旧的木梁上。身后的女主人告诉他，这是他穿着摸鱼的，每年冬天他都要下河摸鮀鱼，但从未摸到过一条鱼。匠人解下后钻了进去。他想我应该摸一条鱼回来。

这一天傍晚，有个赶家鸭的孩子回来告诉村里人，河里漂浮着一条大黑鱼。很多人都去看，原来是匠人的尸体。

中巴在柏油路上逡巡。那个乘客看到对面渠路上，出现一块木牌牌，上面的黑体字很醒目：棚天花。木牌挂在车龙头上，那车由一个戴毡帽的人骑着。中巴与那个人隔着一溜橡树，从车上看去，那个人总是滞留在两棵树之间。

乘客恍惚想起很久前看到的同一种景象，不过和那个人相比，眼前的这个人皮肤较为白皙。

操练黑话

1991年夏季，我父母强烈地受到县城生活的诱惑，迁徙意识犹若我家院中扁豆藤架上的那只翡翠色的大肚子蝈蝈，蝈蝈蝈蝈，昼夜灼热焦躁地聒噪着，透明了我父母衰老的躯体。

其实，我父母对迁徙并不陌生。30年前，闽江畔的一家部队医院敲锣打鼓送走了一批退役军医，其中就有我的父母。

从闽江到我父亲的家乡黄河边，路途何止千里，幸亏我父母练就一身火线背伤员的过硬本领，扶老抱婴，长途跋涉。正是在那次漫长逶迤的路途中，有一株黍黍破土生长，那就是我。我父母一生生育了三个儿子，这三个船坯等到了船的模样，半空中飞来一叶处女帆，倏忽地就驶走了，留给我父母的是缥缈的一片，茫然无措。

在长沙镇边沿的田埂上，我母亲与我父亲踽踽而行。在寂静落寞的氛围里，我父母从浅浅的狗尾巴草尖上嗅出了城市的气息。

一直把狗尾巴草置于鼻翼周围的是我父亲，我母亲那时正站在田埂的一块青砖上朝远处眺望，似乎在寻找那三只船无声无息的踪影。我父亲忽然说，惠，你闻闻，这狗尾巴草上怎么有股三色堇的味道。

三色堇？我母亲眼睛一亮，抢过狗尾巴草贴在鼻尖上。

那一刻，落日在瑟瑟摇曳的狗尾巴草上滚出一道烁亮的金边。我父母微闭双目，恍若置身在1959年闽江畔的天空下。

我父亲有点伤感地说，惠，你还记得那盆三色堇吗？

怎么会不记得！我母亲激动地说。我母亲清晰地记得，那盆鲜活的三色堇就摆在临桌的窗台上，在稻香弥漫的季节里，它总是抖擞着纤细碧绿的叶子在阳光里静若处子。

在1959年，三色堇开放着我父母一段温馨美好的城市生活。我父亲每回往黄海边的老家写信，总要在信尾“儿国才叩上”之后又附一句：“儿目前生活交关好，嘀嗒一声，电灯亮了，叽咕一拧，水就来了”，然后又不无炫耀地写道：“不过用电灯点烟不方便，不像老家的豆油灯，叨着烟往前一凑就着了”。

1991年夏季，我父亲在燠热红瓦房里大汗淋漓地抱着电风扇苦等来电以及在井台上用来吊水的那根使用多年的褐色麻绳“嘭”一声断裂而跌了个仰八叉时，父亲不由想起了30年前家书上的那些附言，不禁黯然神伤。

1991年夏季，梅雨像老太太的裹脚又湿又长，院子四周悬浮着粘粘的熏人霉味，父亲从苔藓满壁的井里吊又咸又涩的水，手臂忽然显得有点僵硬，吊桶在幽暗恍惚的井筒里浮浮沉沉，终于从半空猝然陨落。父亲非常悲哀地倚在井台边的楝树上喘息。梅雨季节里的楝树就像燃着的蜡烛，老是往下哗啦啦掉着树叶。父亲从眼前飘然而下的树叶罅隙忽然看到一片片混杂其间的30年前的家书。父亲醉意朦胧地读出那些动人的句子：嘀嗒一声，电灯亮了，叽咕一拧，水就来了。

以后的几天，父亲就整天念叨着这两句幸福的语言。有时半夜梦回，父亲在黑暗中纤毫不爽地看到30年前那段城市生活的每个细节，便弹着床帮，用老家《拔根芦柴花》的小调吟唱起来。

嘀嗒一声
电灯亮了
叽咕一声
水就来了

在我父母的印象里，城市生活意味着便捷，意味着灯的光芒亘久，意味着水的波影和痕迹在余剩的日子里飒飒游动，意味着街头为风物塑造的两重光影一半是倾泻而下的淡金色阳光一半是从建筑物披挂下的阴影，我父母在淡金色的阳光里建构未来的岁月在阴影中怀想往昔，而街道上活动着的一切正是我父母“现在”生活的回声。总之，城市生活在我乡巴佬的父母眼里妙不可言。

父亲在腻滑的井台上跌了个仰八叉时，正是岑寂的午后，蝉在所有的树枝上飞翔着霉变的嘶鸣。父亲的呻吟镶嵌着蝉鸣一齐灌进躺在凉榻上歇晌的母亲耳朵，这个做了大半生被镇上人称做“掏匠”的助产婆慌里慌张出来搀她老伴，这时薇如破门而入。

薇如的介入成了这个故事的契机。也许这样说并不准确，因为据我家周围的目击者称，在 1991 年夏季，薇如几乎每天都会出现在我家庭院。母亲无论如何也不能把肉段子似的父亲拉起来。父亲忽然闻到一股夹竹桃的馨香，父亲说薇如来了。

在长沙镇上这香味只有薇如才有，奇怪的是薇如从不搽脂抹粉，不知她从何采撷这股香味。四十八岁的薇如神秘兮兮地对我父亲说，金留来了。若干年后父亲处于谵妄状态时总要念叨这句话。不过父亲却说成土匪来了。

父亲听说金来了，鬼使神差般一骨碌站立起来，说声看看去。就一阵风刮出门外。

我知道在长沙镇薇如堪称打牌的一把好手。她原先并不认得纸牌，在街头巷尾踯躅的时候，听到从四面八方的门缝钻出的乱糟糟的“碰，碰”声，总要小心翼翼绕过残墙断垣，生怕真有什么会碰着她。一年前，薇如过早地迎来她的更年期，在烦躁与憎恶中缠住了我父亲。

那一年长沙镇上流行痔疮和前列腺肥大症，乡村医生的父亲整天被下体的异味熏得头昏脑胀，这时打纸牌成了一种解脱。在一个偶然的场合，我父亲教会了薇如。更年期中的薇如对纸牌迷恋得如痴如醉，所有的烦躁与憎恶被一连串的“碰”碰得无影无踪。

薇如说刘先生，你帮了我一回，我也要帮你一回。在牌桌上，父亲时不时流露出对城市生活的向往。每当此时，薇如总要说，刘先生你别急，等我家金留来了你和他谈谈。于是我父亲就知道了金留是薇如的一个远房兄弟，生于1952年10月。父亲更知道，金留在县城任着房管所所长，能将县城所有的公房像拨棋子那样在股掌间拨来拨去。

你父亲跟薇如一走，我也坐不住了。去年夏季我回来探亲时母亲这样告诉我。孩子，我和你父亲就是想在县城弄点房子，享享不愁电不愁水的福，可是一直找不到门路。现在金留来了是个好机会。我们家和薇如家沾点亲，金留又是薇如的远房兄弟，这事儿你还别说是有点影子。母亲这样说的时候，正眯缝着眼，沉浸在一年前快乐的遐想中，神情圣洁动人。这场牌打了整整一夜，我也一夜没合眼，担心焦虑高兴盘算一股脑儿粘住了我。天明时分，你父亲呼隆一声撞开了门，蹦着高儿快快活活大喊大叫，我输了我输了。孩子，你知道，你父亲一生小心眼儿，赢得起输不起，赢了能和狗亲嘴，输了就骂娘摔家什，可那天早上你父亲了却高兴得吃不下饭。

我输了
我输了
真好真好
真正好

我父亲又哼起了《拔根芦柴花》。母亲大惑不解，国才你是怎么了，你打牌总是赢多输少你今天是怎么了。我父亲对纸牌的打法有一种与生俱来的异秉，在长沙镇极少俯首称臣。镇上人说，我父亲甩牌的动作极其潇洒，他们常常能从父亲甩出的牌上闻到忍冬和黄芩的气味，他们总是说这股气味呛得对手云天雾地。父亲快乐无比地说，我输给金留了。

父亲绘声绘色地向母亲叙述了他输给金留的经过。父亲说，金留高挑个子，满头乌发，皮肤白皙，两只手都戴着黄澄澄的金戒指，一副名士的派头。1991 年夏季，长沙镇上风靡起扑克牌跑得快的办法，谁跑得快谁赢，跑得慢的点剩的牌付钱。这种赌法快捷又刺激，一时间如瘟疫般蔓延起来。

金留一坐到牌桌上就说，玩跑得快。金留在薇如家极其随便，两条腿就跷在桌沿上。父亲说打牌的过程中，牌桌四周始终有一股脚丫腐臭的味道在萦绕。父亲对母亲说，他受不了就低着脑袋呼吸，这时父亲看到金留的一只手抚摸着薇如的大腿，金戒指摩挲着薇如的水绿绉纱裙闪烁着暧昧的光芒。父亲不敢再看，宁愿在腐臭中晕眩。父亲坐在金留的上首，手气极好，几乎每盘都有同花顺，牌也连得恰到好处。

金留说，今天要来就来大的，小打小敲没意思。金留拿眼瞟我父亲，他看到一个矮矮胖胖满头灰白衣领邋遢的小老头，忽然觉得今天这场牌有点晦气。我父亲一副溜须拍马的神态，猥猥琐琐地说，请所长定。金留说，一角钱一张，开牌。我父亲倒吸了一口冷气，他平时玩跑得快从不超过两分钱一张。长沙镇谁都知道，我父亲是个小器鬼，每天早晨上市都拎一捆青菜回来，有个外号口叫青菜先生。

薇如朝我父亲暗送秋波，我父亲明白那些秋波的意思，因此我父亲下首的金留打得很顺，几乎每盘都是他跑得最快。金留往脸前划拉着钱的时候忽然觉得这个衣领邋遢的小老头颇为可爱。金留说，刘先生，什么时候有空到县城去耍耍。

据金留对面的宝新说，我父亲听到这话时，脑袋像鸡啄米似的连连点着。宝新是薇如的男人，镇上著名的鞋匠。宝新在牌桌上倒茶点烟伺候金留的时候，不可能看到那暧昧的光束。

薇如接着话茬说，大兄弟，烦你神在县城弄点房子，两个老香瓜再蹲在镇上怕要整死了。

我父亲说，请所长帮忙请所长高抬贵手请所长大人不记小人过。

薇如对我说，我父亲之所以说出这种不伦不类的话来是当时太激动了。我想，父亲日后的老年痴呆症也许就在那时显出征兆。

金留说，县城毕竟是县城，水呀电的哪样不方便，刘先生年纪大了，还是住到县城去好。县城盖了不少居民新村，空出不少旧房，弄两间给你蹲蹲又有何难。

我父亲听了金留的话，老年痴呆症的征兆越发明显。我父亲说，所长英明伟大体恤百姓功不可没，我刘某虽九死而不忘。从今后我要以您为榜样，为病人服务要跑得最快最快，在桌上打牌要跑得最慢最慢。

金留端详着我父亲，越发觉得老头子有趣可爱，他拍着胸口说，你的房子我包了。

父亲这时正好摸了个“一把摺”牌，但父亲没有一把摺，他强忍住内心的凄楚，作无奈状一迭声地说，又摸了个臭牌，又摸了个臭牌，父亲日后会后悔，但当时不后悔。

散场的时候，天色微明，这时发生了一件小事。金留跷了一夜的脚，酸兮兮的正想放下来，薇如家的黄狗不知怎么跑进来了，叨起金留的一只鞋就走，薇如骂到，要死要死，还不放下。那狗跑到门口一扬头把鞋子甩出老远，又转身对金留做出个“你能拿我怎样”的架势，汪汪两声，倏然而逝。

父亲输个精光，兴奋得拍着手去拿那只鞋。父亲兴致极好，一定要亲手给金留穿鞋。父亲俯身给金留穿鞋的时候，偶尔瞥一眼金留的脸。那张白脸右腮上的一颗凸现的大黑胎痣使我父亲想起开遍红艳艳金达莱和天主花的 597.9 高地。父亲悲愤万分，啊，兔崽子，1952 年 10 月，你生下的时候，老子还在597.9高地的坑道里同美七师对抗着呢。兔崽子，你没听过轰炸没闻过毒气，没尝过吃牙膏，牙膏吃光了就喝尿，你他妈的凭什么让老子给你穿鞋？

1991年夏季，乡下的父亲频频给我来信，每封信都说县城的房子快要解决了。后来父亲的信变得极其简略，就是那么一句，所长说快了。父亲说金留自那次光临小镇后再没来过。父亲在薇如的点拨下，开始往返于小镇与县城之间。父亲骑着买于七十年代的永久牌自行车，哐铛哐铛颠簸在灰尘蔽目的乡间土公路上。跑一趟县城回来，父亲顾不得掐断悬挂于鼻毛上的污秽，气喘着向母亲报告，金留说快了。

有一次父亲自行车的载物架上驮满了金留爱吃的海货，在公路拐角处父亲的自行车突然爆胎，臭烘烘的海货压在父亲身上，过路的人说父亲在重物之下如一只四脚蟹似的不停骚动。有一次，父亲在薇如家的衣橱上，发现了他不久前送给金留的墨绿色羊毛开衫。

金留说快了。我父母想，从吃穿之物到金银首饰，该送的都送了，理应快了。我父亲这时暂且结束了他的县城之行，帮助母亲打点家什，该卖的卖，该送的送，把一切精简到一声令下就能开拔的地步。这期间我父母又重温了战争岁月轻装行军的艰苦又浪漫的生活，老两口由此变得青春焕发含情脉脉。

在等待的日子里，我能想象到秋天的迹象在小镇的所有景物上开始明显起来。虽然蝉仍匍匐在楝树枝上肆意悠扬，但镇东头的清癯的王家老太却在一个早晨穿上了黑毛线坎肩。王家老太拎着元宝篮上市时，父母对黑毛线坎肩感到惊奇。王家老太说昨夜里风有点硬呐，人们静下心来，觉得风确实有点硬。第二天人们便翻着箱和柜找起坎肩或毛背心，这些人中就有我父母。

我的穿着毛背心的父母亲，不废每天散步的功课，在镇边缘的那条土公路上朝着县城方向引颈张望。

金留说快了，怎么还不见一丝“快了”的影子？在每天散步的路上，我父母没有迎来金留，却迎来了冬的氤氲。冬的氤氲咄咄逼人地罩住了我父母。冬的氤氲把我父母禁闭在红砖屋里。

敲开院门的仍然是散发着夹竹桃香的薇如。薇如有一天又神秘兮兮地对我父母说，你们猜，我带来了什么？我父母异口同声地说，当然是房子的消息。薇如说，错了错了，不过与房子有关。别卖关子了，快说，快说，我父亲恨不得用手捅进薇如的嘴里，把她的话掏出来。

薇如说金留今天路过我家，不打盹又走了，金留说你们送的那些东西他早就腻了，他说他得来点新鲜的玩玩，他抄了几条题目，你们答对了就给你们房子。薇如说毕，拿出一张写满了碳素墨水字的白纸。

我父亲一看，差点没闭过气去。这张纸上写满了1946年冬季流行在牡丹江周围深山老林里的土匪黑话。这些黑话均是上句，要求我父亲对出下句。

我母亲急得流出泪来，一迭声的说，这咋办这咋办呢？我父亲说，天无绝人之路，办法总会有的，关键是找资料，从明天起我们写信到全国各大图书馆去查询。

1991年岁末，我蜷缩在千里之外的省城的蜗居里，受着病痛、寒冷和喧嚣声的折磨，我躺在病榻上清晰地看到千里之外的小镇上，每天有一群粉红色的小鸟扑喇喇从我家门前起飞，那是我父母亲向四面八方发出的邮件。许多信在路途中夭折了，许多信又飞回来，向我父母报告无望无助的消息。鸟翅搅得院中的那棵无花果树摇摇曳曳，摇得我惊颤不安。

我看到父亲是在一个细雨霏霏的早晨上路的，他终于打探到邻县有个老学究珍藏着一本《解放前土匪黑话大全》。父亲撑着雨伞走出家门的时候，就预感到这是一次充满童话色彩的旅行。雨点在花绸布伞面上滴滴嗒嗒温柔地跳动着，这使得父亲在那一刻心宁神怡。父亲在日后回忆起这些精灵般的小雨点时，对我说了一句文绉绉的话，父亲说伞面上的雨点是无法破译的密码，它们使你感到当你想用一块圆形物件裹住自己心灵的时候，请不要忘了外面精彩的世界。

邻县的县城街巷狭陋，居宅湫隘，恰如一件毫不起眼的土布衣服。父亲进去的时候就开始很费劲地穿这件衣服，而扣最后一个钮扣时，才找到老学究的住所。我父亲在老学究的那间犹如石库门似的寓所附近徘徊再三。我父亲那种缩头缩脑一身泥汤半脸黄水的样子，使得县城的小市民大为惊恐，无数支猜度不安的目光从门缝从墙头从四周射向我父亲。

我父亲终于在老学究家的门口站住了，我父亲举起颤抖的手哆嗦在那扇木板门上。在那一瞬间，我父亲非常紧张，疲惫劳顿如一块海绵吸干了我父亲身体内所有的力量，我父亲一下瘫靠在门板上。门蓦然打开，我父亲如一根木头扑倒在屋内的砖地上。门根本没闩。屋内无人。

我父亲的眼前展开一个新奇的世界——塞满书籍的檀木书柜，摊着宣纸的红木写字台，堆满床底的各色酒瓶。我父亲当时就犹如在战壕一端找到自己那条断腿的残疾士兵，欣喜若狂地奔向那排书柜。我父亲抚摸着一本本砖头厚的书籍恍惚间觉得自己成了一棵光秃秃的树，他要寻找的就是那枚飘零着的绿色树叶。

这时我看到父亲背后的门通地被踢开了，一群五彩斑斓的小市民从天而降。有人大喊，就是他！一个警察劈手揪住我父亲，冷笑道你偷也不找个地方，书里会藏着钱？我父亲愣住了，偷钱？什么偷钱？我是来找……

警察狠狠打了我父亲一个耳刮子，奶奶的，不认账？警察凌空往我父亲面部猛击一记从警校学来的勾拳，我父亲觉得无数根树枝訇然于那棵光秃之树折断，听得有人说，流血了，流血了。我父亲擦了一把从鼻孔流出的酱色液体，喃喃道是树脂，是树脂。

我父亲当时已找到那本《解放前土匪黑话大全》，他把它紧捂在怀里。众人道，他怀里定是藏着偷来的钱哩。我父亲想，是邮票呢，要凭它去支取美丽的城市生活。警察乜着我父亲说，把手放下，嗯，听到没有？我父亲用他为无数病人挤过脓疮的手紧紧护住。众人发声喊，不放手就揍他！话音未落，各种利拳如雨点溅于我父亲的四肢五官，那棵一无绿叶一无树杈的树终于轰然倒地。我父亲感到在他昏厥过去的一刹那，他的手仍然如钉死的棺木盖焊在他干瘪的胸怀上。

这趟旅行童话色彩更浓的还在后头。我父亲在老学究处将息一天，第二夜往回赶。星光下的黑夜所弥漫出的神秘而亲切的情调，将一切睡着的醒着的半睡半醒的生物，置于它庄严的羽翼下。我父亲走夜路时恍若于白昼中漫步，那本黑话大全如太阳乖巧地依偎在父亲兜里。父亲路上一直在想，惠要是知道了黑话大全此刻正揣在我的兜里那向往已久的城市生活正揣在我兜里，她会高兴成什么样子呢？这个使我父亲费尽心力的美丽的谜语，轻松了他的步履。

很远的地方游过来第一声鸡鸣，我父亲感到有一条闪电在他头顶炫耀了一番。无论如何我要在她起床之前赶回去，我要把黑话大全放在她枕边，这样她醒来时，就会有世上最灿烂的朝霞沐浴她。我父亲这样遐想的时候，忽然脚下踉跄一滑，两条蒙面大汉跳将出来。要命出钱！要钱出命！大汉搜我父亲身时，把黑话大全抢了去，我父亲声嘶力竭大嚷，那不是钞票，不是啊！大汉得书如敝屣般扔了，我父亲心疼得吐出一口腥腥的东西来，昏眩过去。

当冬季寒冷的雨水泡醒父亲的时候，父亲那被剥得只剩一条裤衩的身子便如蚯蚓般在地上扭动起来。我父亲几乎摸遍了他周围的泥地，终于，我父亲的手被一块锋利的玻璃划了一下，就着星光，一朵红灿灿的金达莱塞满了我父亲的视野，那本黑话大全在花朵上轻轻一弹，我父亲拼命抓住它抓住了它。我父亲舒心地仰躺在泥地上，惬意至极快活至极。

今年夏季我回家探亲时，父亲已患上了阿尔海默氏老年型痴呆症。几年不见，我家的老屋更加破旧，那扇杉木板的院门下沿，被邻居家一条叫雪雪的白狗啃成了一个弧形大缺口，这缺口使得镇上的猫狗到我家来时进出自由。这举手敲门时，发现门板上薇如遗留的手迹锈痕斑斑。母亲后来告诉我，薇如已好久没叫我父亲打牌了。

开门的是我母亲。看到母亲满头银丝，我不禁满腹悲凉，母亲你老得真快。

母亲惊喜交加，从母亲泪光盈盈的眸里，我看到一个风尘仆仆憔悴不堪的自己。父亲呢？我问母亲。

在井栏倾圮的井台上，一个皮肉松弛的老者在反反复复地做着打水的动作，满地流着淌着的黄泥浆极其专注地凝望着这个呆滞的老者将空空的井桶拎上又放下，老者和井都笼罩在夏日傍晚颓败的阳光里。这是我顺着母亲的手指从院内一簇六角形的蓖麻叶丛间看到的景象。

父亲！我热辣辣地喊了一声，我是裹挟着咸咸的泪水喊出这一声的。我绝望地看到，父亲热衷于他的打水动作，充耳不闻，这时发生了一件戏剧性的事情，就在我走向父亲时，我父亲突然转身面我，闷声闷气地来了一句：

“蘑菇，溜哪路？什么价？”

我一愣。随即走进了我在学校舞台上扮演关东土匪时的少年时代。我把行囊往地下一甩，左腿上提，金鸡独立。我喝了个大大的肥诺：

“嘿！想啥来啥，想吃奶，就来了妈妈，想娘家的人，小孩他舅就来啦。”

我父亲做了个鬼脸：

“紧三天，慢三天，怎么看不见天王山？”

我猛地把颈子一缩，左右臂直平举：

“野鸡闷头钻，哪能上天王山？”

我父亲开始起步，围着我转了三圈。

“拜见过啊么啦？”

我平空里一蹦老高：

“他房上没有瓦，非否非，否非否。”

我父亲以掌作刀，咬着牙对我做个砍杀动作：

“哂达？哂达？”

我毫无惧色，把脖子送上去：

“一座玲珑塔，面向青带，背靠沙。”

一段土匪黑话对毕，父亲扔了井绳，一步抢过来，笑逐颜开地抓住我手，儿啊你回来啦，你别听你母亲嚼舌头，瞧，你父我不是好好儿的吗？

痴呆的神情如潮水从我父亲身上悠然而退，露出我父亲真实的模样。我母亲说，你父亲总是这样，只要谁和他对上了黑话，他就变得精神啦，与正常人毫无二致。

父亲同我寒暄时，我忽然听到远处风声大作。潮水如疯狂的黄毛兽气势雄浑地重返沙滩，错愕间我父亲整个被潮水淹没了，紧随潮水而来的是那只叫“痴呆”的船，载走了我父亲。

从六角形蓖麻叶丛间看到的风景，将一如既往地贴在我家院内，直到院内的一切都坍塌殆尽。

金留是在冬末的一个黄昏翩然来临的，母亲说，我记得镇上的孩子开始耍起风筝来，有只蝴蝶风筝一下落在院里，门外的孩子急得又喊又叫，我去开门时金留就进来了。金留真像你父亲说的黑发白脸，气质高贵。金留问刘先生可在家？没等我说话，你父亲就从屋里一溜小跑出来了。你父亲跑出来时手里还拿着那本黑话大全。我这样说你就会猜到金留来时他正在用功呐。孩子，你不知道自你父亲得了那本黑话大全，就发了疯似地操练，没日没夜地默啊背啊写啊咕噜啊，墙上橱上床上椅子上贴满了那些黑话，连上茅坑的那点工夫也在叽叽咕咕地背。孩子，你父亲的那股聪明劲儿你是知道的，当兵前只读过两年私塾，凭这点文化居然能当上军医，成为103医院的肺科权威，写的论文还得到过军区嘉奖。可好汉不提当年勇，你父亲说要是搁年轻的时候这本黑话大全看一遍就全记住了。这会儿就不行，人上了岁数，记性就像泥鳅，再怎么抓也不上手。你父亲头天背得昏天暗地，可睡一觉再寻思，忘得精光连影子也看不到。你父亲气得骂娘，赌气不吃饭，动不动就跟我发脾气。孩子，你父亲同我的感情你是知道的，结婚到现在没说过一句闲话，没红过一次脸，可那几天你父亲跟我吵上了，邻居都打听；老刘家是怎么啦？我对你父亲说，你也别背了也别同我吵了，我们不打进城的主意不就行了吗？我们在乡下过了大半辈子，土都埋到脖颈了，不也过来了吗？你父亲说，我是急得啊，我的记性怎么就这么差了呢，天王盖地虎后头该是宝塔镇河妖啊，可我老说成正晌午时说话，谁也没有家。你父亲火气攻心，急得捶脑袋，恨不得把脑袋当西瓜似的捶烂，60 多岁的人了还孩子似的躲在屋里哇哇直哭，他这是何苦啊？金留一来，你父亲高兴得恨不得同他亲个嘴，你父亲吩咐我拿烟倒茶张罗晚饭。金留问，刘先生准备得怎么样了。你父亲信心十足，说万事俱备，只欠东风。金留大叫一声，好，我们现在就开始。你父亲把黑话大全给我，我有点不放心，我问他你有把握吗？你父亲拍拍胸门口说，没问题，工夫不会白费。

母亲接下来的叙述语调低缓又平平淡淡，似乎在讲一个十分古老又与自己毫不相关的故事。

冬季黄昏的庭院里，打旋的晚风卷得残叶四处飘飞。我父亲和金留摆好架势，开始了一场决定我父母亲生活的重要对话（姑且以甲代表金留，乙代表我父亲。

甲：天王盖地虎。

乙：正晌午时说话，谁也没有家。

甲：么哈？么哈？

乙：宝塔镇河妖。

甲：脸红什么？

乙：防冷涂的蜡。

甲：怎么又黄啦？

乙：精神焕发。

甲：蘑菇，溜哪路？什么价？

乙：天下大大啦。

甲：好叭达？

乙：想啥来啥，想吃奶，就来了妈妈，想娘家的人，小孩他舅舅就来啦。

整个儿倒啦，我父亲功亏一篑！这场对话的正确顺序应该是这样：

甲：天王盖地虎。

乙：宝塔镇河妖。

甲：么哈？么哈？

乙：正晌午时说话，谁也没有家。

甲：脸红什么？

乙：精神焕发。

甲：怎么又黄啦？

乙：防冷涂的蜡。

甲：蘑菇，溜哪路？什么价？

乙：想啥来啥，想吃奶，就来了妈妈，想娘家的人，小孩他舅舅就来啦。

甲；好叭达？

乙。天下大大啦。

可不是整个儿倒了吗？！母亲非常伤感地说，再想想这事儿也不怨你父亲，他是尽到力了，也不怨金留，他也尽到力啦。这事儿要怨就怨我和你父亲的命。母亲说，对完了黑话，金留朝你父亲意味深长地笑了笑。直到金留走了好久，你父亲还呆坐在那儿。

又一个夏季到来的时候，破败的院门缠满了绿茵茵的爬山虎。

我父母亲期待着薇如的敲门声会再次响起。

船的诱惑

握了大半辈子的檀木舵把让村长后生撸下来，船老大善堂在迷濛似雾黄褐如沙的滩涂上的那只弥漫了桐油石灰味、掺着腥臭尿骚气的渔船上整整呆了十天。

这十天里，他那宽厚的原先泛着紫铜色光泽的犹如一片丰沃水区的额，蓦然干涸得起了许多褶皱。不用说，那些活蹦滥跳的鱼，也一下告别他充满皱纹的梦境。那双在海上熬了无数个日夜的眼，曾经是雾幔下的两盏闪烁着银色鱼鳞的渔火，也猛可地黯淡了许多。

这十天里，有十轮胀鼓鼓的太阳和十轮渐趋圆满的月亮倒着班陪伴他，他不觉着过于寂寞，但苍凉和凄清时刻纠缠着他。这情景令他想起一张固执的网，紧紧罩着一条鱼。他对那网说，龟孙子，要起就他娘的起吧，别这么瞎折腾了。

这十天里，有个陌生的赶海人到他船上歇脚，从唇上缭绕着的烟雾罅隙里窥见他眼角如淡雾般的泪痕，便要对他说，想家了吧？你这把年纪了还图个甚？不就图个热粥热汤热被窝。不就图打着个暖烘烘的饱嗝，在孙子肥嘟嘟的屁股蛋上拧一把吗？赶海人说得兴起，索性将嘴上的烟杆丢到船板上，接过船老大善堂递过来的一碗贮于水箱中，因时旷日久生发出绿绸绸色气的淡水，像喝陈年老酒那般，一仰脖咕咚咚灌下去，然后用衣袖一抹嘴美滋滋地嘘出一口气来。他于是有了充盈的唾沫来供他对他所熟知的一切事物描摹。再瞟瞟船老大，依然是沉着脸，呆坐于船舷边并不动一动。他脸上的皱纹太多太密了，以至爬上了眼球，船老大看待一切也因此都会有皱纹吗？这个赶海人叹了口气，捧出一点文蛤或竹蛏之类的收获物，摆放在船老大跟前，然后不做一点声响地下船走了，只留下一片海滩、海滩上的一只船和一个老人。

十天过后的第十一天上，四叔忽然来了。四叔虽和船老大同辈，但老人从没正眼瞧过他。老人崇尚孔武有力身材高大且饭量又大的人。而四叔的长相尖嘴猴腮身量瘦弱矮小自不待言，而每顿吃得又不比猫多，又好从窗隙窥视女人洗澡，间或还往脸上抹珍珠粉。四叔比老人小一旬，看了一世的船也算是量力而行。

“四的，你来做甚？”

“看船呗，是村长叫来的。”四叔吊住船舷边的绳子扭着屁股上了船。

“那娃是咋说的？”

“村长说你在海上跑了一世的船还没呆够呀，该回去了，食品厂还等着你去看门哩。”

船老大忽然动了气：“咱就是没呆够，看他能拿咱咋样！四的，你走吧，你回去告诉他，就说咱不稀罕那两扇大门，咱往后还要死在海上，下辈子脱生个船。”

四叔抽出支烟卷，也没敢递给船老大，想了想又放回烟盒：“咱回去说还不好办，不过你要想想，你再欢喜船，可总归是人家的。你行了四十五年的船，把船看成自己的娘老子，可到时人家叫你下来，你还不是拍拍屁股乖乖地下来了。”

船老大听了四叔的话，满腹火气顿然消了。他悲哀地点了点头，然后躬身进了卧舱。唉，卷了铺盖滚蛋吧，咱能怨谁呢？怨命？怨村长娃？怨海？怨船？还是怨咱自己？

船老大善堂将行李胡乱捆成个大冬瓜，背在肩上，然后拉了拉四叔的手，定定地看着他，眼睛有点红："兄弟，咱走了，锅里还煨着文蛤汤，莫忘了抓上把盐。"四叔也有点黯然，他说："你早晚有空了就来看看船，这包烟你带着路上吃。"船老大并没要四叔的烟，只是剥下那包烟的白锡纸，很熟练地折了一只船，叮咛四叔："兄弟，再有大汛潮就把它放到海里去，等咱死了它会来找咱的。"

船老大善堂终于离船而去。在下船时，他心里难过得直想哭。他不明白那些人为什么那么狠心，打1953年村里办起合作社造了第一只船起，就是咱做老大。咱同船结了四十五年的亲，热热乎乎过了一世，死活都在一块了，临了人家还不让你舒坦，叫你"离婚"。这还不算，你想看上几天船，人家又不叫你称心，撵你回去。

什么时候自己才能有只船呢？要是自己有只船该有多好啊！要是自己有了只船，你爱走多久就走多久，哪怕是死在船上！

后来的一切似乎都顺理成章。

船台就垒在大堤根，除了仲秋大潮，海水不会吻过来。村里人记得那一天的清晨，渔村四周弥漫起一团蔚蓝色的鱼腥味，船老大挥动大锤，一根钵头粗的固定桩已经插入海滩。船老大只穿一条裤衩，瘦得像鱼干，四肢除了骨头便是暴起的青筋。船老大每挥动一下大锤，便要在胸脯上、脊背上、大腿上涌出许多汗水。要命的是锤越来越重，枯硬的胳膊成了木偶机械的肢体，而当锤一接触木桩时，疼痛就会如钢针戳进骨髓。村里人都明白他要做什么，但没有谁知道他为什么要这样做，这老头是鬼迷心窍了，要不就是犯傻啦。船老大造船是轻车熟路，可惜他老了。

十根固定桩围成一个四方形，总算完成了第一道工序。接下来便开始挑泥垒船台。这泥当然不能用海滩上的泥沙。要用岸里黏乎乎的黄泥，来回隔着二里路不算，还要爬一条大堤，这可够船老大受的。这几天他已经呕吐了好几回酸水，那气味呛得他眼冒金星。他知道那是发胃病的前兆。他的胃病不是才种下的，以前要发这毛病时，只要躺一天就好了，可是现在他清楚自己只要一躺下就再也爬不起来了。他挑泥不敢驻下歇力，他知道“一歇轻二歇重三歇挑不动”。天气还是很热，日头直直地晒在他黝黑的脸上，那上面除了布满很宽的皱纹，还有一些很闪眼的老人斑，一直向下蔓延到脖颈上。

后来他实在支持不住了，一爬上堤就再也迈不开步子，便发狠地用力掐几下大腿。但不行，两腿抖得分明在筛糠，膝关节好像要断了似的。老人终于懊恼地决定，中途就在堤上歇一回。

船老大在堤上歇脚时非常喜欢看天上的云彩，他曾经从电影里看到过山的模样，他觉得那云彩就仿佛是山。山究竟是什么样子的呢？要是什么时候能在上面走一遭就好了，哪怕是摸一回呢。唉，这辈子是没指望了。不过沮丧很快就无影无踪了，只要造好了船，先跑遍了海，再跑一趟江，还愁看不到山么？这么一想，老人就有了力气，他觉得自己这一生的盼头还不小呢。

挑了一天泥，船台垒得没有一寸高，但老人已经觉得满足了。年轻时他就认定，你只要想做一件事，那就较着劲儿去做，没有做不成的。现在成了老人，这个经验还在灵验着哩。不过，夜里发生了一件事，这件事老人到天明时才知道。一夜间，船台就垒成了，足足有一人高，船台边有很多大大小小的脚印。老人知道，这是村里人好心帮忙。这好心却激怒了他，他走了六十五年的路，从来没有叫谁搀过，为什么到老了就要人帮扶呢？何况在动了造船的念头时，老人就发誓：一切全靠自己。

他毫不犹豫地起出那十根固定桩，另择址重垒船台。又傍船台搭了个窝棚，夜夜睡在那里。老人想，造不成船，自己就死在船台上，做一条船，让潮水带到海里去吧！

像燕子衔泥做窝那样，船老大衔了二十五天。二十五天后，船老大的胃病发作，躺倒了。白天，他瞪着两只凹陷下去很深的眼，数棚顶的秫秸；晚上就听风声涛声夜鸟声和星星的梦呓声。胃痛每隔一阵就要折磨他一次。就像一个令人厌恶至极的客人，老人能感觉到他愈走愈近的脚步，然后剧烈地敲一通门，便又走远了。这客人的每一次来访，老人都要疼得撞窝棚的桩子。

有一天早上，老人醒了后觉得被子忽然重了许多，摸了摸，被子又凉又湿且有浓浓的腥味，原来是下了大雾，海滩上白茫茫一片。老人一下子生起自己的气来。他知道现在的时令是秋天，这大雾下了后用不了多久就该有寒潮了，到那时造船就会比现在困难十倍。要是寒潮来时还搭不好船架，那么无论如何也赶不及来年仲秋大潮时造好船。那样，船下水的时间又要往后拖一年了。老人想，以后可不能再这么躺了，只垒了个船台，要干的事儿都还一件没干，还没买到木头，还要一根一根地锯料，然后钉样板，这些都需要工夫。要是哪个关节拖了后腿，就会影响整个工程。

老人爬起来用滩沟里清冽冽的海水抹了把脸，然后搓着脸上的盐渍走进窝棚，啃了一个硬成石头的馍，又开始干活。

船老大善堂用一辈子的积蓄买了几十根小樟，锯成造船所需的各个部件。船侧板啦，船底板啦，平板啦，肘板啦，横梁啦，一股脑儿堆满了船台。下面的活儿是钉样板。老人知道，钉样板划肋骨是造船的头一道关口，要用一米木料，要用二十斤铁钉，还要二十个人干上十天。这事儿老人事先并未考虑到，有点气馁了。

从早晨开始他就愣怔着坐在窝棚门口。他将船台和船料看了一遍又一遍，他感到很陌生，回想不起来自己是什么时候垒的这船台，是什么时候扛来的这船料 。

黄昏时分，船老大向大堤走去，他那摇摇晃晃松松塌塌的身影，令人想起一棵疤痕累累的古树。

大堤上开满了金黄的野菊花，弥漫起一种香得令人透不过气来的味儿。这味儿因了一抹夕阳的照耀，轻轻悚动起一层温暖的氤氲。老人就坐在这芳香中，静静地等待着夜幕的降临。老人几次闭上眼睛，又几次睁开了。他喜欢看黄昏，也喜欢看黑夜。但在很久以前，他意识到自己不敢看从黄昏到黑夜的过程，这个生命消逝的过程，是怎样地令人目不忍睹啊。黄昏到来还能让你摸到它的衣襟儿，可是黑夜的降临却是不知不觉的。有时黄昏和黑夜之间，还有个明显的界限，还能让你拼着命去抓住黄昏，可有时黄昏还没有来，黑夜就悄悄地伏在那里了；还没等黄昏出现，它就扑楞开自己的翅膀了。

老人最后还是瞪着眼睛看黄昏究竟是怎样走到黑夜中去的，可他总也看不清那些景色的细微变化。他还在想着钉样板的事儿，一整天了他都在想，钉样板，钉样板……他一边想着，一边倾听着堤内外渐渐沉寂下去的万籁之声。

夜里，下了一场雨，这场雨甜丝丝的，并不大，其时老人正在窝棚里迷迷糊糊地做梦。不过，他并不以为是在做梦，这些天来一直这样，醒着的时候好像在做梦，做梦的时候又好像在醒着。蓦然地，老人感到有一星萤火虫般的亮光，在脑袋里划了一下。他猛地坐起来，敲着脑袋，咳，咱怎就没想到用铁丝代替样板呢，这样做会省好多料不用说，更要紧的是能省下许多光阴。

想出这个好主意，老人高兴得爬起来手舞足蹈。这一夜，老人是不能睡安稳了，并且。躺下时他对自己说，你得了这么个好法子，咱也没什么犒劳你，明天咱就放你一天假吧。

不几天，第一通肋骨架上了龙筋。老人开始用索钻钻眼。他从没干过这活儿。并且，他的胳膊一点也不争气，钻头仿佛欺负老人似的只在木料表层磨蹭，一点也不肯往下溜。老人伏下身子，用硬棱棱的胸脯顶住钻冒，他不相信他钻不了一个洞。

他年轻时能一手拎一百斤的鱼筐下船，而现在怎就不能钻出一个小眼来呢？但不服气可不管事儿，这世上到底有多少事情能让你服气的呢？你服气不服气，日子都照样在过。

老人钻一会儿就要喘着气歇好大一阵子。他想，这世上不管哪一个一生下就都在钻眼，有的能钻出个暖窝，能让自己躺在里头舒坦一辈子；有的钻出个大眼，能让自己放半个身子或一条腿进去；有的到死都钻不出什么名堂，只好一辈子都在外头溜达。老人悲哀地想，看样子咱是一辈子都钻不出一个眼了。他开始怀疑自己当初造一只船的念头是不是错了，是不是心气太高了。

他侧着身子打量着八字还没一撇的船一体。秋阳下，散发出浓烈树脂香的黄褐色龙筋及其架于上面的肋骨，如一只硕大无朋的刚长出一对翅膀的鸟。这只鸟现在静静地蹲伏在这里，等待着一双因为衰老而抖索的枯手和一颗疲惫的心，喂出它的脑袋，喂出它的眼睛，喂出它的尾巴，喂出它的腿脚。然后在某个霜叶如醉的早晨，驮上那双因为衰老而抖索的枯手和那颗疲惫的心，飞到一个非常遥远又非常快活的地方去呢。

就在那天晚上，老人刚一走进窝棚，就踉跄着跌倒在地铺上了。他觉得他身上所有的筋都一下子纷纷扬扬地断了，头、手、身子和脚，都成了断线的风筝，飘飘摇摇离他远去。老人记得他小时候放风筝的情景，他小心翼翼从不让风筝断线，即使断了线，他也要寻遍阡陌沟壑找到它。他忘不了找到那只遗落在涸水沟的孔洞累累的风筝时的惊喜心情。

可是现在，他还能寻到这些飘走了的风筝吗？即使寻得到，他还会有那种惊喜的心情吗？老人服服帖帖地躺在地铺上。他身上除了头发没有一块地方不疼；并且，肚子里往上泛酸水，呕吐了几次，因为不能扭脑袋，呕出的黄乎乎的酸水只好顺着两腮淌到耳际，又一滴一滴地流到枕头上。整个窝棚因此而充斥着呛人难闻的气味——老人很早以前就想到会有这一天的，但绝没有想到这一天会来得这么快。

老人躺了两天后，又挣扎着爬起来了，他相信再过几天就会有劲的，不会老是这么病恹恹的样子。因此他把钻孔的活儿先放一放，却在船台上砌了个打铁炉。第一缕火焰上来时，老人便拿着手锤加工起铆钉来。这营生似乎还得心应手，老人心情微微开朗了些。他有板有眼地敲打着，空旷寂寞的海滩萦绕起清脆可人的叮当叮当的打击乐，这声音振奋着老人的心。他觉得自己的心气并不高，就像村里谁要盖房子，你能说他心气高吗？老人计划着，安装好了肋骨，船就算造好了一半，剩下的活儿就省心了。等着吧，到来年的仲秋，嘿嘿……

又到了黄昏，老人熄了炉子，非常满意地瞧了瞧堆了一地的打好的铆钉，想伸个懒腰，但这个动作惊醒了原来还在孩子似睡着的疾病，它们一起吵闹着涌向老人身上的各个器官。老人不急着到窝棚去，他在龙筋一侧伏了一会儿，后来费了好大的劲爬上去，抱住了肋骨。

他想先在这上面歇会儿，再到窝棚去拿个家什回村背点干粮来。今天夜里他想在村里的那个家住一宿。他已经好久没有睡过那张毛竹床了。

这是一个非常岑寂的黄昏，那么辽阔的海滩竟没有一点声响，倒是有堤上的秋蟀在唱着哀秋的挽歌。老人睡着了，睡得从未有过的酣甜，在这一刻世间的一切都远离了他。但令人意想不到的是，今天的小汛潮，竟然一点点地跑到堤根来了，并且还在寂然地如发酵的面缓慢而又固执地膨胀着，后来就漂走了船老大和他的那只刚开了个头的船。这时，堤内堤外的世界都笼罩在一片睡意之中。

第二天人们发现，海滩上除了那座船台，一切都已荡然无存。而那船台业已低矮了许多……

存在与时间

第一章

1999年5月21日，星期三，晚间23点12分，城市照例被四面八方的建筑工地的灯火所困，天色分不清晦暗还是明朗。电车稀疏，行人胯间软塌，店铺的铝合金卷闸门依次拉响。一些乞丐开始在女贞树篱下摊开散发着类似烂苹果气味的行李。他们躺下时隐约听到城市上空飘过一种宛若梦呓的鸟啼之声。莉达正对镜梳妆。她是一个32岁仍待字闺中的姑娘。圆额光洁，眸明如月，脉脉含羞。她把满头青丝挽一个髻，再在中间插一根玉簪。她在略施粉黛的时候，想到了下午遇到的一个穿长袍的算命先生。在街道的拐角处经常会碰到这类通晓阴阳之人，他们在一块绘着太极图的白布前正襟危坐，眼神迷离，完全沉浸在一种内视的幻想之中。莉达手挽一只元宝菜篮，从算命先生跟前走过。如果她不回头，她会沿着用白水泥标出的人行道一直往前走，然后穿过一个有岗亭的十字路口，拐进一条里弄。在布满青苔的石板路上走十分钟，再进入一条仅能撑一把伞的小巷，在一扇虚掩的木质门前停下，迎迓从里面跳出的花猫。这时刚放晴的天又下起溟濛细雨。她跨进门槛，转身关门的瞬间，似乎突然想起一件久已逝去却一直难以释怀的事件，身子怔了怔，微微探向门外。巷深道狭，天空成了一绺拂动的白发。雨声铿然，石扳道上漫起一层白雾依稀如梦。但是她却清晰地听到拐杖敲击路面的橐橐声。由远而近，由近而远。她看到故去的外婆拄着拐杖挎着元宝菜篮颤颤巍巍走过去了。她看到归西不久的母亲拄着拐杖挎着元宝菜篮颤颤巍巍走过去了。她们对她视若无睹，一言不发，匆匆而去，仿佛急着追赶什么。她洞幽烛隐，悚然心惊。正想关上门，这时继之而来的一个身影又一掠而过。这身影瘦小窈窕仿若自己。它在走过门前时，一直是左顾右盼，徜徉徘徊。而一旦来到门前时，便突然快跑起来，显然是在躲避她。现在它又放慢了脚步，犹犹豫豫。对某种难寻之物的向往甚至使它伫足不前。她不由自主复又跨出门槛，但它悠然不见，只有一绺白发在头顶飘拂不已。

本来她已走过去了，但算命先生的童颜鹤发道骨仙风吸引了她。如果仅止于此还不足使她好奇心引发。算命先生嘴唇翕动，呓语绵绵，流露着豁然顿悟的神色。过路行人对他的吐露之声细微莫辨，但她都清清楚楚听到他在说："一生尽于梦中知，轮回从来是常事。"她在算命先生面前蹲下来，元宝菜篮置放在前。算命先生仍是双眼微闭，轻声说："有缘，有缘。"她未语先羞，最后还是嗫嚅着说出来。帅父，您能给我解梦吗？算命先生捋须颔首。有天夜里我梦久已枯死的水仙突然绽开，它发出的香味让我迷醉。说完这句话，她似乎觉得自己置身在了静谧如虚的长廊，一种类似梵音的颂诵之声从尽头飘来。她听到算命先生的喃喃之言游走在梵音之上，"姑娘，你回去好好候着，你静等多年的人将于子时抵达你的身边。"

1999 年 5 月 21 日，星期三，晚间 23 点 12 分，西娅正独自行走在人工湖边柳丝依依的水泥道上。在此之前她在工人电影院看了一部外国电影《不道德的交易》，此刻她正朝离此不远的家中走去。她脚下的这条路曾经是这个城市著名的“爱情之路”。每到晚上，路灯昏黄的光晕与树木之间的氤氲之气相互交织，暗香浮动。络绎不绝的情侣携手或缓缓而行，或凭栏而望。唇红语软，情深意浓。那时西娅和罗巴也厕身其中，相拥相吻，尽享年华。现在想来真有恍若隔世之感。

按照惯例，西娅每次看完电影都坐黄包车回去。她喜欢黄包车那种欲言却休的情调。三十年代的电影里，富人家的小姐或太太从剧院里出来，在跨上早已等候在那里的黄包车时，白皙如玉的大腿就像隐藏多时的谜底，一下从旗袍一侧的开缝里流露出来了。此后它们一如城市馨香的果实垂挂在那里，从冬青树篱、电话公司的黑漆木杆、有轨电车的车轮、廉价商店的橱窗以及报童叫卖的间隙里逐一展现。它们意犹未尽，引人入胜。这种剪不断理还乱的情绪，一直伴随电影的结束。现在西娅也穿着那种与三十年代相比并无多大变化的旗袍，只是叉口几乎高及腰际。一双乳白色的高跟鞋使两条白腿显得婀娜无比。本来她已经跨上黄包车了。她跨上去的动作总是很慢，似乎有意要满足闪烁于黑暗中的许多眼。但她迟疑了一下，收回伸出去的一条腿。黄包车夫是个健壮的小伙子，由于经常坐他的车，她可以说同他颇为热络。她坐在车上眼睛就自然落在他厚实的宽背上。她看到它耸动收缩、伸展、推送，把一种称为力量的东西一一遗在途中。她能感受到这种力量。有一次它竟然出现在她的梦中。它变成经常从电影里看到的磨盘，压得她气喘吁吁，大汗淋漓。

黄包车夫一身短打扮，戴着一顶浅褐色鸭舌帽。他对西娅突然改变了主意似乎早有所料，说了一句匪夷所思的话，我在那儿等你。西娅愣怔半晌，百思不解。早春的时候，西娅就开始做梦。她看到一个男人雄性十足的身影从窗帘被风掀起产生的缝隙朝里窥视。有时候她知道自己身处梦境，便故意睁大眼看看这个人到底是谁。但这个人总是影影绰绰，游离不定，每次都成功地躲避了她的视线。她多么希望他是罗巴，雄狮的罗巴，张着大口蹲伏在窗沿上，对着她这个房间登堂入室。在晕厥的最后时刻，玻璃的破碎声才姗姗而来。有一次她觉出自己叫出声来了。她急不可耐地对那个窥视的人大声呼喊：跳进来，跳进来，你干嘛老是呆在那儿！罗巴摇她，又做梦了，快醒醒。她说我一直醒着。罗巴觉得难以理喻，你在喊谁，这么声嘶力竭。她说我在喊你，然后把手搁在他的腿上。罗巴打着哈欠说睡吧睡吧天亮前再睡一觉，把她的手拨开了。这再清楚不过地表明，那个掩在窗帘后面的人并不是罗巴。那么他是谁？是黄包车夫吗？他想伺机用黄包车带着她远走高飞吗？如果是这样，他也该想办法跳进来，把她从酣睡的罗巴身边抱起，放进停在窗外的黄包车里呀。

在苦等多日后，那个隐身窗外的人终于跳进来了。他蹑手蹑脚走近床边，对她俯身轻言，我们再不能这样僵持下去了，我们必须做点什么。他把“做”字咬得很重。她担心罗巴会听到，但罗巴从未中断的香甜鼾声说明她的担心是多余的。那个人把头部隐在黑暗中，只把头部以下的躯体凸现出来。你是谁？我是谁并不重要，重要的是我们该做点什么。她问，那么该做点什么呢？梦中人撇开这个话题，转而问她，你看过一部名叫××××××的外国电影吗？当时这个人把电影名说得很清楚，但她事后却再难记起。她细细想了想，说没有，我还从未听说过有这样一部外国电影呢。那人说，这部片子正在抵达本市的途中，你要切记，你看这部电影的晚上，我在你的归途中等你，到时你就知道做什么了？她记得他说完这句话，暧昧地笑了笑，让她脸红耳热了好一阵子。那个梦境的结束部分是这样的：梦中人并未隐身而去，而是变成一根坚硬的自来水龙头，翻着白沫的水流朝她喷涌而出。她从潮湿中醒来。

在后来的一段日子，对梦中人说出的那个外国电影名的费力猜测，使得她看上去神情恍惚，惊犹未定。似乎它本身就是一个飘忽的梦，语焉未详，晦暗如昏。1999 年 5 月 21 日晚上，她心绪烦乱，对很久以来夫妻生活中出现的无法解决的矛盾苦恼不堪。吃完晚饭，她照例是不辞而别，走向喧嚣的街头。梅雨季节的街道昏暗迷蒙，幢幢人影就像远处摇曳的灯火。她信步而行，竟然随着人影走进工人电影院。电影尚未开演，一些情侣将难以启口的词语附于瓜子相互传递。片头是特大号的黑体。也许是过于醒目，她脑子里竟是一片空白。但这并不妨碍她的滑落。实际上。她一走出家门就滑进电影情节中了。她觉得从未见过如此柔软的情节，就像沙发使她整个儿陷进去。挣扎是徒劳的，只有听命于淹没。作为对迷失的一种本能抵御，她拼命问四周观众是何片名。有人告诉她，是《不道德的交易》。她听到自己内心在反驳，什么不道德，让不道德见鬼去，当一件事情顺着人性的方向飞翔时，你能说它不道德吗？现在她就成了漂亮的女主人公，向那个坐落在大海中的无名小岛飞去。她想弄清楚无名小岛的象征性，但是由于颠簸和炫目，她开始晕眩起来。一直到电影散场，她按照惯性伸腿跨向黄包车，才幡然而醒。就在那一瞬间，她猛然想起今晚所看正是那个梦中之人所说的外国片子。黄包车夫并不因为她不坐他车而有丝毫懊恼，随口说了句“我在那儿等你”，便兴冲冲地拉着空车飞跑而去。

1999 年 5 月 21 日，星期三，晚间 23 点 12 分，潘乔走进一家名为红玫瑰的洗头房。多日前他从一个无名小镇来到这个城市。而在到达那个无名小镇前，他一直在乡间的黄泥大道上踯躅。可以想见，在他认为合适的时候，他又将奔赴另一座城市或集镇或乡村。就是说，他是一个行走者。更确切地说，他是一个求婚者，或者说是一个逃避者。

他可能是来自北方。他被北方生硬的光线辐射得皲裂的皮肤，一接触南方，顿然像受潮的鼓萎缩起来，发出一种潮湿了的吸水布毯的气味。面对霏霏淫雨，他再也无从逃避。有一段时间，他躺在小镇发了霉的旅馆里无所事事。原先的许多美好计划，都被南方的梅雨泡烂了。他看到南方的梅雨挂在旅馆檐槽的边缘上，拉长成梨形，而后由于新水分的加入，在等多年的人即将到来时，她的心就不安分起来。这个人除了是他，不会是别人。仔细想想，这些年她独守此处，确实是在等待他敲响显出腐朽迹象的院门。

第二章

零点5分，她在灯下托腮谛听。这个万籁俱寂的时候，哪怕是猫轻捷的脚步也能清晰可闻。她听到汩汩的流水声。小巷成了一条狭窄的河道，过去了的锦瑟年华以纸船的形式溯流而上。零点10分，小花猫在屋顶上簌簌走动，稍顷朝着某个虚拟事物追踪而去。零点12分，她走入天井，溜达起来。天空又还原成巨大的筛子，水滴泄漏而下。她担心算命先生的话是谵妄之语，一个人奢想保护自己的过去毕竟太过虚幻。

零点15分，她擦拭了一下落在头发上的雨珠，返身回到檐廊。一阵突如其来的风从瓦楞草上掠过，发出尖啸之音，尔后远遁。她听到晒衣绳上传来衣服相互磨擦产生的竦然之声，但定睛细看又空无一物。零点18分，她走过天井，打开紧闩的院门探身察看。小巷混沌如雾，贴在两面墙壁上被撕开的广告，像破裂的白幡猎猎而响，类似某种急切的召唤。她看到巷道口灯光朦胧，一些穿着各色雨披的夜行者一闪而过，就像负伤的鸟，还没充分展翅就永远坠落了。她希望那儿出现一个黑点，但是没有。

零点25分，她回到屋里，用毛巾擦干头发，重新梳理。一只椭圆形的无色赛璐珞盒子里，躺着一支尚未用过的唇膏，她考虑再三，关上了盒子。零点40分，她打开床头柜上的老式收音机，调到一个正在播放江苏民歌的电台，《好一朵茉莉花》。她本来不叫莉达，他在她这儿听了这首民歌后，建议她的名字里应该有个“莉”字。如今再听这歌，她察觉出一些锈屑纷纷跌落。

零点50分，她找出针线盒，给一件刚完工的衣服钉纽扣。由于心神难宁，几次戳破手指。她想找块碎布包扎一下，但最后还是吮吸起来。凌晨1点整，她已相信他不会来了。她揭开杯盖，碧螺春茶叶已经完全沉入杯底，看上去就像一块黄褐色的珊瑚石。同时，她的不安分的心也完全宁静下来，她确信他不会来了。凌晨1点6分，她对镜端详自己的脸庞，或者说她想知道自己还剩几分自信。她看到自己的头发像夏天干枯的云翻卷开来。她看到触目惊心的闪电，那是鬓发间一根刺眼的白发。从凌晨1点6分至1点16分，她找出一只镊子，试图拔掉那根白发。它躲来躲去同她捉迷藏，她有点焦躁，接连拔掉好几根无辜的黑发。很明显，要拔掉那根时隐时现的白发，除非把鬓发全都拔光。最后她不得不放弃，懊丧地趴在桌子上。凌晨1点17分，她再次来到天井，一任雨水把自己打湿。

把她打湿的，还有自己的泪。

1999年5月21日23点42分，西娅看到一个人影倚在水泥道拐角处的一根电线杆下。不知从什么时候开始，人工湖畔成双成对的情侣逐渐稀少，代之以形单影只的夜游者。他（她）们喜欢把两只手插在裤兜里，脚步犹疑，眼睛空洞无神，嘴唇翕动，作着无始无尽的内心独白。有时湖面上突然跃起一条巡游的鱼，留下一道镀铬似的闪闪发亮的水迹。他（她）们瞅一眼，嘴角挂上嘲讽的微笑。他（她）们互不相识，即使头碰肿了也不吱一声。他（她）们大都是本城的居者，也有途经此地的外省旅客，在等车或船的间隙，慕名到此一游。西娅经常在晚报上看到诸如此类的社会新闻："一游客于人工湖失足落水"，"一梦游症患者投身人工湖"或"人工湖又捞起无名尸"。她似乎看到这样的情景：夜游者沿着椭圆形的水泥道循环往复，乐此不疲，由于某些不和谐因素的堵截，其中的一个或两个滑出切线，像受惊的鱼朝水面飞身一跃，留下一道镀铬似的闪闪发亮的弧线。有人不断逸出，也有人不断填补，所以夜游者的队伍总是保持着平衡。现在，西娅处于两个夜游者之间，看上去她也成了一个夜游者。

23 点 45 分，她走近那个人影。在此之前她忐忑不安，对即将相遇的这个人到底是谁费尽猜测，她不相信那个等她的人出现得这么快。在她和他之间一定还会有什么在阻遏着，比如栅栏或厚重的蜃气。那么他是夜游者吗？他是在等她携手同跳人工湖吗？当她意识到应该停下时，她已经靠近了这个人。显然，这个人也在等她。但当这个人看清来者时，不禁失望得掉头而去。这个人是个体态过早丰满的女孩，穿着吊带裙，化着过于草率的浓妆，挎着边角磨损的劣质坤包。一直到她消失于远处的夜色，她方才所站处还滞留着性感惹人的臀影，以及美容店所特有的各种化妆品的混合气味。23 点 46 至 56 分这段时间，西娅在远去的妓女腾出的地方逗留。她有些感慨，感到自己和妓女很有些异曲同工处：都是在为等待或招揽身份不明的人而进行午夜漫游。

23 点 57 分，西娅继续前行。天飘起毛毛细雨，光滑的水泥道上好像微微渗出了汗珠。如果一直这样走下去，她会回到原先出发的地方。23 点 59 分，她把目光投向湖面。湖水像累了的乌鸦翅膀缓缓扇合，彼岸码头的明亮灯光将一根高烟囱和水塔同时投入水中。它们随着湖水的伸展和收缩向西娅脚边奔来和逃离。它们贴得很近但永难相交。同时，她看到烟囱和水塔的边缘，一些夜雾在慢慢松散。它们搭乘烟囱和水塔以达两岸。零点 5 分，她听到一阵由远而近的脚步声，不禁怦然心跳。她期待着它的出现。但它眷恋着幕后，犹抱琵琶半掩面，只将沙哑的脚步声安详地在抖颤的树叶、栏杆的表面、发亮的波影上溜过。西娅加快脚步，越过几株分得很开的法国梧桐。一个人在原地跑步，确切地说，是两条腿在交替挪展。由于紧靠路边，树篱间逸出的浓厚雾气将这个人胯骨以上全遮掩了。西娅小心翼翼从两条腿边走过，然后加快步伐。

零点 20 分，西娅站在一棵巨大的芭蕉树下避雨。雨声嘈嘈打芭蕉，大珠小珠落玉盘。她看到脚边布满了一些植物的残骸。她感到鞋里有什么硌脚，遂提膝脱鞋，同时右手扶住树干。她摸到与粗糙的树干不相称的柔软的东西，定睛细看，原来是一个人的手。她惊恐得叫了一声，飞快跑开。零点 30 分，雨势锐减。不过风起处积留在凹形树叶的水珠扬扬洒洒，让人感到天公意犹未尽。现在西娅已经深入人工湖的腹地。植物更为茂盛地虬结路边，水泥道越来越窄成了羊肠。她跨出的脚步犹疑不定。

零点 35 分，她看到一个夜游者跨过栏杆，在一块伸向水面的长条石上站稳身子，随后在波光潋滟的湖面的背景上出现一个跃跃欲跳的剪影。她意识到明天晚报的社会新闻版上又会有一个黑体标题：

一厌世者沉没人工湖。

她想应该大声呼喊。但像梦境里常出现的那样，老是发不了声。再向长条石看去时，什么也没有了，也无法看清湖面到底有无涟漪。她问自己，到底发生了什么?

零点 40 分，她转身而返。走了几步又回过身，决心把未走完的路走完。零点 50 分，她听到飘忽而至的微弱的钢琴声，使四周的寂静更为明显。它是从湖边与栏杆之间一座黑黝黝的老房子里发出来的。几乎所有的人工湖都有这种老房子，摆放修葺树木和设施的工具，以及安置发电机之类的机械。琴音时而相互拥挤，音符焦灼地聚集在一起，时而分离很远，音符踯躅不前。可以想见弹奏者那副心不在焉惘惘然的表情。她被琴声裹挟推搡着走向老房子。她想和弹奏者交谈几句，以期弄清自己身置何处。她跨过栏杆，脚下是裸露着岩石的陡坡。她紧抓藤蔓，寻找落脚点。一溜仅容一人通过的台阶通向老房子。琴音加速，她似乎看到琴键上的一排象牙琴键在弹奏者手下发出耀眼的闪光。

凌晨 1 点零 5 分，她终于来到老房子跟前。琴声更为激越，仿佛有许多动物急切地想从一面大鼓里奔腾而出。她从门扇的罅隙向里观望，屋内灯亮如昼但空无一物。与此同时琴声仍不绝于耳。她想了想。弄明白自己判断错了琴音的方向。还有一种可能，就是琴音来于自己内心。凌晨1点10分，她回到了水泥道上。她感到自己身体腾空，有一种飘浮感，然后继续向前行走。

从凌晨1点零1分至17分，她想起自己初次收到罗巴情书的那种羞涩女儿状；想起了为准备嫁衣而不停地奔走于各大商场之间的疲惫步态，她央求一个坐在供客人使用的简易椅上看报的少年：对不起，让阿姨坐一会儿吧；她想起第一次同意罗巴把手伸到她衬衣里面，距他们结婚正好是一年；她想起那年冬天的新婚之夜飘扬在房屋四周的白棉絮般的大雪；想起每天早上照镜子看到鱼尾纹时的沮丧心境；想起有一次给罗巴洗衣服，偶然发觉衣袋里一个女人写给他的情话绵绵的书信时的愤怒；想起孩子观望两个人的战争时眼睛里流露出的惊恐之色；想起冰冷的被窝，远逝了的床第之欢；想起罗巴每天晚上都把干巴巴的脊背甩给她，而自己却不顾女人的矜持裸露全身央求罗巴要她一次，就像由于季节清仓而削价处理一件过时商品；想起自己每次这样求罗巴，而他却不耐烦地拂袖而去的场景；想起……

1999年5月21日23点42分，红玫瑰洗头房的女老板再次询问坐在沙发上发愣的潘乔是否洗头。与其说发愣不如说被兜头盖脸袭来的浓重的化妆品味夹杂着丝丝缕缕的下体气味熏得头晕目眩。潘乔已经在沙发上坐了半个小时。如果不是女老板的垂询，他很有可能一直这样僵坐下去。让小姐给你洗个头吧，要不你就请便吧。从墙上的大镜子里看去，女老板脸色愠怒。从洗头房开业以来，她还没有碰到过这样磨磨蹭蹭，半死不活的主儿。半小时前赤着膊套着大裤衩的潘乔进来时，女老板心里说，好哇，来了个痞子。她的顾客有多半是这些邋遢鬼。她喜欢他们麻利的作派：咋咋呼呼，甩甩打打，老子英雄儿好汉，在这个小姐的胸脯子上捏一把，在那个小姐的屁股蛋子上拍一下，不管三七二十一拽一个进去，出来时扔一叠钞票给你，昂首挺胸扬长而去。可这个主儿一进来就同沙发较上了劲儿，埋着头半天不放屁。抽一口烟咳得够呛，大茶缸里压根儿没水。这些破绽瞒得了天瞒得了地瞒不过女老板。

23 点 45 分，潘乔考虑再三后对女老板说，洗就洗吧。没说出口的话是：我来此的目的并不是为了洗头。幸亏他没说出这话，要不他的破绽就更一览无余了，因为洗头房的一切事儿都是从“头”开始，从“头”说开去的。有了这个开“头”，下次来就可以轻车熟路，免却这个程序。23 点 46 分，他坐上大镜子前的黑皮椅，刚才在专心致志看香港录像片的小姐走过来给他围上白布单。他从镜子里看到小姐穿着露脐装，领口开得很低，由于乳罩的压迫，肥硕对称的乳房有三分之一伸出领口。他看到她脸上有一块粉妆被破坏，露出里面黝黑的皮肤，她的职业性的笑容因而成了两种颜色。同时他看到小姐皱了皱眉头，他知道这与他头发里散发出的汗酸味有关。23 点 48 分。小姐躬身在大镜子与护壁木之间的操作台上将夏士莲洗发露兑上水。与此同时，潘乔从镜子里看到两个油头粉面的客人一前一后从格子间心满意足地走出来，身后跟着两个穿超短裙头发有点凌乱的小姐。两个客人对两边的人和物视而不见，一直走了出去。两个小姐将他们送出门外，嗲着声儿说，拜拜，下次再来。

23 点 50 分，小姐将兑了水的洗发露像奶油浇在面包上那样浇在潘乔头上。与此同时，潘乔闭上眼睛。小姐开始搓动并将不停流到她手上的液体抹在他头发上，同时征询他的意见，轻了还是重了？潘乔回答，看着办吧。随着搓动的加快，小姐高耸的胸脯一次次摩挲他的后背，使他产生一种愉悦感。23 点 55 分，他的神思开始游离。他想起昨天晚上的经历。

逛荡了一些乡村和集镇后，昨天晚上他抵达这座城市。他一如既往采用“访贫问苦”的方式深入街巷里弄，从城市平民里打探出尚未婚配的黄花女子，然后端出他曾在工会摸索出的一套经验，进一步做过细的思想工作，然后摘下夏日里的最后一朵玫瑰。他走出车站，随意进入一条晦暗的巷道。城市平民都把临巷的门敞着，坐在昏黄的灯下吃面条，吸面条的声音仿若涨潮。间或有穿着碎花衣裳的女孩端着钵头出来倒水，他希望她们把水倒在他头上。他就可以不依不饶地深入门户讲理，从气势汹汹逐渐变得温文尔雅，然后伺机行事，于不动声色中挑出话题。如果一切顺利，他很有可能与女孩同桌共餐。但眼看快穿过巷道了，除了一个老妪，竟没一个女孩出来倒水。老妪把洗锅水倒在他身上，他不由自主摆出说理的架势。老妪嚷了句“活该”就回身关上了门。

来到巷道顶端或巷口，他听到一个来自地上的声音：别忙活了，坐下歇会儿吧。依墙坐着一个赤膊上身套着大裤衩拖鞋挂在脚丫上的乞丐模样的人，一脸世事皆洞察的神情。潘乔看看肮脏的石板地，犹豫着半蹲下来。那人将他用力一拉，看着他仰八叉的狼狈样嗬嗬大笑。我操，别穷讲究了，当初我也像你出门找寻什么的时候，比你还气派，可现在只剩下这身行头了。潘乔颇感好奇，你出来找寻什么？那人说，忘啦，不过那种充满希望的劲头记忆犹新。折腾半辈子，我得着了这样的认识或者说教训，不管谁，动机和结果永远走不到一块儿去，比如说，我早就想回去，衣锦还乡。可你看，我能衣锦得了吗？我操！潘乔有种他乡遇故人的亲切感，从口袋里摸出一块饼递过去。他不服气地说，可能你找寻的是子虚乌有的东西。那人说，所有子虚乌有一开始都是实有其物的。潘乔说，照你说，我的找寻也是虚妄的，该早点回去才对。那人说，正是，这也是我对你的忠告。潘乔说，我所想的不是衣锦还乡，而是携手而归。我的要求并不过分，我想应该能够达到。那人说，即使这样，你也要改变工作方式，到女人成堆的地方去找。潘乔做了个“愿闻其详”的手势。那人说，你应该到洗头房去，你没看到眼下城里最多的店铺是洗头房吗。潘乔恍然大悟地说，多谢你的指教，我现在就去。那人说，急什么，我们还没好好唠唠呢。还有，你这西装革履的可不行。西装革履的都是公家人，洗头房的老板最忌，比如便衣警察也作兴西装革履的，来，我们对换一下。

除了裤衩，潘乔脱下所有的衣物，然后套上那人脏兮兮的大裤衩，蹬上油污污的拖鞋。那人又把烟卷和大茶缸给了他。现在那人西装革履了，消失了多年的派头又回到他身上。他心满意足地走了两个来回，让潘乔看看他像不像衣锦还乡的样子。潘乔说，像，像，难怪人说马要鞍装人要衣装。那人说，那我就衣锦还乡了，然后跨着大步，在夜色中遁隐了。

零点30分，小姐对潘乔说，到水池子那儿冲冲。她看到闭着眼打盹儿的潘乔毫无反应，又使劲拍拍他肩膀。潘乔从大镜子里看到自己顶着白花花的泡沫，围着白花花的布单，绵羊似的被小姐牵向水池子。零点38分，潘乔重新回到黑皮椅上，接受电吹风的安抚。零点48分，潘乔把作为洗头费的10元钱递给女老板。女老板意味深长地问他，敲不敲背？“敲背”的含义是他昨晚从那个人那儿获得的，他接过女老板的话茬说，敲啊，怎么不敲。意思很明显：我来此就是为了敲背的，现在终于从“头”说开去了。女老板进一步问他，你想请哪个小姐敲？潘乔打量了一下坐在沙发上看香港录像的小姐，指指其中一个稚气未脱的女孩。同时录像上一个黑社会老大指着一个漂亮的马子大声嚷着，我就要她了。大家都不约而同笑起来。零点55分，潘乔跟着那个女孩向隐秘的格子间走去。零点57分，潘乔躺在乳白色的按摩床上，接受女孩的服务。他问她，你是哪儿来？女孩说，我从南方来。他说，这儿不就是南方吗。女孩笑而不语。潘乔想问她第二个问题，你是处女吗？但他认为问此此问题的气氛还未来到，便暂且咽下。

凌晨1点零3分，女孩弯下腰肢，上半身几乎紧贴着他。他从女孩的领口里看到尚未发育成熟但已具韵味的乳房，觉得有点口干舌燥。女孩的手顺流而下，在他的羞处四周按摩起来。他冲动得抬身抱住女孩，后者一面欣然接受，一面加快了按摩的频率，同时开始触摸他的羞处。他情不能禁，吻了吻女孩的面颊。女孩连声问他，要吗要吗你要我吗？

他和女孩耳鬓厮磨。他所期待的气氛如期而至。他低声问她，你是处女吗？女孩笑起来，你看我像处女吗？他似乎幡然醒悟，骂自己傻蛋一个。女孩更为急切地问，要吗要吗要吗要吗要吗？他断然回绝，不要，我也不要按摩了。女孩说，你要付150块。他说，我打听了。敲一次背是50块。女孩说，不矛盾，除了50块，你还要给我100块小费。他说，我又没同你干，干嘛要付你小费。女孩说，你摸了我，而且我让你干你又不干，不干白不干。

第三章

1999年5月22日凌晨1时30分，莉达走进闺房准备就寝。一张母亲留下的雕花木床占据了很大的位置，床前安放着漆成紫色的马桶箱，那种像大鼓似的古色古香的马桶。以前母亲起床的头一桩事，就是一摇一摆地将马桶送进公厕。后来这活儿就由她掀开箱盖坐上去小便，同时她隐隐约约听到院门敲响声。她提溜着裤子侧耳细听，声音果然是从院门传来。她按捺住惊喜，拢拢耳根的头发，跑去开门。此刻是1时41分。开门前，她贴在门板上，稍稍平息了紊乱的心绪。然后在1时45分打开院门。一个高高大大的人影站在门框里。她问，你是胡安吗？那人影说，我是胡安。她说，进来吧。胡安就走了进来。

1时43分，胡安在堂屋八仙桌旁的一把太师椅上落座。他环视四周，说，还是老样子。莉达换掉紫砂杯里的水，递给胡安。同时说，我还以为你不来了呢。胡安接口说，你怎么知道我会来？莉达莞尔一笑，算是回答。胡安说，为了找你，我几乎跑遍了城里的居民新村，我想你肯定不在老地方了。莉达面色羞红地说，为了能再次见到你，我一直在老地方等你来着。胡安说，我最终还是找到你了，我们要感谢缘分。

1时46分，胡安呷了第一口茶。他问莉达，伯母身体还好吧。莉达眼圈顿时红了，胡安已经完全明白，忙说，对不起。莉达开始扑嗒扑嗒掉泪，胡安掏出手帕，过去替莉达擦泪。莉达不经意地倚在胡安肩头。当她发现这一点时，她赶紧走开，到八仙桌另一头的太师椅上坐下。同时，胡安也回到原处。

1 时 50 分，他们开始体味久别重逢后的快慰，话题开始自莉达的母亲。

胡安：多么慈祥的母亲啊，10 年前我来你家时，她老人家待我亲切如子，这一切好像就发生在昨天。

莉达：母亲的去世对我打击太大了，直到现在我还接受不了这样的事实。我以前一直有个幼稚的想法，就是像我母亲这样的好人是不会死的。你还记得第一次来我家的情景吗？

胡安：怎么不记得！她老人家对我并不友好，粗声粗气，把我当成从她手里夺走你的坏小子。

莉达：也难怪。我打小失去了父亲，是母亲含辛茹苦把我带大，在她看来她的生命早就同我融为一体了。

胡安：不过后来就好了。有一段时间我没来，她老人家一见到我就责怪我为啥不来了，是不是对她有意见。想起这些真是恍若隔世。哦，教师进修学校的陈信老师还好吗？

莉达：听说他调到市一中去了，前些天我在菜场上遇到他，他还问起你。

胡安：我们相识多亏了他。有一天晚上我到他办公室聊天，他向我推荐一篇作文。当时你正在教师进修学校补习文化。我被那篇作文的才情深深吸引住了，向他提出见见作者，后来你就向我走来了。

莉达：其实我早就认识你了。你还记得我单位隔壁的工人文化宫阅览室吗？每天下午我都到那儿翻杂志。有一次你也去了，还带着个小本本，一副做学问的样子。可后来就有点心不在焉了，眼睛老往我这儿溜。那天晚上我在陈老师办公室一见到你，心里就说，咳，原来是这小子。

胡安：这就是缘分。回想起来我那时真有趣，用你们女人的话来说，就是傻乎乎的，头一次约你出来散步，就把工作证，我那时把它作为良民证，掏出来给你看，颠三倒四向你解释，我是邻县来此进修的教师，以示证明我不是一个图谋不轨的家伙。

莉达：可你头一次就不老实，硬要挽我手臂。

胡安：是吗？我怎么不记得了？

莉达：你们男人怎么会记得这些琐细的事呢？

胡安隔桌抓过莉达的手握着，同时百感交集地凝望着她。莉达想缩回自己的手，但后来就驯服了，同时脉脉含情地注视着他。静默。他们听到挂钟敲了三下。

凌晨3时15分，胡安站起身说，不早了，我该走了，还是赶早班汽车回去。莉达说，我送你出去。两个一前一后走进天井。天已放晴，云层间有几颗碎星。莉达打开院门。胡安低声说，我走了。又一次握住莉达的手，莉达倒在他肩上，紧紧抱住他。

凌晨3时25分，他们相拥着回到堂屋。莉达贴着胡安的耳际说，我们休息会儿吧。胡安一把抱起莉达，撞进莉达的闺房，直奔那张雕花木床。接下来的半小时，他俩进行了疯狂的做爱。凌晨4时整，古老的住宅里响起了胡安惊奇的喊声：血！血！血！

凌晨4时10分，胡安和莉达像两只疲惫至极的动物，并排躺着。胡安喘息尚未平复，没想到你还是处女呀。莉达说，这些年来我一直为你守身如玉，我总是想既然我们有缘，终究能成眷属的，所以我苦等着把女儿身给你。我想你肯定也一如我爱你那样爱我，痴等着我。胡安，我们都别再折磨自己了，我们结婚吧，恩恩爱爱过一辈子。

胡安慌乱地说，可是，可是，可是……

1999 年 5 月 22 日凌晨 1 时 30 分，潘乔走进另一家名为蓝月亮的洗头房。他耳朵里灌满了电吹风呼呼的声音。老板在他赤裸的脊背上拍了一掌，我操你妈二癞，你怎么又来了，老子的油让你揩光了。潘乔说，我不是二癞。老板知道弄错了人，哈着腰打招呼。又对围着茶几打牌的小姐说，难怪我弄错，你们看他这行头像不像二癞。小姐们盯着潘乔看，说，不像，不像，太别扭了。有个小姐又添了一句，像演员来体验生活的。

老板问潘乔，你洗头还是敲背？潘乔答，头也洗了，背也敲了。老板会心一笑，明白了，明白了，昨天刚到的扬州妞儿，个顶个的水灵，你挑吧。潘乔说，我要找个黄花姑娘。老板说，干嘛呀，不就是复习功课嘛，什么黄花不黄花的。潘乔说，我想娶回家做老婆。老板仰身大笑，我操，你找错门了，洗头房没有黄花姑娘，你应该去婚姻介绍所。

凌晨 1 时 45 分，潘乔推开怡乐园洗头房的铝合金门，问迎上前来的老板，你们这儿有黄花姑娘吗？

老板耳背，反问道，什么，花姑娘？潘乔大声说，黄花姑娘。老板说，我们这儿，没有。

凌晨 2 时零 5 分，潘乔推开今宵乐洗头房的铝合金门，问坐在沙发上搂着小姐的老板，你们这儿有处女吗？老板骂道，神经病，滚出去。

凌晨 2 时 25 分，潘乔推开辣妹子洗头房的铝合金门，问打着哈欠的老板，你们这儿有没开过苞的小姐吗？老板哈哈大笑，走到大街上喊，快来看呀，这儿有个疯子。潘乔夺路而逃。

凌晨 3 时整，潘乔招手让一辆黄包车停下。上面坐着两个刚从打烊的南洋洗头房出来的小姐。他问她们，你们还是不是处女？小姐骂着，猪头三！

凌晨 3 时 20 分，潘乔拖着沉重的脚步漫游街头。几个下了夜班的女工骑车经过他身旁。潘乔冲着她们喊，你们肯定也不是处女了，女工怪叫而去。

凌晨3时33分，几个上早班的女工对赤着上身，下身的大裤衩亦不翼而飞的潘乔望而却步。

凌晨4时整，潘乔朝一个早起跑步的少女追过去。

1999年5月22日凌晨1时30分，西娅在人工湖的水泥道上掉头而返。她终于认识到与情人到天老地荒的人工湖来幽会，不过是一种虚拟的臆想，况且她根本没有情人。她想，我真是太傻了；她想，我干嘛要对寻花问柳的罗巴守身如玉呢？1时48分，她碰到一件奇怪的事。当时她又经过老房子那儿。她停步不前，渴望又能听到如梦似幻的钢琴声，但是老房子寂静如初，她抬脚准备离开。这时她听到附近树丛传来模模糊糊的说话声。富有磁性的男低音，很像罗巴。她知道这又是一对偷情者，但她为声音所吸引，又听了会儿。她的心狂跳起来，确凿认为是罗巴的声音。她蹲下身，悄悄接近，看看这个女人是谁。如果有必要，她可以当场捉住这对狗男女。但她又有点犹疑，因为罗巴这些天去北方出差了。可这更证明了她判断的正确，出差可以提前回来，或者根本就没有出去，而是在草莽间潜伏下来日夜狂欢。现在她距传出说话声的树丛仅一步之遥。说话人依在一根树干上，其身形与罗巴毫无二致。她的心顿时冰凉一片，悲哀欲绝，身子瑟瑟发抖。再无力气实施捉奸计划。她打算默默退回。当一个女人碰到这类事，最终除了默默退回，还能走哪条路呢？但是接下来的女人声音让她悚然心惊。这细声细气与自己的何其相似，或者说就是自己的。多么不可思议——跟罗巴在一块儿的竟是自己。她努力想听清自己到底在说什么，但那声音好像同自己隔着一块厚厚的毛玻璃，嗡嗡嘤嘤。她看到自己仰躺在草丛上喋喋不休地祈求。罗巴的话同样也听不清楚，大概在絮絮叨叨地解释什么。然后她看到罗巴倒伏在自己身上，敷衍了事地做爱。她听到自己在进一步祈求，穿透我，穿透我。她听到自己伤心的声音，你是怎么啦，你到底怎么啦?

她掉转身狂奔起来。她觉得人工湖就像一个密不透风的套子，她要赶快冲出去，或者撕破它。

2时30分，她听到扑嗵的跳水声，而在此之前，有个人影在她眼前飞速掠过，她奔跑的脚步更为变本加厉。

2时40分，她被一根横在路中央的树干绊倒，而刚才来时路上还是一马平川。她趴在地上喘息了一会儿。

3时15分，天上出现了月亮，地上的一切清晰可辨。她的步履迟缓了许多。

3时30分，她终于看到人工湖的出口，那儿明晃晃一片。她还看到飘拂的柳丝下停着的黄包车和戴着浅褐色鸭舌帽的年轻车夫。她听到车夫说，我已经等候你多时了，她于是加快了步子。但她始终与出口保持着一段距离，难以靠近。

4时整，曾经从她眼前飞速掠过的人影又出现了。它像一堵墙朝她压下来……

第四章

1999年5月23日，晚报的“社会写真”栏同时推出3篇社会新闻，引起读者广泛兴趣，兹摘要如下：

【社会新闻1】咄咄怪事：一女子为贞操寻短

今晨5时许，32岁的女子黄莉达引颈自刎，花容月貌顿时香消玉殒，令人扼腕。据悉，该女10年前与来本市教师进修学校进修的如东县某校教师胡某相识。二人均酷爱文学，常奇文共赏，疑义相析，交往甚密。胡某进修结束回本县后，仍与黄莉达鸿雁不断，每有新作必寄与后者先睹为快，而后者每有隽思妙想亦即电告之。期间，黄莉达母亲病逝，该女伤痛欲绝，深居简出，闭门服丧。除了上街买菜，几乎与尘世隔绝。5 月 22 日胡某来本市出差，公务之余怀旧之感难抑，于 23 日凌晨出现在黄莉达家中。二人情不自禁尽云雨之欢。事毕，黄莉达谈起婚嫁之事，胡某坦言相告，他早已是有家室之人。莉达一时难以接受，假如厕之名，割颈身亡。据胡某称，他与莉达不过是一般的朋友，言谈从未指向过男女之事。他到莉达家中仅仅是消遣，看望她一下而已。

【社会新闻 2】难下定论的“强奸”案

今晨 4 时至 5 时间，人工湖又起波澜。38 岁的妇女西娅在环行水泥道上遭一歹徒强奸。据查，该妇女患有臆想症。作为目击者的一黄包车夫报告说，她从电影院出来即直奔人工湖，游逛至少 5 个小时。记者走访公安部门时，了解到此案颇为蹊跷，有些疑点尚待解开，比如案发现场并无搏斗、挣扎等迹象，罪犯身上亦无被撕咬等留下的伤痕。更令人难以思议的是，经法医鉴定，罪犯曾顺利地进入过阴道。刑警高间先生在接受记者采访时说，究竟属强奸否目前还难以定论，尚待进一步调查。

【社会新闻 3】疯子信口雌黄　警方虚惊一场

今晨 5 时许，警方接到一投案者电话称，案犯在文峰大世界附近强奸了一名晨练少女，并言其该处等候警方处置。警方旋即前往，发现投案者系蓬头垢面，全身赤裸的疯子。该疯子一口咬定所报属实，并口齿清楚地说出被奸者的体貌特征。本着维护法律尊严，保护公民人身利益，警方出动大量警力，在最短的时间内找到被害少女。但该少女矢口否认遭暴，并拟以诬陷及损坏名誉为由将疯子告上法庭。这真是：疯子信口雌黄，警方虚惊一场。

梦境边缘

也有一些幸福的时期，我很想对自己这样说：世界对我的敌意也许停止或者平息了吧。

——卡夫卡《地洞》

1

B伫立在梦境边缘。梦境宛若一片飘浮着琥珀色岚烟的湖泊。B站在湖泊边上。有一些水洇湿了他的裤脚。这种感觉使他相信了梦境就是现实的延伸：红嘴鸥飞翔的姿势不再是僵硬的，游鱼伸出水面的喋声不再像皮影戏那样缥缈，衰叶君临水面不再是试探性的，甚至从远处冒出的水泡也铿锵有声。B站立的位置显然是精心选择的。背后是一片墙垣般的灌木丛，这除了给他一种安全感外，又提醒着自己的存在，因为从灌木的罅隙望去，可以看到他的锯齿形的背影。灌木丛与湖泊之间出奇地空旷，这给他带来一种无法言说的便利，譬如解手、舞蹈成大幅度地活动身体。湖泊边上莫名其妙地生出纵横交情的绿色藤蔓，就像一绺云铺在砂砾地上。这就是B站立的地方。观在，当最后一只红嘴鸥的翅翼在空中滞留的声音消失的时候，B开始了令我们骇异的举动。它是以摆脱沉重的窒息感为目的的，尽管最初的时刻被误解为来自身体内部，我们的视线穿越灌木丛看到B首先脱下两只赭黄色的磨砂皮鞋，然后扯下一根藤蔓捆绑起来抛入湖中。皮鞋滑出的一道弧线显示了到达目的地的过程，它使一根水草的摇曳间断了几秒钟。然后褪下全身的衣裤，用藤蔓缠绕成冬瓜的形状。它坠落的地点几乎就是磨砂皮鞋落下的位置，仿佛是不速之客扩大和加深了涟漪的波功，看上去就像黑暗中耀眼的光斑。后来的一段时间，涟漪的中心承纳了从湖边接二连三发出的抛掷物，其数目是通过翘在水面然后转瞬即逝的藤蔓暗示出来的，这使得B在尚未走出梦乡之前，暂时地与水面接近了。它们分别是：脚、腿、股、臀、腹、臂、胸、肩、颈、头。而所有的脏腑，即心、肝、脾、肺、胃、胆、大肠和膀胱等，B仿效屠夫用数根藤蔓串连一处，然后掂掂份量。B匪夷所思的是，这样做究竟是心血来潮，还是顺从某种生命的方向。这时B面前雾障般地出现了一个模糊的人影，它把四肢隐藏在幕后只将面目呈现出来。它使B大吃一惊：并非因为突兀，而是由于相当熟悉，却根本不能想起是谁。这张面孔当然也同时呈现在我们面前：罗马式的鼻子，即又细又不很大，鼻梁很高，鼻头的毛孔粗得像桔子皮，因此肉感很强。高颧骨，上眼皮严重地肿着，小眼睛底下一长条肥厚的眼包，给人的印象永远是一副刚哭泣完的模样。大嘴，不是指左右的宽度，而是下嘴唇太过厚长，如果不是谄媚地包着上嘴唇而伸出去，则无异于跳水平台。由于它们包得过紧，看上去活脱是掉尽残齿的老太太的瘪嘴。除此以外，在臃肿的下颏下面还挂着一只钱袋似的大喉核。在B掂量脏腑的时候，这张面影先后出现数次。它最后一次出现时狡狯地唆使他：“快扔了吧，否则等涟漪消失后你会找不到一点线索。”至于这线索的涵义，却语焉未详。面影甚至擦净了脏腑的秽影。B含糊不清地说：“我之所以犹豫是由于我担心扔掉后是否会彻底的轻松，因为先前的所有抛掷行为并未减轻我的重负。这说明压迫也许是来自外部，譬如一种斜视，一次告密，一趟落井下石，一番窃窃私语，甚至是卑劣的捕风捉影，栽赃陷害。”面影装着解悟尘世的样子说：“这是因为脏腑是与外界联系的唯一通道，只要抛开它，你就会得到救赎。”说罢倏然而逝，或者说以隐形的方式接近了B。B感到脏腑被一只强有力的手夺走了。它们并没有出现在既定的目标——涟漪的中心，而被置换的却是B，也就是说，B不由自主地掉入湖中。他的身后是遥远的堤岸背景。一撮柳丝像钟摆似的摇来晃去，测量着风的重量。现在，失去了一切的B遭到了灭顶之灾：原先被他砍斫后——扔进湖中的身体组织，并没有沉入水底或随波而逝。它们正在水里恭候他。最初发现他到来的是头。它悄悄离开伙伴，争头功似的变做一块坚硬的圆石，向B发起了致命性的攻击。如果不是柔软的水对速度的削弱，B无疑会化成齑粉。尽管这样，B仍然受到了不小的伤害。B顷刻就濒临绝境。被他背弃的腿脚们瞪着复仇的血眼包围了他。它们按照各自的形状变成相应的刑具来凌迟他。比如向他飞来的不再是臂，而是一柄锋利的古剑，双臀成了飞速旋转的磨盘。但它们从未挨着过B，并不是不能，而是不必要，因为逃遁本身就足以使B精疲力尽，衰竭而亡。那个时刻我们看到B惊惧得就像即将吐丝的蚕苍白透明，汗珠像油滴漂浮在水面上，不堪担负的重荷压得他苟延残喘，气若游丝。清澈的湖水在他眼中成了混浊的烟尘，仅存的一点生活翳影被严密地遮盖了。按照传统的梦境经验，B这时应该醒来了。但促使他幡然而醒的不是陷入绝望的一激灵，比如被古剑击中或遭到鹰隼的叨啄，而是一个意味深长的场面，这一点，厕身在灌木丛后的我们看得很清楚。

2

第三天，可能是6月16日下午，B行进在西去的柏油马路上。B

的这次漫游充满了冒险的性质：选择西去完全出于一种感觉，根本不能从理论上阐释，因为即使在完成了一段旅程后B也不能识别自己的心情，因此完全存在着扑空以及由此带来的沮丧。这一天并非周日或法定假日擅自外出，而且外出的动机与女色有关，一旦败露其后果意味着什么B是十分清楚的。但最终促使B选择西去，并不是没有一点来由。上午B在办公室里接待了几个上访者，他们不约而同都从西面而来。大约9时，B到楼下解手。途中经过几个办公室，奇怪的是每从一个办公室走过，都会听见里面的电话铃像炒蚕豆似的响起。从厕所回来，有人告诉他电话是同一个人打来的，从他操着的带有羊膻气息的方言来看，显然是西面的某个乡村或集镇的。也许这个人知道他会去解手，便别出心裁地用电话追踪他。下班时，B摆在东侧的自行车不知被谁搬到了西面的车棚里，而且龙头非常别扭地拐向西方。这些都说明B与西面的关系非同寻常，至少包含了某种暗示。

现在自行车载着他穿越了人群密集的街区，正向电视转播台的一架高耸的铁塔滑去。车速不快，而且可以说相当缓慢，这就使得轮胎难以忠实于路面，也使驾车者显得漫不经心，神情慵懒。这除了上述的原因外，B的潜意识里还有一种毁灭的感觉，似乎目的地设了一个圈套在等着他，而他又不能不走向它，并且心甘情愿地钻进去。或者说这趟漫游的性质禁止他用力蹬车、心无旁骛地一直奔向既定目标。他想造成这样的效果，即在目击者看来，他出现在这条西去的柏油马路上完全是一种偶然，随时都有掉转车头的可能。也可以这样理解，自行车欲行又止，似停非停，完全显示了观望风景者的驾车风格，因为在柏油马路两边疏朗的法国梧桐的阴翼下，散布着河流、云黛、画舫和青草——这些都是西区所独有的。这样做也许会使他神态坦然些，起码不会在相遇熟识者时支支吾吾，顾左右而言他，而使对方疑虑重重，甚至谣诼蜂起。

最初的时候B就是这样蜗行着奔赴旅程的终点的。如果从后面看去，B的弯弯曲曲的背影就像滞留在跌宕起伏的麦穗上的风，除了略微有点轻佻外，谁也看不出破绽。但是当B进行到路程的五分之一时，情形有了彻底的改观，B像换了个人似的风驰电掣起来，完全是一副赶赴约会的架势。之所以如此，也许出于四种原因，一是聪明反被聪明误，先前的态势不可能没有一点做作的成分，明眼人一眼就能识破，特别是愈到后来愈会如此；二是一直到现在从未遇到过一个哪怕是只有一面之交的人，这从某种程度上麻痹了B；三是B忽然想到有一种谕示是必须遵守的，真正的真相总是不大像真的，为了使真相显得比较像是真的，就非得掺点谎言进去不可。这又有两种理解——方才故意的心不在焉，东张西望，就是掺进去的谎言，机敏者不会看不穿。另一种理解是，倘若碰到相熟者，即便直言不讳地告诉他此行的真实意图。对方也并不会完全相信，那么又何必潜踪隐行呢？四是照这样缓慢而行，无疑会错过见面的机会，从而使他幽会完全成了一次毫无意义的脚步对时间的缝合。

但是攀附在即将来临的时间上的场景证明B的处心积虑完全是徒劳的。这件事发生在B走完了二分之一的路程之后。

我们知道，西区是工业集散地，早晨或黄昏身着工装的人们在铃声的渲染下从四面八方赶来，消逝在烟囱丛中，这意味着他们不定什么时候就会像被惊散的林中飞鸟，突然出现在柏油马路上，而躺在法国梧桐之中的柏油马路则如一个透明的管道，你除了耐心地等待与他们相遇外，只能是一筹莫展。但这种危险的处境B却浑然不觉，因此下面发生的猝不及防的窘迫现实对B来说完全是大难临头。

在此之前B完全沉湎在一种难以理喻的现象中：面朝柏油马路的每个农户的茅坑上都蹲着一个出恭者，他们的衣着、发式、肤色、长相和表情酷似得宛若一人。更让B惊骇的是，他们对B笑的幅度随着路程的延续而加深。如果说B看到的第一个人类似于微笑的话，那么按照笑纹发展顺序，第十个则成了剧笑。从整体而言似乎是同一个人扮演的。B情不自禁地联想起了那个追踪他的神秘电话。他甚至认为，那个电话是他们其中之一所为。更使 B 忧虑的是，这种茅草搭成的厕所不绝如缕地沿柏油马路一直延伸下去，散发出的粪便味与空中飘荡的工业废气相得益彰。每座茅厕里也都会蹲着一个人，当然他们的表情不一定再是笑了，或许是哭或许是忧愁或许是哀痛或许是悲伤，但对 B 心灵的影响却是一样的，正如电话铃声都是一样的，尽管这种影响一时难以用一个准确的词语命名。

这时一个沙哑的语声使玄思冥想中的 B 吓得一哆嗦："咳，你这是……"欲言又止，就像被谁扼住了喉咙。B 抬起头，又是一惊。一个穿着肥大工装的瘦个子推车挡住了 B 的去路。蓦然出现的一群工人从他身边经过时，都惊奇万分地盯着 B，仿佛是某种虚妄的预料得以实现。然后像悄无声息地出现那样，又不动声色地消失。只有瘦个子仍然固执地阻遏着他。B 发现他的工装料子竟然是白亚麻布的，而当地这种布只用来裁制丧服。

瘦个子扭了扭脖颈，仿佛是在挣脱那只扼他喉咙的手，并且说出了下半句："去哪？"由于一时难以找到合理的托辞，B 显出一副茫然无知的痴呆模样。瘦高个见状隔着车捏住 B 的左臂："莫非你真认不出我了？"B 从未见过此人，担心他的话中有诈，仍然缄默无言。瘦个子热情地说："我是善堂啊，十年前做过你家的邻居，尔后迁走。说来你落地后的第一泡尿还是我给把的呢。当然你是不可能记得此事了。你认不出我，我可一眼就认出了你。你是刘家的大小子，当地教师，然后调至教育局做侍者。你父是退役军医，矮胖子。对不对？"

善堂？B 似乎从未听说过这个名字，按理。给他把过尿的人，必然是印象良深的。他努力搜索往事的最尽头，但脑袋一片空白，仿佛是对他记忆力的一次嘲弄。烦恼顿生，倒不是因为时间对记忆的损害，而是现实对主观的粉碎。上路伊始 B 就臆断这次漫游将不会留下任何痕迹，至少在柏油马路上是这样，但面前的"善堂"却迫使他留下痕迹：无论他怎样回答，都会直接或间接地产生某种后果，造成意想不到的危害。

善堂对B的哑口无言感到奇怪，他进一步显示对B的热情：拥抱并企图亲吻。B任善堂的胁迫下只好轻启嘴唇：“沥青，旧瓶塞，橘子皮和薄面包片。”话语的晦涩是明显的，但善堂却无所谓，仿佛只要B能开口说话他就心满意足了。接下来B开始与善堂并肩同行，当然是与B要去的地方背道而驰。由于有“总会甩开他”的信念支撑着，B并不觉得过于焦灼。他开始设想种种逃离的方案。善堂热衷的话题都与B有关，显然他对B的情况了如指掌。在用纯朴清新略带一点诗意的语调重现了B的童年生活，用狎昵的表情概述了B的恋爱经历后，立即将词汇滑入他当前的生存状况：“毋容置疑，你目下困境重重，痛苦可想而知，更痛苦的是你无法摆脱。比如你所有的上司都不满意你，所有的人都分到了住房，唯独你至今还蛰居在阴暗潮湿的陋室内，而要得到改善尚还遥遥无期。更严重的是，每个人都在监视你，当然你自己并未察觉。有一次一个以前的女同事到机关来打听考试分数，你恰巧碰到她，说了几句无关痛痒的话。第二天，一段弥漫着淫乐的故事就开始在机关流传，而你就是故事的主角。你无法指出谁是故事的最初作者，似乎所有的人都是，似乎所有的人都不是，而仅仅是一起社会新闻的移植。有一次……”

链条的突然断裂中止了善堂的叙述。一家自行车修理行暂时成了他们的栖身之所。在我们看来，这正是B逃脱的最好时机，但他并未意识到这一点，他似乎有点懵懂——善堂方才对那件轶事的提起，使他的心灵进入了短暂的迷狂。时光从B的指缝间穿流而过，善堂随同那辆刚修复的自行车在指头后面以独特方式消失了：善堂推着自行车走上柏油马路，按理他应该召唤仍然呆立车行门口的B，这时一个佝偻腰背的中年人骑车与善堂擦肩而过，在他与善堂对面的瞬间似乎胁肩谄笑。善堂于是追随而去，并响亮地继续刚才的话题：“有一次你陪你父，就是退役的矮胖军医，到河边散步，当然散步是布尔乔亚式的……”

重蹈旧辙的 B 对陌生人的营救充满了感激之情。

3

第二天。6 月 14 日。早晨。B 像往日推车走进教育局大门。黑色人造革座垫耷拉着，酷似一次语义模糊的自弃行为。年轻的门房小丫依着门框和女人喋喋耳语，见 B 进来后便不动声色地走开了。走出梦境不久的 B 虽说已撤回自己的思绪，但仍显得神情恍惚，因而在车棚里支车的动作是倦慵的，对一天处境的习惯性面对亦是不甚清晰的，既缭绕着茶杯逸出的水汽，又笼罩着顿生的淡淡疑云。他在机关的工作并无明确的分工，出勤表和点到簿上都无他的大名，但没有谁能否认他的存在，尤其是当他在痰盂清洗处、供应科室开水的锅炉房、上司家属接送站和圆形花园旁出现的时候。当然他也频频出没于厕所。给入厕者送去忘了带的便纸，或者递上刚到的报纸。有时他也模仿别人，捧着茶杯浏览娱乐杂志，给人一份恬静的印象，实则他正在对上司内心的隐曲进行艰难的揣摸体味。他不仅要熟稔他们每个人举手投足所蕴含的寓意，而且对他们的每种嗜好（包括偏爱某类菜肴）都能烂熟于心耳热能详。然而也曾出现一些片断性的错误，比如一位刚调入的上司常常凭栏观望机关门口小潭边上的垂钓者。了解这一现象的内涵使 B 颇费踌躇。几天后的晚上，B 扛着新购的进口钓鱼杆光临上司的庭院。对 B 的谄媚行为上司显然是鄙夷的，他拉下脸训斥了一通后，将钓鱼杆投标枪似的射向远空。一个居民到井台挑水，意外地从井筒子里得到了这根名贵的钓鱼杆。但 B 并未甘心失败，相反却沾沾自喜：上司的抛杆行为使他的真实意图更为明确。B 挎着一篮活蹦乱跳的大鲫鱼再次登门造访。上司竟然破口大骂，甚至带出了流行市井的污言秽语。在送 B 出门时，上司忽然柔肠寸断地说：“你如何得知我的心事啊，我多么渴望有朝一日能变做那水中之鱼，逍遥自在，优哉游哉……”

B在车棚摆放自行车时，一只天蓝色的蜻蜓眷顾其间，薄而透明的翼翅带来了南方丝绸一样冰凉的水意。蜻蜓引起了B的注意。他从车锁上拔出钥匙，视线一直伴随它飞过并道别附近的自来水龙头、一扇窗前的天竺葵、一架低矮的电视天线，最后抵达狭窄的楼梯口。这时楼梯口出现了一个已经发福的中年人，圆领短袖白汗衫上套着一件暗灰色羊毛马甲。他稍事停留，似乎在期待某个事实的发生。B的视线落在那人身上，忽然起了一种神经质的战栗，因为这个长着罗马式鼻子、长下嘴唇的人正是出现在B梦境中的那个人。使B更为悚然的是，梦境中的绿色藤蔓又一次如期而至，虽然它们是以耀眼的图案描绘在尼龙手提袋上。中年人俯视着从他右手中指上垂挂而下的犹若硕大秤砣似的尼龙手提袋，然后又四下看了看，但车棚中的B并未引起他的什么反应。他开始拾级而上。由于步幅较大，手提袋随之震颤着，那几根绿色藤蔓甚至摇曳起来，而且袋底飘下数缕粘稠的液体。在楼梯拐弯处，中年人即将消失的一刹那，B看到潮湿的尼龙袋表面清晰地呈现出类似某个脏器的轮廓，心一阵狂跳。就在那天晚上，门房小丫还能听到B早晨遗留在车棚里的一声古怪的吆喝，既像一阕从古墓中挖掘出的陌生弦乐，又酷似一声充满凄楚的怨慕。

尽管B当时神思迷离，经受着身首异处的痛苦感，但并不能阻止一种强烈愿望的浮升：追上去，夺下手提袋。我们知道，机关的楼梯狭窄得仅容一人上下。B刚踏上第三级台阶，就有人从上面嗵嗵而下。B于是退回原处。但他再一次感到诧异，因为下来的正是方才拎着尼龙手提袋上楼的中年人，而现在却是空着两手出现在B面前。我们在这里引用他们的一些对话，无非是描绘一下机关早晨的日常生活。“Y股长，您早。”“早啊，今天又是个大好天，哈哈。”“照此下去，乡村的旱情是难免的。Y股长，听说您最爱喝天水茶，看来这个嗜好也要受到老天爷的威胁了。”“这算不了什么，还有比天水茶更重要得多的东西。缺少天水茶当然会带来某些后果，但带来更为严重后果的却是一些当前迫切需要面对的问题，我是这样，你不也如此吗？嘿嘿。”“当然，当然。我上去了。”B挟着公文包重新上楼，但在短瞬间他感到背后射来一种审度和猜忌的目光。他本能地侧过头来，碰巧Y股长刚刚完成对B背影的一次别有用心的巡游，正欲转身走开，然而B的行为引起他的警觉，表现在厚唇上掠过一丝不怀好意的微笑，虽然不易察觉，但还是被敏感的B捕捉到了。于是两人都装作言犹未尽的样子。话头是由Y股长首先挑起的。“昨晚看电视了？”“看了。”“唉，文艺晚会糟透了，小品尚可，只是舞蹈让人扫兴。”“确实这样。”“现在什么事情都不如以前了，连跳舞姑娘的腰也变得越来越粗，粪桶似的，臀也越发肥大，老母鸭一般，真没劲。当然从另一个角度看，显得性感，层次感强，这样更能撩拨人。我认为，不撩拨人的艺术算不上好艺术。”“许多人都这样看。”“嗯，有个问题一直想讨教你，只是没有合适的机会。”“Y股长，您这样说好折杀我也。”“来，凑近点，此类话题只能耳语，否则会有伤风化。咳，你干嘛笑？我还没说你就知道内容了？”“不是，您的唇髭太长了，摩得我耳根子好痒痒。”“好，我稍微离远点，这样行了吗？是这样的：近来我那玩意儿有点不举了，即使举的话也难以如意，你说食用何类药膳更有壮阳疗效？这样说可能有点抽象，我来阐述得更有操作性些。譬如在下列的药膳里，你选择哪一种呢？它们是：冬虫草炖胎盘、川断杜仲煲猪尾、红杞乌参鸽蛋、人参炖马鬃蛇、杞子炖牛鞭、鹿鞭壮阳汤、白羊肾羹、何首乌煲鸡蛋、龙眼纸包鸡，还有，”说到此Y股长兀自大笑起来——也许是因为不经意地对这方面渊博知识的炫耀而难为情的一种掩饰。但这种不无放荡意味的大笑却暗示B完全不必回答，这更使B坚信Y股长的大笑是为了逆转某种指向，是对隐而不露的话语的装饰，或者说是为了麻痹B的意志。

Y股长的笑对B心灵产生的影响是久远的，一直到走进二楼的办公室，B仍心有余悸。

4

也许正是那个意味深长的场面启示了B，才使他的西向漫游有可能发生。

B已经心力交瘁，无处可逃，面临灭顶之灾。这固然是运动（逃遁）造成的，潜在的可能性终于变成了现实，但更致命的打击却是他对来自于身体内部的物质对他的背弃而产生的愤懑、悲恸、哀绝和骂——还有什么比无望的内心抗辩更能使人迅速走向四周围着铁栅栏的墓地呢？我们看到，在他毫无意义的逃遁中，仅存的灵性变成一枚枚萍叶遗留在来路上，像火把撒下的火星闪烁几下就消失了。在他作为一个空坛子，一朵残花，一次过了期的邀请，一册取空了的存折或者一段墓碑上剥落了的铭文永远沉没水底之前，他最后看到了在河面上突然聚集起来的鬼魅一般的黑暗。这意味着他将以一个黑暗的观望者的角色沉没。这时那面影又浮现在几步外的木盆——类似江南妇人采菱的木盆上。面影坐在里面一边划水一边对B嘿嘿笑着："只有祈祷和乞灵才是你的拯救之道。你还记得《小荣耀颂》吗？要不要我给你吟唱一遍？"

但是B对尘世的一切声音感到厌倦了，象征着美好的夏日、欢乐和爱情早已成了喑哑的回响。事实上，B现在已经完全置身于现实界限之外了，属于他的幸福之风已经停息，门后的桃木书柜已经空了，墙上的克拉姆斯科依的《冥想者》也卷起了画角。那么还有什么值得留恋的呢？况且死亡并非永恒地失去，只不过暂且在宇宙中的什么地方迷失了方向，而总有一天会被玫瑰、亲吻、太阳和树林所记起，而这一天正是人类共同的节日。B甘于沉没的神情和心绪是安详和安宁的，最后隐现在水面的一绺黑发散发出淡淡的生命气息。面影的狰狞面目终于暴露无遗。他从木盆里抱起一块花岗岩石，举过头顶对准那绺黑发的影子狠狠摔下去。

B的沉没完全进入意识模糊的寂静之中，但花岗岩石击入水中的巨大声响他听得非常真切。他感到石块像黑云压过来，但又比声音和气味更为轻柔，后来就羽化成一只轻盈的蝴蝶。翩然翻飞。它激起的水纹散布成给人带来无尽安抚的星辰，它飞翔舞姿带来全新的生命信息，它美丽的翅膀载着世上永不凋谢的爱，它清新的歌喉吐露出迷人的前景。在进入生活之前就对生活无比眷恋。蝴蝶引导B越过墨角藻、白鹤的纤腿、惊愕的鱼嘴和一片浑沌的水域，有时B觉得他和那股全新的生命气息融混在一起了，也就是说蝴蝶负载着他升腾、飞越。现在他们来到水中天国——荡漾着蔚蓝、温和、宁静的潋艳闪光的岸边。一个全裸的女子的身影使B不胜惊诧：蝴蝶已轻轻抛开他，飞上了女子绾起的辫梢，它抖落的水珠在掉入水中之前，总要在女子光洁白嫩的胸脯上停留片刻，似乎先要汲取某种信念才肯坠入虚无，又似乎在粉身碎骨之前不失时机地奉献出自己的价值，即以自己晶莹的身躯塑造一个银饰的形象。水珠掉进水面时发出的低沉、微弱之声就像耳语一样，而搅起的晕圈使女子的倒影逸向蝴蝶结，或者说蝴蝶的倒影覆盖了裸体女子。这使女子或蝴蝶同时具备了两重形象：赤裸的女子既无羞怯之感，也无淫欲之念，而蝴蝶也被赋予了温柔的肌肤闪烁着智慧的光芒，甚至B觉得方才驮他脱离险境的不是蝴蝶而是贤淑的裸女。

现在她伫立岸边谛视着身边惊魂甫定的B，作为对疲乏的摆脱，她间或喘几口气，湿润的红晕随之掠过两颊。蝴蝶一直在她脑后颤动着，给人的感觉是跃然欲飞。这对B是一种难以拒绝的蛊惑和谕示，甚或是引诱。我们看到B不久也开始颤动起来，其方向和幅度与蝴蝶的并无二致。但B的颤动并非为了飘然飞去，而是在为进入一个纯净的、欣悦的、安魂的世界所做的准备，或者说B的颤动使时间朝着一个明晰的方向流去。女子对话语显然是悭吝的，也许她把精力都放在对流逝的时间的关注上，但她深邃的眼睛里已流露出这样的意思：颤动只是一种准备活动，并不等同于起飞（进入），在他进入渴慕已久的世界之前，她的形象——既是蝴蝶又并非蝴蝶——必须永恒地进入他的灵魂，而要做到这一点，必不可少的条件是：他应该在岸上找到她，至少是见她一面。当然，“岸上”的含义是显明的。

女子从水中抽出玉腿走上岸去，远处隐约传来柔曼的铃铛声，就像一出戏闭幕的信号。B 也随即追踪上岸——他就这样沿着梦境的索引醒了过来。

5

二楼所有办公室的门楣上都伸出来一块狭长的白牌牌，用红漆书写着与办公室性质相符的名称，厕所也不例外。在 B 看来，它们就像某种可怜的愿望横插在那里。B 上了二楼，朝西，在第二个愿望下走进办公室。他立即发现气氛有点不对头，所有的人都僵硬地缩着脖颈，这说明他们在 B 跨入办公室前的一刹那正伸着脖子议论着什么，而议论的内容显然是关乎他的。

B 的办公桌在最前面。玻璃台板下无日历卡片、关于生活小常识剪报及情人玉照之类的饰物，只压着几张米芾的字帖。简洁，明快，又蕴含胸臆。在用鸡毛掸掸拂桌面时，B 下意识地朝 Y 股长的座位瞥了一眼，但后座的 X 挡住了他的视线。X 正埋头将一册过期的会议材料塞进案头的文件屉，而在此以前，这册材料摆在桌上至少有一年了，B 看不出非要在这时塞进文件屉的必要，这样做的目的或许是为了掩饰，或许是为了阻遏 B 探寻的目光。Y 股长的座位在 X 之后，即左排的最后面，桌上除了堆满在他这一职别的人才有资格拆阅的文件外，还有一盆塑料玫瑰。它有时兼作 Y 股长的烟缸。故而根茎处伤痕累累。

按照约定俗成的分工，每天早晨上班的杯盏洗涤、斟茶沏水是 B 无法规避的义务，但今天看来，这项枯燥乏味的差事被赋予了特殊的意义，这一点我们即刻就能看到。现在B端着装满茶杯的托盘走向自来水龙头。水池边已经麇集不少别的股室的人，他们也都像B那样，端着托盘焦虑地等着一个动作缓慢的洗杯者。等待的人群中有个穿蓝制服的中年人，突然莫名其妙地说："只要摆脱这只托盘，我就能实行某种回归。"但神情麻木的人们对这句话置若罔闻。这情形也许激怒了说话者，他当即做出惊世骇俗的举动，将托盘连同里面的各式茶杯一起撂进水池附近的池塘里，六月的天空使得托盘的飞行显得异常清晰。人们看到他步履轻松地走向车棚，提出自己的自行车，消失在机关门口的人行道上。后来他再没有在机关大院里露面。

穿蓝制服的中年人离去后，一切又静寂如初。自来水在人群的缝隙中闪亮地畅流，也许它知道自己与洗涤者的关系，有时故意暂停片刻，然后又出其不意地突然流出，变成滞留在池内的水流的一部分，再与池塘取得联系。B突然想到，自来水之所以自始至终这样闪亮，完全是生活在它固定的生活秩序中的缘故，假设试图打破或扰乱它的生活秩序后产生什么样的后果呢？有一点不容忽视：所在来洗涤的人都参与了对它固定的生活秩序的维护，如果要打破或扰乱的话，应该从参与者开始。轮到B时，人们看到他端着托盘原封不动地离开了现场。他转过头去，看到自来水依然如故地在人群缝隙中闪亮地畅流。这至少给他这样的启示：固定的生活秩序是难以打破的，或者说一个人力量太过渺小。

重返办公室时，B听到所有的人又在议论什么。显然这次与B毫无干系，B进来时声音似乎提高了点。这是每天等待喝茶的例行功课，轮流说一则奇闻轶事。B进来之前正轮到C，这时话语已进入尾声，大意是：某某到医院诊病，在挂号处买了一张处方，然后去看内科大夫。大夫发现处方上不经意写了行字：肛门发言（炎），不禁愤然批写二字：屁话！

哄笑声过后，大家把目光转向B，意思是该轮到你了。这种功课的实质无非是为了消磨时间，因此对叙述者颇为宽容：一段有趣的语言而已，当然外延不加限制。常常发生这种情况，有的人日积月累的笑话告罄后便代之以日常见闻或往事前尘。为使这类琐事富有趣味性、戏剧性和真实性，叙述者有时不得不添油加醋，并且彼此事先讲定，倘若有人提出质疑，一定要挺身而出给对方证实。而这种君子协定是在暗中以交头接耳的方式进行的，久而久之，机关就给外界造成一种鬼鬼祟祟的印象。

当大家把视线集中在B身上时，他毫无察觉。自来水的哗哗声搅得他心不在焉。于是W——一个三十七岁的女性——跑上前戳戳B的肩胛进一步指出："下面是你。"B有点畏怯地说："是我什么？"C便做出捧腹的样子，同时嘻嘻而笑。如果这时有人从门口路过，就会发现W脸上骤然搜集的笑纹颇为勉强，似乎是通过笑来传递某种隐秘的信息。B恍然大悟，但他脸上的仍然滞留的惶惑之色给人造成了错觉，以为他对W明确的提醒还是一无所知。B在机关一向循规蹈距，这除了由他孤独懦弱的品性造成外，还有来自心灵方面的原因。不知从何时起，他每日都会无缘无故地惴惴不安，仿佛参与了世间一切的罪恶，故而每天总是在悔悟内心。自行忏悔中度过，并期待某种训示和宽赦。因此对于办公室的这桩功课，他自然是严谨行事，认真对待。为了不使自己的故事平淡无奇，让大家失望，B总是头天晚上走访民间的"话匣子"，连夜对素材提炼、整理、默诵，居然也能让大家听得津津有味，乐此不疲。不久前，他意外地得到一本极富诙谐的《噱头大全》，这不仅使他免却往返奔波的辛劳，而且大全中的故事多了一层书卷气，更能使附庸风雅的听众得到某种心理满足。很明显，大家误解了B脸上的惶惑之色，实则上它并不指向W的提醒，而是指向叙述本身——本来B是不废每日对大全中精彩片段的背诵乃至再创作，以作翌日的谈资的，独独昨天晚上忘了此事，而如果把讲过的故事重抄一遍，不仅会使大家兴味索然，而且会不打自招地向人表明，你是在敷衍人生，对份内的工作搪塞了事。B急中生智，用一种难以启齿的口吻说，"今天我给大家来段新鲜的，是一首源于我娃娘之口的歌谣。现在请各位洗耳恭听：

“疙瘩王　挑红布
一挑挑到杨家路
杨家路上白马雄
哥哥嫂子都去迎
哥哥穿着白布衫
嫂子穿着拖箩裙
拖箩裙上一对鹅
扑啦扑啦过了河
过了河撒芝麻
一碗芝麻两碗油
哥哥嫂子都梳头
哥哥梳得汪油油
嫂子梳着狮子滚绣球”

实际上，B 不是一气哼成的，其间中断了两次。考虑到歌谣如果用一些声响来伴奏效果会更好些，B 在哼唱的过程中始终以沏茶辅之：开水接触杯底时宛若大珠小珠落玉盘，可以权且作为歌谣的低声部，而茉莉花茶袅出的香气，可以对粗糙的音符进行一次轻柔的携带。但是一次爆炸事件使歌谣打嗝般的暂停了数秒钟：X 的曾装过扬州酱菜的玻璃杯接受不了开水的热情，以破裂的形态埋怨相互间缺乏必要的了解。第二次是在歌谣接近尾声时。Y 股长突然无声无息地踅了进来，仿佛他带进的风使歌谣旋律飘散了一会儿，而且脸上浮现的漫不经心的对歌谣嘲弄的讪笑，也使哼唱者不由自主地哆嗦了一下，Y 股长坐下后饶有兴趣地听起来。

大家对这首最初流传于高密张家屯的歌谣的评判无暇顾及，所有的嘴唇都伸向热气腾腾的茶杯边缘。B把茶杯端向Y股长时，一个偶然的发现使他内心陡生惊喜之情，自早晨跨入机关大门没来由滋生的怨艾竟在这里找到了答案：这一切都是对地址不明的寻找造成的，而现在秘密一下子明白无误地向他展示出来了。Y股长的桃木办公桌的小木橱下方的水泥地上有一圈椭圆形的水斑，这完全是往木橱里放一件湿漉漉的东西留下的，而这件东西显然是刚从外面拎进来的，因为从椭圆形水斑向门口扩展的一长溜水迹隐约可辨。这里要说明的是，这水斑不是纯粹的水斑，明显含有某种胶质，而这种胶质只有脏腑之类的器官才会分泌出来。这使B很自然想到Y股长手上的尼龙手提袋。

可能说整个上午B是在一直未有机会对小木橱探个究竟而生出的惶恐不安中度过的。按理，这个机会是应该有的。每天上午10时左右，随着邮差的君临，办公室的人们都到阅览室浏览当日的报纸。但那天邮差一直没有来。10点过后，办公室有一会儿是空荡荡的，所有的人都聚集到阳台上朝通向邮局的大道引颈翘望，但片刻后又回来了，开始推测邮差迟到的种种原因。这段时间Y股长又神秘地消失了，这使B无望的等待有了一个暂时的结束：不引人注意地踅向Y股长的座位，然后悄然打开小木橱，这种可能并不是没有。但B总感到大家在议论邮差时，暗中向B频频投来意味深长的目光，阻碍并困扰着他。后来情况有了转机：离下班时间尚有五分钟，大家几乎同时站起来，拿着公文包走出了办公室，在机关食堂就餐的另外挟着饭盒。提前下班，这是前所未有的事，而且大家走到门口时都不约而同地瞟了B一眼，既流露出同情和怜悯，又表示出宽厚和成全之意。至于成全的内涵是不言而喻的。

但B对小木橱的窥探出乎意料地失败。首先他无法克服自己的恐惧心理。总认为他们的提前下班是一次预谋行为，随时都可能铩羽而归，而且Y股长说不定也会从隐身处突然闯进来。B在行动之前先到门口察看了一番，确定游廊上了无一人后便迅速转身，但一串倏然响起的电话铃拦截了他的去路。B 抛起话筒，一个遥远的声音模糊不清地问：“Y 股长在吗？”搁下话筒，B 有点忐忑不安。为什么恰巧在这时有人打电话来呢？是有意还是无意？如果是有意，肯定是醉翁之意不在酒。找 Y 股长是假，委婉地劝阻、提醒才是真。如果是无意，那就更显得事情重要，非同寻常。愣怔了一会儿，B 又回到门口重复刚才的察看，为的是再次获取时间。要知道，从楼梯口到 B 所在办公室的这段游廊比较长，要是无人的话，B 窥探小木橱的时间完全绰绰有余，即使有人此时突然从楼梯口踏入游廊走向办公室，毕竟需要一个过程。问题是突如其来的电话把这段大好时光耽误了，如果这时 B 不遑他顾，接续刚才中断的步伐，莽撞行事的话，说不定游廊上已经有人向办公室走来，而这段极为短暂的时间用来进行颇费心智的窥探显然是不够的。所以 B 需要再次察看，方能安心。

现在 B 终于坐在了 Y 股长那把散发着葱蒜味的木椅上，为平息急速的心跳，他做了一次短促的深呼吸。这时发生在桌面上的现象再一次使他心荡神驰。不知何时，桌上的一只保温杯被碰倒了，残存的褐色茶水随之倾出，留下一个不规则图案。当时没有擦拭它，久而久之就保留了下来，而且清晰地凸现于桌面之外。B 俯身摸木橱把时，突然瞥见了这幅经典图案，在他看来，竟然是 Y 股长头像的忠实复制！停留在木把上的手不经意地战栗起来。他有点迟疑，甚至想放弃这种可以说是卑劣的举止。而且陡然浮现的预感告诉他：一切都是徒劳的。但是一种把事情弄个水落石出的强烈冲动制服了他。我们看到 B 此时的姿势是腰背弓曲地坐在木椅上，左臂搁于两膝，右手仍然迷恋着橱门把，而下颏几乎顿在桌面上，目光一直在那帧图案上逡巡。B 采取这种姿势完全是由他的戒备心理决定的，他打算在启开橱门拎出那包尼龙手提袋之前，把视线局限在桌面上，这样万一有谁突然闯进来，就会以为 B 坐在 Y 股长的座位上是为了欣赏玻璃台板下的风景明信片。但现在看来，没有视线的配合，他是难以打开橱门的。于是他将眼睛垂向右手，或者橱把。谁能料到，视线就像遭到伏击似的僵硬了，橱门拦腰贴着一张类似木纹本色的狭长的封条，一行细小但笔划清楚的阿拉伯数字：444669。它与其说是某种编号，不如说更像从电话号簿摘录出来的一则电话号码，而耷拉着的封条下摆则是一种嗾使的象征。

6

柏油马路变得越来越空旷，人流和车辆就像飘落时间之外的漫天时簇。两侧的树木开始变得繁芜，有时是银杏和丁香并行，有时是冷杉与苦楝相杂，更多的则是草麻、牛蒡草、覆盆子、醋栗、荼蘼子、接骨木和绣球搅成一锅粥。柏油马路似乎不堪重负，而且不再对即将来临的文通高峰有任何准备。这也使 B 的旅行终点显得错综复杂，险象丛生。

在令人缅怀的初夏透明阳光的照耀下，一座颇具规模的农村集镇生动无比，也许 B 的光临将进入它的一次撰写之中。它的存在显然使这一段柏油马路在人们日常生活中占据极为重要的地位，但又不影响它原来笔直的走向。做为对古风的依恋或一种醒目的标志，一间窳败不堪的磨坊，一个固步自封的守望者，蹲踞在马路左边。从这里朝南，经过一座拱得厉害的水泥桥，便能径直走进集镇紊乱的街道，走进由于烟尘的扰攘而变得无法辨认的日子。

现在，B 推车擦着磨坊向水泥桥走去。磨坊面西的墙壁是用芦苇编成的，由于经年累月，布满了时光的摺痕，似乎再也经不起一阵季风的吹拂，一次阳光的曝晒，甚至一只手的摩挲。B 下意识地看了它一眼，忽然发觉两孔靠得很近的充满敌意的亮点正静静地注视着他，有时阳光掠过它们，便会闪烁出刺眼的光芒。它们是从墙壁中央一处倾圮的洞穴中显露着的。B 发觉它们的最初时刻惊悸得几近晕迷。但他并未放弃行走。等到稍稍平静后，已经走过了磨坊。本来 B 完全可以把那两个亮点视作一个小小的无关宏旨的插曲，或日常生活中不可避免的幻觉而忽略不计，但不知餍知、对一切都要探究到底的秉性使B蓦然回首。他重新走向亮点时是畏畏葸葸的，甚至觉得亮点遥不可及而无法接近，因此当他在那孔洞穴里再也找不到显目的亮点时并不感到诧异——亮点永远存在于绵邈的寻觅之中。很快，静谧的磨坊里咕咚响了一下，酷似一件东西的跌落声。随即磨坊南侧窜出一团绒状黄影，须臾便消失在附近蒲草散发出的清雅的芬芳中。它虽然转瞬即逝，但B还是看清了它的轮廓。那是一只罕见的草狐，按照民间的说法，它偶然出现只与祸福有关。B的心中不禁被一种对即将置身的处境吉凶未卜漾出的怅惘所占据。

磨坊作为一种阅历落在了身后。B来到联结集镇与柏油马路的水泥桥下，等待过河，或者说B要在水泥桥下稍事逗留。此时B有了一种短暂的纯粹观赏的心境来面对周围的喧闹。这里的喧闹与繁华完全是宽阔的水泥桥面倾泻的结果。道路两侧的店铺像罐头里的沙丁鱼那样排列着，门口是一长溜竖着油布洋伞的水果摊，最外侧则摆着叫卖塑料漱口杯、张小泉剪刀、季德胜蛇药、邱氏鼠药、顶针、橡皮筋、黄瓜刨、红丝线以及闺房秘物的地摊。所有器具飘忽的影子都蜷伏在熙来攘往穿行其间的游人的脚面上。他们拥来挤去，啧言不休，似乎爱商品本身甚于爱它们的意义。也许他们曾经有过一次约言，所有的人都空手而返。他们的背弃无疑使店主或摊主蒙受羞辱，于是做为回报的污言秽语成为B眼中的现场。这时一个惯见的电影镜头出现了：一个穿着白布汗褂的圆脸小孩，挎着装满货物的青竹元宝篮，顺桥而下。他开始拉长变声期特有的嘶哑嗓门吆喝着：“哎，香烟——洋火——桂花糖——”他向所有的人都兜售，但在所有的人面前都像一阵风似的飘过。他从不间歇地重复着吆喝的内容，似乎香烟洋火桂花糖是作为他摆弄唇舌而存在的。这很使人生疑：他迷醉的那句吆喝，与其说是叫卖的台词。不如说是一则指代隐晦的暗语，而且从他走马灯似地掠过每个人的神态来看，显然是在寻找接头的人。后来居然有不少人注意起小孩来了。当肩负使命的小孩有意无意地停在站于一棵栗树下的B面前时，所有明晰的目光都落在小孩身上。小孩掏出一包老刀牌香烟递给B，而眼睛却在左右打探。B暗暗吃了惊。他惊讶的并非小孩突兀的举动，而是意识的又一次迷失，或者说小孩的存在对他所具有的提示意义他到现在才发觉：至此为止，进入他眼帘的无一不是舞台的道具和背景，而他渴望见到的却是戏中之人，这正是他此行的最终目的——尽管她会和道具、背景一起销声匿迹。

按照预先的约定，她应该在他身后的百货商店出现，而且作为识别的符号，右手会拿着一本卷成筒状的杂志。杂志的摺痕里嵌满关于故往之事的沙尘。我们看到栗树下的B呼吸着腐烂的瓜果、过时的头油、汽车的尾烟、呛人的肥田粉和翠嫩的石楠散发出的四合一的气味。B当然是背对着百货商店的，但他注视远空的眸子里还是还原了商店内的场景：由于屋檐较低，室内显得颇为晦暗，燠热的暑意的翳影业已在多层货架上勾连。一台旧式落地电扇在曲尺柜台里转动不息，风从妇女化妆品和内衣内裤上溜过，似乎电扇也开始醉心于追香逐玉了。店堂里除了两个正处花期之年的女营业员外，别无他人。其中之一趴伏在两只盛满冰糖块的圆柱形玻璃罐之间，仿佛声明她的生活实质就是在时光碎片中苟安，另一个则端坐板凳打着永远也打不完的毛衣。不过现在她仅仅是做着打毛衣的姿势，一根竹针穿进某个线眼许久未曾拔出——其实她已安然入睡。无论从哪方面看，现在都是见面的最佳时机。既无人知晓，又能避免因陌生而带来的尴尬。毋容置疑，目前这种绝妙空间是由两者支撑而形成的——营业员的入睡和顾客的罕至，二者缺一不可。但是十分钟以后是否还会保持这种局面呢？即使这里暂时为顾客所忘，那么又有谁能保证这十分钟里门前的路面上不会传来一声足以惊觉的唢呐、谣曲和送葬的鞭炮？因为他们约定的见面时间是3：10，而现在刚好3：00。

如果B能耐心等待十分钟——这十分钟他完全能轻而易举地打发，比如剪剪指甲、和树下卖瓜的老农谈谈今年的农事、安慰安慰附近地上坐着的一个因丢失钥匙而魂不守舍的中年妇女，或者读一页博尔赫斯的

《布宜诺斯艾利斯的热情》——那么他的午后漫游完全会有满意的结果。锵就错在他无法遏止涌动全身的那种近乎疯狂的对见面的渴求，而后来发生的一切全都与他轻率的离开有关。

7

这一天的午后，Z 接到一个奇怪的电话。奇怪，并非指电话本身。Z 安装住宅电话的数年内，从未有一个人打电话给她。上午园主任突然通知她，下午市幼教检查组要听她的课。Z 对这个将被编入市教育机关纪事簿的 6 月 15 日下午颇为看重。她提前吃了午饭，拾掇停当，并第一次打破饭后小憩的习惯，打算到幼儿园去做些道具方面的准备，同时再给一个叫萧萧的小朋友的舞姿作些纠正，不知为什么他在跳皮皮鲁时右腿弯曲的弧度老是不能到位。Z 的家位于集镇西南隅，三间平房，门口一条古朴的石板路通向与街道衔接的小巷。巷道终年充满桂叶和柠檬的香味。Z 手里拿着尼龙遮阳伞站在门口，等待会心一响。刚才她已把门带上，但锈蚀的弹簧锁舌却不能及时伸展，总要稍候片刻才懒洋洋地吐出来。这使得 Z 每天拉上门后的等待成为一种仪式，这倒不是因为担心门是否锁上，而是锁舌伸展出来的金属响声作为一种软言款语，已经成为宽解精神的必不可少的表白。然而今天的等待特别长，也许是锁舌折断了它滑翔的翅膀？以往也有过这种情况。有一次信使给她带来一封久久期待的书信，她跑出来时不小心带上了门，于是痛苦降临了：是听从停泊在巷道口的信笺的召唤，还是静候悲剧性的表白的抚响？后来信使消失了，苦苦期盼的书信成了一道永远的谜，而锁舌也始终不肯吐露。这件事竟使她昏倒在门口。

六月的阳光灼痛了 Z 的肌肤，她索性撑起伞来等待，电话铃就是这个时候响起来的，它就像一个令人心驰神往的音乐片断在屋内回旋不止，而且清脆得使屋檐上的泥尘像鱼鳞似的簌簌落下。按理，Z 应该推门进屋去接，但我们看到的Z却有点束手无策的样子。这里有两方面的原因，一是平时所有的电话都是由丈夫接的，现在丈夫远离现场，她陡然显得不知所措。二是门一经带上就宣示她失去了退却的权利，这种权利一直要等到锁舌伸出来后才会重新获得，也就是说必须履行正常的手续：用钥匙打开锁，然后进去。好在电话铃在接近尾声时，锁舌终于伸出来了，但等到她打开锁进门时，铃声已经偃息，激动干涸了。

这件小事在常人看来不过是细微末节，他会朝电话机看上一眼，然后顺理成章地接续被中断的事物。比如Z就应该重新带上门，等到舌簧伸开后，再迈出刚才的步幅。但是Z搁下话筒后便衰竭地坐在了身后的沙发上，似乎全身的力量都被突如其来的电话铃瓦解了，又好像被谁当顶一击，气息奄奄。可以说这与没有接上电话而产生的沮丧无关，从她受到伤害的程度来看，完全是来自精神上的一种若断若续的啜泣，至于这啜泣的内容却语焉不详，颇费揣度。也许正是这种盲目揣度耗尽了她的心力。现在她开始打量屋内的陈设，试图从中发现一点蛛丝马迹。我们看到Z首先对床凝神静眸。这是有道理的，因为这里不仅是接纳酣睡和迷梦的牧场，还是蛊惑人心的殿堂，最大限度地裸露人的私处。床是Z结婚时流行的那种新式床，像小木屋那样阔大，一家三口在上面吃喝拉撒根本没有问题。现在，原先的那层釉光已经褪去，就像一个急速衰老的人的多褶的皮肤。在一些斑驳和遗留着当年的喜烛泪的地方贴了一层塑料胶布。靠背的镜框里还保存着婚宴后镶嵌进去的一幅光屁股胖小子的水粉画，不过两条肥腿已不知去向。被折叠的被子更像一块硕大的没有发好酵的面团被遗弃在心灵深处，仿佛是两条隔河相望的埠石。一对稻糠枕头面露倦色地蜷缩东西。Z的视线在枕头上停留的时间最长，因为不知道是否是灌进窗内来的风的缘故，不算太干净的枕巾微微翕动，似乎是对啜泣内容的泄漏。其实枕头是最好的叙事者。Z对这样一个真实的故事十分费解：一对届近耄耋的夫妇，自结婚之日一直同枕共眠，除了外出，从未有一夜的间断，即使是炎炎夏日油汗淋漓的午睡也是如此。这对夫妇的床第生活是以枕头命名的，而Z的床第生活却用枕头来界定：结婚伊始如胶似漆，情有独钟，一对枕头自然是像一组不可分隔的美妙诗叠放一处。在那些紫色的黄昏，每当Z看到一双枕头双胞胎似的依偎一起，内心便熠熠生辉——那是一种感恩映照的结果；后来硝烟取代了温馨之风，每一次龃龉的结束都是以枕头的东西分布为标志的，它们隔河相望，却无勇气涉水而会。这既是动荡不安的年代，又是可塑性颇强的时期，只要把握机遇，用回忆、悔愧和慰藉之梭将枕头永远缝连在一起，那么河床就会改写。但是一切都拒绝阐释，一对枕头成了永恒的望夫石和怨妇岩。河床封冻，芳香消陨。

Z的视线顺着尼龙蚊帐滑落。在左侧帐门边缘，叉衣杆留下一道刀状的口子。那是所有争吵中的一次寻常的泼溅。在那次争吵的几天以后，一向剪着齐耳短发的Z在床上发现了一根浅黄长发。长发在被子掀动后遗下的余风中震颤不已，仿佛对预料中的事一语道破：同床异梦，貌合神离。这是一次跌宕，他们原来站立的地方变成了天堂。天堂之音是神圣不可侵犯的：就这样同床异梦下去，就这样貌合神离下去。当然天堂之音也不否认世间一切都是永恒的，惟独爱情除外。Z的目光滞留在床头柜一只表面破损的闹钟上，它像一种婚姻植物，在室闷的沃野上生长了五年。它粘合一些阴沉的白天，又拆散一些驯顺的夜晚。而许多受伤的意念都曾得到铃声的庇护。Z曾经不止一次地设想，假如钟面上不是永远固定的12颗星，而是120或1200颗，或者时多时少，变幻无穷，那么时间还会不会是一张空洞的网呢？假如秒针行走的声音不是枯燥单调的“嘀嗒嘀嗒”声，而是像鸽子放飞的声音，像提琴、葡萄串、旗帜、麦穗、马蹄、雪崩以及星空下草原的声音，那么时间还会不会是一穴布满竹签的陷阱呢？毫无疑问，年年岁岁如出一辙，酷似复制的时光都是由那亘古不变的12颗星和“嘀嗒嘀嗒”声分娩的。这个黏在所有人眼皮上的事实却使Z生出无端的恐惧，而且更绝望和痛苦的是，这种恐惧一点背景都没有，或者说背景和阴暗的天空融为一体，无法分辨。比如说Z只要随心所欲想象一件事，那么这件事必定会像一个无可争辩的事实出现在她的面前。最生动的例子是，Z参加工作第一年的个人小结保存得完好无损，以后每年的小结都是对它的照抄，只不过改一下年月日而已。这样的小结居然瞒过了所有的领导。有一次她想象十天后会有朋友送她一只非洲铜盘，那上面铭刻着史前的山水缩影。十天后果然如是。后来，在想象中安排第二天或第三天的生活秩序竟然成了她的行事法则。在早晨醒来时，Z就想当她起床后一定会有一个欲破未破的嗓门在窗外吆喝："酒酿，酒酿！"在走向菜市场时，Z就想入口处一个束着饭单的老太硬要把几块猪血卖给她。在星期四中午下班的归途中，Z就想一定会有下周的广播电视报困在岑寂的信箱里。有没有一个魔法把一年的酒酿、猪血、广播电视报提前集中在一天或数天内接受时间的弹奏呢？这样也许就能为提炼最精美的语言替命运布道而获得相对整齐的空间。常常会发生类似这样的情况：当有人询问她一件新衣的购买日期时，Z便会漫不经心地回答是昨天或者前天或者去年买的。然后又补充说是明天或者后天或者明年买的，这有什么呢，无所谓的。从这个意义上说，一个人的生日和死期永远是无法确定的：每天都是生日或者每天都是死期。

后来我们看到Z突然全身哆嗦了一下，而且目光如炬：她从记忆的台阶上找到了啜泣的内容。她想起了许久以前的一个设想：在某一天的午后会有一个男子打电话给她。这个人具备三个特征：陌生、喉音很重、柔情似水。交谈的主题是：倾吐积愫，并帮助她在模糊的时间中确定自己的位置。

五分钟后这个设想应验了，联想到方才未接上的电话，应该说是第二次应验。Z又一次复制了日常生活的场景：站在门口，等候舌簧伸出。这时电话铃重新响起，铃声的频率和它所挟带的信息表明是刚才的那个人打来的。但这时舌簧毫无动静，仿佛是想故意造成这样的事实：一直拖延到电话铃停息了再伸开，从而使刚才的一幕得以再现。诚如是，一个简单的事件就会无休止地进行下去，最终将头绪纷繁，为作茧自缚准备绳索。我们看到Z为是否要遵循传统的定律，即等到舌簧伸开，然后再用钥匙开锁进门而犹豫不决。大约在电话铃响第三遍时，Z脸上呈现反叛的神色，以冲破樊篱的勇气毅然推开门。我们看到她在奔向电话机时，心怀劫后余生的欣慰，而准确无误的印证更使她怦然心跳：话筒里的男人音节，陌生，喉音很重，柔情似水。

8

我们完全能理解B为什么不能完成对短如一瞬的十分钟的坚守。从某种程度而言，B在自制力方面远远不如一个孩子。B永远是一个操之过急的人，我们看到B推车上桥。挎元宝篮叫卖的圆脸小孩企图拦阻他，因为B的存在对他的生意显然是十分有利的，后来思之再三还是主动避开了，也许他已料到规模更大的伏击正在等待B。

也许B是对的。因为从水泥桥过河有一条大路贯穿街面，然后直通幼儿园。很有可能B幽会的对象现在已经出发，B不啻是去迎接她。会面地点的改变不仅省却10分钟的眺望折磨，使焦虑早点解颐，而且还有可能摆脱悬浮在栗树周围的好奇视线和密言暗语，从而使会见更具幽冥色彩。过水泥桥向南的这条路与集镇的街道构成T字形，也就是说街道是东西走向的，幼儿园便位于街的末端。这使B联想到铁镐。他们相遇的最佳地点当然是在镐把上，这样无论铁镐怎样挥动，他们都会安然无恙，但如果B在镐把上碰不到她，无疑会一直奔向幼儿园（镐尖），要是铁镐恰在此时砸向地面，其结局是不言而明的。镐把两侧分布着我们常见的那种国营商店，所有的营业员都像诵经的和尚正襟危坐。所有往来的男人都着茄克衫，而女人则都是踩脚裤的虔诚崇拜者，一个蓬头垢面分不清性别的乞丐在街头惶然四顾，他（她）背的蛇皮袋里装满了集镇吐出的垃圾。我们看到B与乞丐擦肩而过，这就是说B

来到了街中心，他在镐把上没有遇见她，当然更大的可能是失之交臂，如果这样，他置身街中心就是误入歧途了。现在B不得不向镐尖进发了。从街中心到幼儿园依序排列着五金店、时装店、牙科诊所、面包铺、染坊、酱油店等。在B接近幼儿园时，这些店铺充当了他的掩体，其前进的方向是W形的。之所以这样做，完全是因为便于观察街面以及幼儿园周围的动静，如果她出现的话，也便于不动声色地尾随她，B的考虑不能不说是周密细致，但他也付出了惨重的代价。本来不抱目的地进出店铺是极寻常的事，但那一刻一股来历不明的力量将他的思维引入谵妄的窗口；进店铺一定要抱有目的，否则必定会引起店主的猜疑，而导致覆水难收。我们看见B在五金店买了一把完全用不着的钉耙。在时装店买了一件昂贵的T恤。而在牙科诊所则迫不得已地拔掉了一颗完好无损的槽牙，那牙医至今还为此事犯疑。而当他抵达镐尖时，身上挂满了瓶装酱油、袋盛面包和糕点盒。当然他的背心留在了挂满布料的染坊，秃顶老板信誓旦旦地说：“（背心）明天就能染好。”

没有。当B最后从酱油店出来时，仍没见到她：右手拿着卷成筒状杂志的女子。酱油店实际上就是镐尖了，与琴声悠扬的幼儿园只隔一道冬青树篱。它仿佛是一次恳求——恳求纷扰的市声到此为止（当然它也拒绝一切窥探）。B把瓶装酱油挂在肩上，进行一些必要的摆弄和平衡，以免和糕点盒碰撞，弄出引人注目的声响。营业员把酱油款扔进钱屉，对B过分细腻的整理动作发生了兴趣，甚至忘了应答一个打醋的顾客。B觉得不能再在此磨蹭了，于是朝门口走去。这时他额上渗出的豆油似的汗珠和眼睛里溢出的哀怜之光，充分揭示了他的心急如焚。在他跨出门槛的一刹那，强烈的不祥预感攫住了他。现在似乎除了倚在酱油店的墙角窥视，奢望越过冬青树篱获得某种启示外，再无他路可走了。但他刚摆好探视的架势就遭到了一次嘲弄。一个穿着蓝色制服的人从天而降般出现在他面前，用力扭住他胳膊：“跟我走一趟。说实话我早就注意你了。”B小声哀求说：“快放下，让人看了成何体统？”穿制服的人啐了他一口，“你以为你是正人君子？街上哪个人不在看你？”不过总算放下了手。B 呢喃道：“走就走吧。天意如此。”语气不无绝望，但也表明他将是一个忠实的追随者。可是穿制服的人却破口大骂，似乎对 B 的驯顺颇为恼怒。B 终于看出了端倪。他解下瓶状酱油、袋盛面包和糕点盒并做一起，又掂了掂，面呈羞涩之色地说：“一点小意思，请笑纳。”随后又莫名其妙地冒出一句警匪片上的台词：“都是在江湖上混的人，放我一码如何？”穿制服的人接过东西，顾不上多言，喜不自胜地抢步而去。

现在只有破釜沉舟了。B 怀着一种就义般的心情穿过树篱，跨入幼儿园大门。这样做虽有诸多不妥，但只要能如愿以偿就无暇他顾了。B 实际上是从铁门上另辟的一扇小门进去的，除了有汽车进出，铁门一年四季都由一把大锁把守着。一座用砖砌成的巨大屏风挡住 B 的眼帘。同时挡住的是书写在屏风上的一则伟人名言和屏风根下一簇繁密的叶影。屏风与大门之间相隔很近，所以进园的路到屏风跟前便分为东西两条。后来 B 才知道，屏风还兼作围墙，幼儿园的所有设施都分布在屏风两侧。B 刚进入门内，便发现了一个奇怪现象。他跨过那扇门还没站稳，右侧一间小屋就走出了一个年过六旬的门房。老头和蔼而笑：“来接孩子哪，都在东头的大礼堂跳舞哩。”B 没有搭言，因为老头的视线落在他的右后方，他以为老头是和他身后的一个人说话。但他身后空无一人。老头已经无法控制地滑入思维的惯性。一抹从墙角伸过来的阳光照耀着他的沉浸，并使他耷拉而多褶的耳垂旋着粉红色光晕：“往日这个时候来接孩子差不多，今天可就忒早了，为什么呢？你听我慢慢说把你听。几天前上头来指示，要求大班上的每个幼儿都学电脑，说这是超，超什么来着？……对，对，是超前意识，你作为家长大概也知道了吧（你孩子在大班上吗？）。学电脑本身可不是件坏事，问题是购置电脑必须由家长来负担，而家长又对此疑虑重重。如何打消他们的疑虑呢？园长和教师们一合计，决定组织一次大规模幼儿文艺汇演，邀请所有的家长到场（你没有接到请柬吗？），目的是全方位、多角度、高层次地向家长们展示其子女的良好素质、精神品貌和嗷嗷待哺的卓越潜能。要使家长们产生这样的想法：现实永远超出想象之外，我们的孩子是多么才华卓尔啊，真是不看不知道，一看吓一跳。如果我们不超前培养他们，不把他们的潜能及早发挥出来而使之无声无息地湮没掉，岂不贻误后代，成了千古罪人吗？与之相比，几千元又算什么呢，嗯？最后他们就会迫不及待地掏出钱来。”在老头絮叨不休时，他的眼睛一直盯着 B 右后方的铁栅栏上。奥秘很快就被揭穿，B 正待举步，老头突然又说：“瞧你脸上那么多汗，一定赶了不少路。”而老头这时的目光仍然停留在铁栅栏上，这说明老头是个斜眼！

现在 B 来到屏风跟前，两条路静候他的选择。B 记得刚才老头说“东头大礼堂”，便拐弯向左。但这时迎面过来一个教师模样的中年妇女，她看着 B 左后方的一棵紫荆对他说：“你怎么才来呀，不过还不算太晚。今天你孩子表现超人，你家的电脑可是买定了。”毫无疑问，中年妇女认错了人，并且也是个斜眼。

B 在走向大礼堂途中，邂逅了曾有过一面之交的工会主席 W，一个行将退休的老教师。他的眼斜得更厉害，两只眼珠恨不得挣脱眼眶的束缚。“我知道你是来找 Z 的，”他开门见山地说。B 惊愕地问道：“您是如何得知的？”最近每天都有人来找她，而且都是不期而至。昨天黄昏的时候，一个素昧平生的巫师走来告诉我，Z 许久以来频频出现在陌生人的梦境中。其实这并不奇怪，Z 是我们中唯一不斜眼的人。”W 看出 B 露出寻根究底的神情，便进一步解释说：“也许你已经注意到了当门的那座镌刻着伟人名言的大屏风了，它挡住了每一个到幼儿园来的人的视线，或者说通过屏风来眺望两侧的风景。其过程是视线首先射在屏风上，然后再左右折射到目标上去，频频进出幼儿园的人久而久之就会斜眼，当然孩子们和 Z 是例外，他们往往忽略屏风的存在，Z 则打破生活秩序，直接将目光飘向校园深处。”

他们很快来到礼堂门口，里面黑魆魆地坐满前来观看节目的家长。B 听到一支竹箫吹出的激越之声。W 带着 B 沿狭窄的过道迳直向前排走去，幼儿园的全体教工都在那里。竹箫吹奏的是一个传统的怨男忧女的爱情悲剧，但当 B 显露在众人面前时，箫声嘎然而止，礼堂所有的目光都刷地一声射向 B，使他不由自主地置身在了实际的舞台中心。还在跨进礼堂之初，B 就被即将来临的见面喜悦统治了，双手打颤，似乎要去揭开生命史上最辉煌的一页。当他被所有的目光包围了时，不禁张惶失措，感到一种神秘的恐怖，隐约想到“在劫难逃”四个字。随后就是类似升腾的晕眩，他想退出门外，但密集的目光并不许诺。它们几乎就是风，吹送他像一粒粉尘向前排飏去。但他尚未接近前排，所有本来背朝着他的教师仿佛得到某种神谕似的全都站起来面对他。W 挤进去同一个瘦高个妇女（也许是园长）耳语几句，她即刻脱颖而出似的站到 B 的跟前。无法断定她是否斜眼，因为她眼里全是眼白，曾经有过的眼珠已经荡然无存。她笑容可掬，似乎对他的来意心领神会，但笑容里明显含有一丝嘲讽，“Z 刚走，说是到车站接一个人。要不您在这儿等她回来。她会回来的。”B 后退了两步，他想起好像在哪儿见过这个瘦高个妇女，而且觉得她周身散发出一股难闻的血腥气。这时 B 适应了礼堂里的黑暗（当然也有一部分黑暗是被家长们的明眸驱散的），他看到瘦高个妇女身后的所有教师仍然在含笑不语地注视他，其中还有一个算得上是俏丽的女孩对他点点戳戳地向同伴介绍什么。但她们无一例外都是斜眼，她们注视的其实是 B 右上方或左上方的屋梁。她们的视线交织成一个居心叵测的迷宫，当你觉得她们在凝望你时，其实却在凝望别处；而你以为她们在察看别处时，却独独在察看你，让你永远难以把握，穷于应付。B 害怕的正是这种似是而非，似非而是！她们的目的终于达到了：B 惊厥在过道上。

9

6月17日。早晨。B像往日那样骑车来教育局上班。他已经把昨日下午的西行之事置诸脑后，而且相信无人知晓。他走近办公室时忽然听见Y股长的嘶哑嗓音在朗诵那首歌谣："疙疙五挑红布，一挑挑到杨家路……"但在朗诵到"扑啦扑啦过了河"时却自行停止了，似乎在有意等待B的到来。在阒无声息的等待过程中，又重复了一句"扑啦扑啦过了河"，语调完全是把玩式的。B走进办公室时有点意外：Y股长一个人呆在里面，而且破天荒地戴了一副老花眼镜，可能是想将眼中的一则妙算用镜片遮掩起来。他将一册只有他这一级别才够格阅读的材料锁进抽屉，像是顺便提起似的问了一句："昨天下午怎么没看到你？"B愣了一下，然后似乎是另一个人在替他回答："昨天下午略有小恙，在家休息。"Y股长对他的话深信不疑，在委婉地提醒他以后碰到类似的事要有组织观念后，便开始整理凌乱的办公桌。B平静下来，并开始忘却Y股长方才的探询。

我们曾经说过，B的办公桌摆在最前面，因此门房每天送报都把报纸信件最先扔在他桌子上。B在木椅上落坐，发现台板上搁了一份当天的晨报，便旨在消磨时间地浏览起来。一版是社会新闻，头条稿揭发了一则发生在某个幽僻庭院的桃色事件，主题十分明了：婊子无情，戏子无义。但二条稿却使他脸色苍白，双唇抽搐了一下，然后没完没了地翕动起来：它竟然是一篇对他昨日下午西行之事的报道，而且详尽得令当事人难以置信，特别是对他最后晕在大礼堂过道上的描绘，细腻得让人宛若身临其境。文章对故事的主人公一律冠以"皮肤白皙、身材高挑的青年男子"，而且明确指出："此人富有知识阶层的气质，但又不无呆板、迂腐，种种迹象表明，他是来自教育部门的人。"文章的结束语云："当然目前还无法判断他去找她的真实意图，但与苟合有关却是确定无疑的。"B觉得眼前一黑，原来是Y股长过来了。他慈父般微笑着瞥了一眼那篇报道，又同样慈父般微笑着问B："是你吗？"B打了个寒噤，强作欢颜地说："您这是什么意思？"Y股长收敛笑容。上唇鄙夷地向上翘起："我不过是随便问问，你又何必紧张。我刚才读了这篇报道，觉得主人公的外貌有点像你。"B被一种无法言说的古怪心情支配了，嗓音有点变质，就像受了潮似的："我刚才不是告诉您了吗，昨天下午身体突然不适，可能是由感冒引起的。最近我常常夜里盗汗，这一点邻居可以证明。"说到这里连B也觉得荒唐：夜里盗汗邻居怎么能够证明呢？这不是明显的不打自招吗？考虑到言多必失，B索性埋首晨报，装作一副专心致志，无暇他顾的样子。但Y股长似乎不想善罢甘休，他力求使你这样认为：既让你相信他相信你的话，同时他对这件事发生兴趣完全是闲来无事的消磨。"这篇报道的作者无疑对事件主人公作了跟踪，至少主人公的往返留下了许多不利的痕迹。但我不同意作者偏激的论断，他光顾幼儿园就一定与苟合有关吗？为什么不能说是一种切磋，一种叙旧或一种正常的交往呢？作者好像太小题大作了，晨报登这类文章也太不审慎了。实际上这种事在生活中太司空见惯了，在我和你身上都可能发生，你承认么？"B不明所以地点了点头，Y股长谈兴正浓，不容置喙，"报道中有两个细节让人不得其解，不知是不是作者为了吊读者胃口而有意为之。主人公鼓足勇气深入虎穴，但却功败垂成，他要见的人不在幼儿园恭候他，却去了车站。你不觉得这里缺乏应有的交代吗？我们不妨来个假设推理，使之自圆其说，如何？"B似乎难以承受Y股长鼓励的口光。同时他又想到，过份冷淡或避开某件事，也是一种不打自招。这种想法固然正确，但下面的一番未经改装、完全发自内心的叙述却为自己设置了一个难以逃脱的陷阱。当然并非B有意这样说，而是在那一刻他又感到自己像一粒粉尘那样飘浮起来，既身不由己，又迫不及待。"如果我是主人公的话，我会这样做：见面之前先打个电话给她。定下时间、地点及见面的方式。但她在上班时间出来必须找个合乎情理的托辞。她所在的集镇处于交通要道，时常有南来北来的亲戚把她家作为落脚点，因此去车站接人再合理不过了。本来他们是会在镐把上相遇的，问题是她为了怕碰上熟人（去车站的方向与去桥头的方向正好相反），走了一条幽僻小道。也许他刚离开栗树一分钟，她就到达了商店，手上的那本杂志甚至为汗濡湿。”B 的推想可谓天衣无缝，Y 股长虽然既惊讶又钦佩，但却装作不敢苟同的样子。然而当他欲发宏论的时候，一个乡村校长来找他，交谈暂时告一段落。上午将近下班时，门口掠过的一个熟识身影使 B 大为骇异：那人竟是善堂。B 下意识地跑到门口探望。善堂原来是往西的，但他突然站住了，而且猛然转身。他和 B 就是这样重逢的。他的嗓门大得与吼叫无异，楼道里甚至发出嗡嗡的回声，“你昨天是什么时候回来的？也许住了一宿？我是为了成全你的西去才装疯作傻地跟一个陌生人搭话的，你看出来了吗？”B 惶急得不知如何是好，最后竟左右开弓打起自己嘴巴来。这使善堂感到好奇，所以暂且忘却了聒耳的絮叨。本来他想进办公室，对 B 作一些必要劝慰。这也是 B 所希望的。但善堂喊叫了一声“Y 股长”，显然是冲着对过游廊的。本来善堂已经朝 Y 股长走过去了，但又觉得不同 B 告别似乎有失礼貌，于是回过头来对 B 说“Y 股长是我家疏于往来的亲戚，今天是受朋友之托来找他有点事”。B 看到 Y 股长在游廊顶端等着善堂，后来善堂走过去的身影遮掩了他，最后就重叠一处了。

这一天上午发生了一件震动全机关的事，它给 B 未来的命运抹上了一层阴影。

善堂离开后 B 涌出一种惶惶不可终日的感觉：他会不会因为无话找话把昨天下午在柏油马路上遇我之事告诉 Y 股长呢？这种可能完全存在，因为他们毕竟久不来往，交谈间发生冷场在所难免，这时就要找与彼此有关的话题，而 Y 股长的派头又从不主动与人搭话，因此这场交谈毫无疑问是善堂说得多，或完全由他说。B 甚至设想了善堂的开场白——

善堂（奔跑过去）：Y 股长

Y 股长：什么事？

善堂：你不认得我了？

Y 股长：……

善堂：我们是亲戚呀，只不过很少来往。

Y 股长：……

善堂：论辈份你还是我的侄孙呢。

Y 股长：……

善堂：你落地的时候我给你把过尿，你还有印象啵？我记得我把尿时往你的小鸡鸡上瞅了一眼，那上面还长了颗淡红色的痣哩。

Y 股长（皱眉）：……

善堂：我才知道 B 是你的部属，但你们关系不睦，B 我可是看着长大的，他父是退役军医，又矮又胖，好酒好色，而且在牌桌上耍无赖。B 在这方面要好得多，不过，我昨天下午看到他脸上有一股淫荡之气。

Y 股长：昨天下午？

善堂：是啊，在西去的柏油马路上。他举止乖张，心怀鬼胎，似乎抱有不可告人的目的。当然外表上的确定性不止这些，还有……

Y 股长：确定性？

善堂：就是说他肯定是与一个妖冶的女人幽会去的。

难以诠释的是，这个设想真实地发生了，而且只字不差，不过地点从游廊移到了厕所里。

善堂和 Y 股长肯定是并排蹲在大便座上。参差不齐的小便声，搓纸声，用力的尾声（呻吟声）。B 在隔壁的蹲座上还听到不知是善堂还是 Y 股长的吐痰声。后来对话就开始了，由于内容与上述的毫无二致，故在此略去，但 Y 股长的几句话不可不提。

善堂：就是说他肯定是与一个妖冶的女人幽会去的。

Y股长：还用你说？我早就知道了。

善堂：你是如何得知的？

Y股长：他在行动之前曾经含糊其词地向我们暗示了。他在办公室里吟唱过一首民谣，其中一句是“扑啦扑啦过了河”，这就是暗示，或者说是潜意识的不自觉的反映。

善堂：我不明白。

Y股长：你去过集镇里的幼儿园吗？

善堂：去过呀，不就是从那条柏油马路过水泥桥向南吗？

Y股长：过水泥桥也就是过河。

这时进来一个提着已经解开裤带的女人，看见B蹲在那里吓得惊叫起来。随后就进来了一群女人，机关大院里炸开了窝：快来瞧呀，B在女厕所里解手！

B在众目睽睽之下灰溜溜地走出来，现出痴呆的神情。他自言自语：“我怎么会跑到女厕所里来了？我怎么会跑到女厕所里来了？”

这天夜里B翻墙越窗爬进了办公室。我们知道B是来取一件东西的。对B最后的逃离来说，它是不可或缺的。它对B的逃离具有裁决作用。他毫无顾虑地撕开Y股长办公桌小木橱上的封条，那只尼龙手提袋还在。B来到郊外，打开手提袋，不禁惊惧万分。我们听到B在星光下喃喃自语：“这就是我吗？我为什么变成了骷髅？”

席梦思之歌

俞家公公死在刚买的席梦思床上，预先无丝毫征兆。那是 1994 年 2 月 20 日 23 点 59 分的事。在此之前，即 21 点 32 分，俞家公公蹲在瓷质栗色便器上翻阅从尘封的故纸堆里找出来的《马太福音书》。也许是出恭出得太久的缘故，俞家奶奶颇为担心地推门探看。可以从门缝看到卧室中央那张软缎蒙面的席梦思就像一节穿行在芦丛中的水流，闪耀着浅绿色光泽。

从书页抖落的灰尘就像云霓笼罩着俞家公公。俞家奶奶看见他手捂心口，喁喁私语，“你要来就快点来吧。”俞家公公故去后的第五天，我和俞家奶奶共同走向那张崭新的席梦思。墙角落一只摆着三元牌电视机的木柜和置放天竺葵的窗台最先承受了我们的目光。阳光从两者间奔泻过来，与我们的探寻一起汇合在席梦思上。特别显眼的是席梦思的木质靠背。它来自黛包森林，光洁溜滑的表面呈现出重重的青翠岗峦。我们注意到岗峦上一丝不易察觉的阴影。

它是更年期的产物，俞家奶奶说。大约在一年前，俞家公公不慎遭遇了更年期的易怒、暴戾、悭吝、疲倦、胆小怕事、出尔反尔以及桀骜不驯。有一天，一只灰蒙蒙的山羊莫名其妙地出现在天井里。当时窗外的一畦韭菜正值葱绿，俞家公公手持一本古典小说从屋内狂奔而出。显然，山羊啃噬韭菜的背影扇起他心中的怒火。将山羊的一副质地优良的翘角掰掉是俞家公公更年期来到的第一个外部标志。山羊落荒而逃时，脑袋上那绺褐色的蓬蓬松松的毛发仍然齐整整地盖着耳朵。俞家公公后来就开始无端地指责宠爱的独子信发。所有那些让人难堪的话无一不是当着外人的面说的，而这又是在进餐的时候进行的，因为总是在吃饭的时候来人。

有一次，有个家长由于孩子在学校丢失了一块橡皮来找俞家公公商议找寻的办法。在这之前，俞家公公正馋涎欲滴地醉心于瓷碟里一粒黏糊糊的五香蚕豆。坐于一旁的信发正是将娶未娶的年纪，上唇的茸毛就像一排可爱的小白杨。那粒蚕豆犯了邪似的总不愿上俞家公公的竹筷，它散发出来的温暾气儿像淡淡的晨雾，从柔嫩的白杨林里飘荡开来。你可以看到，俞家公公在捕捉蚕豆时，两侧耳根长了两个肥疱的脸庞始终呈现出一种令人着迷的慈爱仁厚的神情。

那个家长跨进门槛时，俞家公公突然面露愠色地说，“信发啊，你算个什么东西？我吃的盐比你吃的米还多，你穿了几条有裆的裤子？”

“孩子说课间屙尿去橡皮还有，回来就没了。”

“我像你这么大，日子比吃屎还难过。上有老，下有小，冬天下海挖文蛤，脚脖子冻得梆梆的，裂的口子赛似伢儿嘴。”

“橡皮是刚买的，画着个小猪，有股口臭，孩子擦字前总喜欢吐上唾沫。”

“有一回我挑了一担文蛤，累得眼里冒泡。撂下挑子就往泥浆里一躺，站起来一身盐花子。”

“孩子怀疑是他的同座根子偷的，根子活脱脱就是他老子一个模子浇出来的，真种，没错儿。”

“刚才我说到哪儿去了？哦，对了，往泥浆里一躺——我像你这么大还没睡过一张囫囵床。小时候是睡锅门口，树枝茅草竹条把你扎得冒火星，半夜里冷得吃不消，捉条狗来晤暖，早上一醒胸口一堆老鼠屎。大了点就睡芦扉帐，两张高凳一搁，骨碌骨碌摊一夜的烧饼。有只躺在芦管里过冬的黄蜂把我蜇胖了一圈。”

“根子他爹是镇上的干部，俞老师你看这事儿，唉。”

“后来就睡门板，你知道睡一块光溜溜的木板意味着什么吗？睡了一阵子脊背比铁块还硬，镇上没有铁砧的铁匠都到我背上来打铁。竹铺你见过吗？毛竹做的。”

“这事儿不好办就算了，本来嘛一块橡皮芝麻大的事，可我那孩子说了，自从橡皮被偷了，成绩就一落千丈，非要找着不可。”

“毛竹是从废弃的紫菜架子上拆下来的，海水浸过，黄梅天就渗出盐卤，你整夜整夜就浸在那些咸汤里，你所有的梦境都是咸的腥的湿漉漉的，根本喂不饱岁月。”

“我想能不能再买块橡皮，涂上点唾沫。对孩子就说找到了。”

“后来我和你妈奉父母之命媒妁之言。在种五叶地锦的季节睡在一张绷子床上，就是现在的这张棕棚床，棕丝断得像猫的口髭，床中间像母猪肚子那样耷拉下来，一年四季我和你妈都滚到一块儿。”

“问题是涂谁的唾沫，我就为这儿来找你商议。一般说，孩子的唾沫并不太臭。”

“信发呵，你可不能小看床。床是人生的船帆，什么样的床催动你走什么样的路。”

“看来你和我的唾沫都不行，如果你同意，我想要点信发的唾沫。”

“你们这一代人，有谁吃过我们那样的苦，嗯？？不吃苦成不了人，你懂得这个道理吗，嗯？”

几天后，左邻右居开始在清晨或傍晚看到信发往他的房间捣鼓树枝和茅草，毛竹和木板，并且在黄昏之时大量收购猫的口髭。他们说一路上那些东西在信发怀中细浪翻腾。回头四顾。橡皮失而复得的孩子，成绩复又遥遥领先了。孩子说橡皮上的口臭是那头小猪发出来的。自囚在房间里的信发，总是在夜深人静的时候，听到若轻若重的脚步声。信发隐约看到，直立的树枝和茅草颤巍巍地在天井里踱来踱去，而另一个晚上则是散发着铁腥味的木板在游动。有月的夜晚通常出现的是粗糙的毛竹和断裂的棕绷僵立在窗前，信发恍然明白这是父亲在散步。

某个夜晚，俞家公公踏进独子信发的房间，不可思议地看到自己曾经睡过的那些床——或者说曾经走过的路——又复活了。他看到独子信发光裸着肌肤像水蛇似的在潮湿的毛竹铺上扭来扭去，而一些被剪掉了口髭的猫则眨巴着绿宝石似的眼在屋内蹦上跳下。喵。咪。喵噢。咯噜。第二天俞家公公从镇上买回一张软缎蒙面的席梦思。

我们注意到岗峦上一丝不易察觉的阴影，那是席梦思木质靠背上的一个椭圆形孔穴。空空如也，却还遗留一泓温暖的体温，就像我们早晨刚爬出去的空被窝。

“快睡吧，还要早起遛鸟。”俞家奶奶说，她最后一次催老头子躺下（他们早已分床而卧）时看到他正依偎着靠背诵读《圣经》。故事临近结尾时，出现了俞家公公的形象，那时他英俊魁梧，胸堂健壮。兵士们将一切都准备好了，把十字架上的横木，极重的一根，压在耶稣的肩上，因为按照罗马人的办法，死犯上刑场，须得背着自己的木头。耶稣近日少食不眠，精神既大受亏损，身体又满是伤痛，因此背了那块横木，就晕倒在地。刚出衙门，兵丁看见俞家公公挪展腾跃而来，背起耶稣乘鹤西归。那是俞家公公头一次睡席梦思发生的事。我们不明白，作为一种消遣或催眠，俞家公公第一次睡席梦思为什么要选择《圣经》这样的读物呢？也许是为了获得某种暗示或者是在冥晦中提前摘取迟早都会到来的隐喻？但有一点是清楚的，即俞家公公在享受席梦思的第一夜受到一个隐秘的声音的骚扰。有一段时间，嗜睡成了俞家奶奶老年生活的主要内容，它用嘶哑的鼾声为自己编织一个柔软的茧壳，或者变成误入歧途的丰腴的皮肤得以逃遁的通道。早逝的韶华在睡梦中清新如画，它们排着队围在俞家奶奶身边，两个唱歌，两个祈祷，两个带着她的灵魂飘荡。但是俞家奶奶还是清晰地听到了老头子的叫唤。那是半夜梦回，星河高挂。“下雨了吗？”听到老头子在问她下雨了吗？那种微妙的声音是在更深入寂的时候响起的。开始的时候，俞家公公以为是窗外淅淅沥沥的雨滴。在季节节转换的间隙，人们经常可以在午夜听到这种若断若续的雨声。俞家公公正是在这个时候询问睡在另一间屋里的老伴的。“下雨了吗？”我们有理由认为，俞家公公一边问老伴，一边趿拉着鞋走到窗前。因为俞家公公只问了老伴两声，而以往在没听到对方的回答前他会一直问下去的。俞家奶奶说，他只问了两声，她还没来得及回答就打住了，但接下来模模糊糊地咕噜了一句什么。俞家公公咕噜了一句什么呢？我们设想，愈家公公趿拉着鞋来到窗前然后推开，不料一轮皓月浮在树梢，正是千里万里月明。俞家公公咕噜的正是那句古词的末句。明月明月，胡笳一声愁绝。后面俞家公公一宿未眠，正是那个夜晚俞家公公弄明白那个隐秘的声音源于席梦思的靠背。在阒无人迹的夜里，俞家公公和一屋子的物质都在谛听那声音的闹腾。它有时像白桦树干啄小鸟的笃笃声，有时像大路上的脚印在刺树的刚影里浮起又沉降的嚓嚓声，有时又像竹筛里的幼蚕咬噬桑叶的嘶嘶声。

我们还设想那天晚上俞家公公沐浴完毕走向席梦思时的心情如何的复杂。以前一提到床，他立即闻到一种类似腐沤的垃圾堆般腥臭的油腻腻的汗味，立即触摸到一种仿佛老牛角般粗砺硌手的板块。因而当他第一次用发抖的手指摸着柔软得似乎深不见底的散发着初秋桂子芬芳闪烁着富丽典雅的色彩的席梦思床面时，他吓得几乎要晕倒了，一口欲吐未吐的痰不经意地咕噜了下去。由于他凫游在他那种低贱的环境的回音或预言中太久了，不敢设想笼罩着席梦思的那层圣洁堂皇的氤氲，除了在宫中的月亮门内或在才子佳人的逸情中之外，还可能在何处存在。我们认为，当俞家公公处于这种谵妄状态时，破窗而入的一股神秘的晚风使他头脑中传统的结构归于瓦解。席梦思就像一面平躺的大镜子，呈现出不复再来的毫无情趣的生活反照，而未来幸福安详的夜晚语言又像一团香甜的瑞云悬浮在镜面之上。既是现实，又离现实很远。他想象不出第一天早晨在托载他的席梦思上醒来的时候自己是何等的神态——会像以前那样伸懒腰吗？会像以前那样打哈欠吗？会像以前那样有一绺涎水挂于唇边吗？会像以前那样悠着劲儿放屁吗？作为一种祭奠或悼念，俞家公公在短短的一瞬重温了腐沤的垃圾堆油腻腻的汗味粗砺的老牛角和硌手的板块。

我们想象，当俞家公公的祭奠或悼念接近尾声时，他突然瞥见席梦思中央竟然蹲伏着一只被剪光口髭的猫，就像湖中的一座岛屿。猫注视他片刻，然后一蹶屁股了无声息地弃床而逃。那种杂乱的脚步仿佛刺耳的话语充斥了俞家公公的耳鼓，须臾便跳出时间观念之外。那猫的眼原先是阖上的。后来开始眨巴着，绿宝石在眨巴着。左眼写着两个字：结束。右眼写着两个字：开始。

——结束生硬，开始柔和；结束议论，开始叙事；结束颠沛流离，开始息影家园；结束踯躅荒野僻壤，开始进入温柔之乡。结束，开始；结束，开始。

对父亲蹊跷的死，信发自然是颇费猜测。我去找他时，那扇耷拉着残年的对联的门紧闭着，灰蒙蒙的秋意穿过雨水从对联一侧淅沥下来，信发赤裸着上身，一边束裤头一边说，死亡对于一个行恶的人来说，是地狱的门槛，而对于我父亲这种对事业不怨艾，对琐事不惮烦，对善不迟钝，对家务不懒惰，对小孩不詈骂的人来说，却是难得的福分。作为话语的背景，我看到一张雕花大床。一条高高隆起的绿绸被。一绺尚未藏妥的长头发。半遮半掩的红纱帐进一步延长了意犹未尽的淫逸景象。

信发说，有一件事记忆犹新。买回席梦思的第二天，俞家公公怒不可遏地揪住儿子的耳垂，“去，把那靠背换了，搅得老子一宿未睡。”

出售席梦思的商厦实行售后服务。左腮长了一撮毛的营业员俯首靠背，低低独语，“不会吧，咋会有声音呢？”俞家公公梗着脖子说：

“有声音是一定的，换也是必须的。”

营业员阴郁的脸就像久雨缠绕的树木：“尽管我商厦售出的席梦思有千百条调换的理由，但独无有声音之一说。”

“你换也得换，不换也得换。”

“倘若不呢？”

“吾即刻登报，搞臭你们的席梦思。”

“这样行不，今夜我借宿此处亲耳一听，若果然有，再调换不迟，如何？”

俞家公公信口拈来一句古小说中的对白：“正合朕意。”

由于俞家公公多年来养成了独眠的习惯，营业员的留宿平添了他的一块心病。是夜，善解人意的营业员主动钻进席梦思床底。午夜之前，俞家公公和营业员屏息敛气，凝神静睇。但除了邻居的钢琴弹出的音符象鸟翅扑楞扑楞飞上去一直飞到顶以外，恍惚的夜声随着路灯次第熄灭。一两声寒鸦伴狗吠鸡啼，三两点雨滴敲一枕清霜。一夜相安无事。席梦思靠背里的那个声音，就像一枚树叶隐藏在大森林里了。早上，俞家公公拍着床沿提醒营业员，该起来了。残梦中的营业员懵懵懂懂忘了身在何处，一起身竟把席梦思顶了起来。营业员因为省却了一桩调换的麻烦而带着由衷的笑意跨出门槛。但在笑意的尾音里，他蓦然发现，自己的胡髭不知什么时候被谁剪掉了。那枚树叶似乎在阳光下消失了，或者在什么地方迷失了方向。失去了存在，或者走出了存在。俞家公公淡忘了那种声音给他带来的烦躁和颓丧。这一夜充满了从薄荷的淡蓝色花丛中飘过来的令人迷醉的安宁。穿过安宁的甬道，巷口隐约传来馄饨担子的吱吱声。轻柔，错落有致。寂静被散文装饰了。在淡淡的夜色中汤钵中的馄饨包裹着丰满的消息。梦乡中的俞家公公一遍又一遍地重复着自己的呓语。

——我是俞家公公。我现在睡在床上，它叫席梦思，是我修了一辈子才修来的。它酥软惬意，能缓解心脏病人的病情。在饱受了靠背的聒噪之苦后，我终于迎来了宁静的良宵美景，享受它散发出的浓郁的生命气息。我迷恋睡眠崇尚睡眠，它是我心中的上帝，而我则是上帝的祭司。每夜每夜，我都仰卧在席梦思这方宽阔的圣坛上向上帝献祭，从而使我和天年更为接近。席梦思，你是银幕，我是故事；你是墙壁，我是标语；你是墓地，我是坟茔。

在这里我要提到俞家公公的日记，作为遗物它不再是守护他的秘而不宣的处境的岗哨了。越过它就像越过倾圮的铁栅栏，而解开缠绕绿缎面的一根素色丝带就像解开一根肚脐。我听到类似被压抑的啼哭。

11 月 3 日。从善堂家屋后走过来一头哞哞叫的奶牛，镇上的人都提着水桶争抢着去挤奶。我因忙于接待商厦来的营业员，忍痛没去。晚饭后，我和营业员——他的鼻梁太高了，我总想啃一口——各就各位，开始竖起耳朵捕捉来自靠背的任何细微声响。我的耳廓自我感觉清新、粗糙、凉爽、多汁，犹如一片叶子。如果它想隐藏，也应该到森林里去吗？

11 月 4 日。昨夜他娘的白忙活了。席梦思靠背一片死寂，就像暗夜中的一块浮冰，一面被弹累的手指遗弃的键盘。在期待声音的过程中，我厕身过一次梦魇。我依稀记得我模糊的呼喊：出现，出现，你快出现吧！天色微明的时候，我听到一阵激动人心的嘎啦嘎啦声，我惊喜万分地循声狂奔而出。。那是一架路过门前的牛车，车把式瞪着我敞衣露怀追踪牛车的怪异模样，惊恐万分："你要做甚？你要做甚？！"

我轻柔地叩击牛车板踏歌而舞——

席梦思靠背
席梦思靠背
……

11月7日。仿佛是一次坚贞的移情，来自席梦思靠背的那缕持续不断的絮叨真的销落湮沉了吗？它真的为时间所陷不能自拔了吗？它真的就像被窗棂放逐的风在曙色中消失了吗？它真的就像曾经停留在白蜡树棍上的鸟迷途不返了吗？

11月10日。夜半初醒，温软的席梦思使我想入非非。我不敢奢望在它上面重温一次久违的性生活。每次上床或下床，它都会颤悠一阵。“颤”使我想起“荡”。

淫荡。

11月11日。凌晨的小雨散发出苹果的香甜气息。从穿衣镜里看到我们相拥一处，总感到是一个寓言躺在那里。一双世俗生活的皈依者。一对性膜拜的虔诚的信徒。对激动人心的性生活的美好回忆，使席梦思四周充满了淡褐色的温柔氤氲。我渴望如曾经的那般，撇开那套虚假的仪式直奔内核。心之所向者谓之善。作为一种润滑、调节和风景，夫妻间的性是善的表现。可是在淫床上，性却是一种恶。与温柔的氤氲极不协调的是恐惧和悲哀。雄性勃勃和血气方刚早已从记忆中走过。我和信发娘都绝望地呼唤它的觉醒，催开它枯萎的花蕾，使它从迷雾中蓦然回首。在折腾得大汗淋漓的过程中，她的苍憔的脸上始终呈现出淡淡的红晕。这件由于时间的嬗替而变得古老的性事，对她来说显得过于羞怯。尽管我们的祈祷怀着十二分的真诚，但它的反应并不比尿胀所引起的反应更为强烈。我痛心地感到，随着世事沧桑的演变，一种生命力的象征已经萎缩成一股发霉的淡淡的死亡之气。

一件柔软的商品。

11月12日。今夜是昨夜的复制。

11月13日。虽竭殚心力，但一切都属徒劳。

11月19日。近阅养生古籍，受益匪浅。大量事例表明，老年人肾之精气亏竭是衰老的自然征象，因此应该节制性欲，但老年人亦需要互相温存及和谐适度的房事生活。可是这些事例虽则可以平矜释躁，但它到底能覆盖住什么呢？一个风烛残年的欲望在衰弱、隐秘和寡居中得到存在的土壤，于是渴望伸展和高扬，你能说他心气太高吗？你能说他的向往虚假并粘有淫荡气息吗？

席梦思既是福之源，又是祸之根。它赢得了我的灵魂，又悄蚀了我的灵魂。回想席梦思靠背上曾有过的絮聒不休的声音，真有恍若隔世之感。

11 月 20 日，今天的主题是温肾壮阳。厨房里散布着药草的类似于酒味、土腥味、腐沤味、霉烂味和尿味混合的气息。它们繁殖出的形象宛如一支柔曼的轻歌，穿越气窗，飞进长闲逸豫的空气，抵达河边的树林，所有经过的人都驻足聆听；芦苇边一牧鸭少年抱着竹竿，对停滞不前的鸭们表现出无可奈何的情绪，今天晚些的时候，我去寻购熟地，一个风韵犹存的女人依在门口等待着，请我喝了一杯酸梅。夜里，我隐约听到一种脚片声。它虽然那样模糊，弱不禁风，甚至紊乱，但它毕竟向我走来了。行走意味着真实。写在动物学最后的一句话是：生殖是死亡的台阶。而行走是新生的开始。还有什么比它更能使人宽慰？

11 月 22 日。黎明时分终于有了动静。但懊恼的是，仅撒了一泡尿，就又像衰朽的果实那样耷拉下来了。两天的苦苦修行就值一泡尿，你能不恼恨？看来滋阴潜阳，补肾宁静，不可懈怠。一清早即步行到县城的中药铺去。想象中的党参、黄芪、白术和木香，对我有一种安抚作用。自信像剥去熟透的果子的果皮一样，从我身上剥去了早晨的沮丧和怅惘。中午时分，满载而归。由于跑得大汗淋漓，索性只穿裤衩，上身赤膊，用衣服包了琳琅满目的药材抱于胸前。尽管路人侧目而视，我却我行我素。如若从远处观我，我会是一副颉颃傲世的样子。我没有理由不充满希望，它就像被揉碎的花草在我心里散发出纷繁的气息。但一到僻静的郊外，我不禁又有点泄气。也许一切都注定是徒劳无望的。我只不过是怀中的茯神、酸枣仁、桂圆肉、远志、当归的沉默无语的观望者而已。

如法炮制，用水煎服。服后即躺在席梦思上。忽然想起19世纪爱尔兰墓碑上常用的铭文：故人已远去，思念犹在心。

11月24日。阅完《医方集解》，恰值子夜时分。成“大”字形仰卧在席梦思上的我，微感到窗外鬼魅一般的黑暗已经在瓦楞上飞翔起来了。伴随着那种脚步声再一次临近的，是不期而至的两声钟响，在夜色的映衬下，活像金丝一样，钟声也许是某种号令或暗谕，屋内的浑浊之气应声而去，代之以清澈和平阒。这时我感列席梦思就像节日方舟，在梦境般朦胧的壁灯注目下，欲飘摇而去——显然有一种力量在约束着它，使得它的挣扎徒劳无益。那是一根无形的缆绳拴住了它。而系着缆绳的坚硬的桩形物竟然楔在我身内！这突如其来的情况使我错愕、惊喜与醉心——尽管我认为它迟早会来，却没有料到它会来得如此快。我一面脱衣服，一面颤着声喊信发他妈快来——我们一定会如愿以偿地拽住席梦思，挫败它的漫游计划。我的喊声里充满了类似于初出茅庐的新郎害臊又迫不及待的惶急意味。

日记到此戛然而止，显得意犹未尽，却又无可奈何，就像一个吞咽美食的孩子突然被不经意地噎住了。造成此种情形的可能有两种。一是俞家公公羞于将经年未遇的房事披露在案，而让后人的想象充满亵渎。一是俞家公公突然陷入未曾料到的灾厄之中，与文字一起消失的是美丽的心境，以及能欣赏心境的美丽的思想。两者比较，我更倾向于后一种原因。因为俞家公公并非那种对个人隐私讳莫如深的人，而且俞家奶奶也说过，老头子的日记中断之日，正是他心情败坏之时。如果把俞家公公日记中断部分描摹下来，你就会发现一条极有规律的曲线。它就像一道谨严的堤坝，拦截了一些无关宏旨的日子，而把另外一些经典的日子流泄出去。

俞家奶奶是在睡梦中被叫醒的。自绝经以后，俞家奶奶的每一天都安详而淡泊，即或是梦乡，也绝无一点波澜。她从另一间屋惺忪着眼披衣出来，又惺忪着眼爬上席梦思。但当她掀开被子时不禁大吃一惊，浓重的睡意雾消云散。俞家公公裸露着瘦骨嶙峋的身子躺在那里，那具坚挺的阳物就像一句广告词竖在那里。柔和的灯光照出俞家公公一脸的骄矜之色。俞家奶奶半嗔半羞地骂了声“老不死的”，就被一跃而起的老头子死死抱住了。老俩口在被席梦思弹向半空复又落下来之前，俞家公公按捺不住唱了一句京戏。壁灯含情不露地熄灭了，一种对生命的感激使俞家公公激情满怀地进入了老伴的体内，正像多年前所行使的那样。一幕幕湿润的生活景象在他记忆的背景上冉冉重现。是时，老俩口的头颅抵在了席梦思靠背上，摩挲并且轻叩。席梦思靠背仿佛是一种传达含糊的表示的工具。侍奉两颗激动的心灵所感受的压力比躯体赋予它的更为沉重，但又比絮语和呻吟更为轻柔。我想象，在老俩口攀援顶峰的一瞬间，灼人的生命热浪从他们身体中逸出，与窗外芬芳的夜色交缠在一起。而脉博和心脏与远处隐约可闻的手风琴一起加快了速度。晕眩中的俞家公公毫无来由地想起了枪声。也许他是希望以一绺清脆的枪声惊散连年的阴霾，使荒芜的河滩呈现鲜美的芳草地。这时从沉寂多日的席梦思靠背里突然迸发出一连串刺耳的笃笃声。俞家公公应声从接近顶峰的岩石上摔落下来。先足僵硬了一下，然后便一切瘫软开来。俞家公公清楚地看到自己掉进悬崖绝壁，包围他的是一片散发出腥臭的沼泽，以及红色的毒蝇蕈。一群野兽簇拥着金色的火焰从远处而来。笃笃，笃笃，笃……它们的脚步声就像雨点敲打在树叶上，富有金属的质感。最先出现的是野兔，然后是羚羊、公鹿、野猪。它们肆无忌惮地践踏他，蹂躏他，使他的伤口糜烂并且腐臭。他还看到绝壁上悬挂着一支红蓝铅笔，刚削妥的笔尖诱惑着他同时又拒绝他。他不明白用来记日记的笔如何会出现在这里。而恍惚想起尚未写完的日记已是十分遥远的事了……

在一个树木上积满了雨水的日子，俞家来了四位不速之客，他们是歌者、行吟诗人、伐木工和身穿亚麻木的阴阳先生。他们来探望一病不起的俞家公公。

他们来的时候，席梦思靠背发出的那种说不清道不明的声音已接近尾声。俞家公公毫无知觉地躺在那里似乎不省人事——或许是酣睡，或许是昏迷。但我总觉得俞家公公此时的神智非常清醒。那种怪声对他的刺激和骚扰并不比他对内心抗辩的平息更使他伤神。

俞家奶奶对四人的光临颇感吃惊，不仅因为他们服饰奇异，而且她从未与他们谋过面。但他们彼此倒非常稔熟。他们围坐席梦思，开始讨论那种声音。

歌者清了清嗓子，然后侃侃而谈。我们知道，大森林里杨树桦树松树椴树榛树青桐葛藤山薇浆果羊齿植物，还有许多叫不出的灌木丛漫山遍野。开春的时候，随着柳丝的轻舞，溪水在堆积着枯枝败叶的冰层下面不停地流啊流啊，而悬挂在树枝上的则是一道道美丽的彩虹，于是百鸟便站在上面歌着各自喜爱的天然妙曲。情形通常是这样的：当啄木鸟的白喙刚停歇下来，一只鹧鸪或斑鸠叫了一声，当回音还没消失，从森林的背面传来了另一只鹧鸪或斑鸠的回答。这种类似对歌的和唱挑逗起许多鸟儿的啼鸣，听上去就像有许多声部的混声合唱。久而久之，这些柔曼的歌声就滞留在每棵树的树干上了。毋容置疑，席梦思木质靠背理所当然是用大山的树木做的，俞家公公听到的其实是附着在木头上的莺声燕语。

行吟诗人颔首而言，你的话使我想起英国人约翰济慈的诗句，

> 已经和你作伴了，夜色虽很温柔
> ……夜莺的叫声，伴随
> 微风吹佛而来的微光
> 穿过青翠的幽静之地，吹干
> 满是青苔的道路

人世间最痛苦的事莫过于生离死别，席梦思靠背里的声音绝非赏心悦目的曲调，亦不具宫廷舞的味道，它仅仅是一种象征，一个形象。它

的家乡确实是在非常幽远的丛林。那里旖旎的景色令人心荡神摇，那里有它的父母和兄弟，恋人和朋友。它之于它的庞大家族，就像一滴水之于河流那样。恬静而满足。它害怕许多东西：火焰、雷击、干旱、枪弹、舌头、锯齿、寂寞的小道和离乡背井。后来它终于离乡背井了。当它被迫跋山涉水来列举目无亲的生疏之地，你说它能不发出忧伤的呢喃吗？

伐木上冥想片刻后说，故事都是发生在迷人的人森林里，每个来自大森林的人，印象良深的无疑是伐木工人放倒树木的呼声：顺山倒——，横山倒——，远山的回应也是：顺——山——倒——，横——山——倒——。而在这呼声之前，是金碧辉煌的叮叮哨哨的鹰嘴斧声。天空为之抖瑟，火地为之震颤。席梦思靠背里的声音一定是鹰嘴斧行将消逝的余音。

出乎三人意料的是，通晓阴阳之事的麻衣先生一言未发。他对病中的俞家公公俯视良久，摇摇头微叹一声，飘然而去。

1994 年 2 月 20 日晚间，席梦思靠背里的声音遂又响起。俞家公公准确测定了响声的方位，用蓝粉笔画了个记号，然后找来铁凿和洋锤。他决心把闹声音的地方凿个水落石出，好让事情有个说法。但他在翻找家什的过程中总感到力不从心，某种虚妄的念头一直萦绕着他。直觉告诉他，一个暗中窥伺他很久的人，总是若即若离地跟踪他。他不知道那是谁。当他回过头想看个究竟的时候，那人便迅捷地隐藏在一垛草后或一堵断墙的阴影里。当他打消探究的念头重新回过头来时，那人便又蹑手蹑脚，徐徐逼近。一股阴森的肃杀之气使俞家公公一连打了十个喷嚏。那天晚上 21 点 30 分，俞家公公从病榻上挣扎下来坐上了便器，又一次想起了那个时隐时现的人，便停止了对《马太福音书》的阅读，忿怒地说：“你要来就快点来吧！”

离开便器重返席梦思后，俞家公公便开始了他的凿壁动作。不幸的是，席梦思靠背上暂且呈现的寂静松懈并且欺骗了他，连日的疲惫与困顿使瞌睡很容易得逞。俞家公公枕着铁凿和洋锤溘然入睡。这时那个跟踪他的人终于以梦的形式来到他身旁，而席梦思靠背里的声音又恰巧于此时响起。梦的内容异常简洁：

一个蒙面杀手越窗而入，鸡埘里被惊动的鸡频频啄着地面，发出铮铮之声。俞家公公未爬起，一柄利刃就像一道寒光切断了时间链条。俞家公公仿如一面破败的旗帜勉强在窗口飘了一下，就坠入一片虚无。

火化的时候，殡仪馆的两名焚尸工吃惊地看到俞家公公的尸体里爬出一只小甲虫。古老的小甲虫就像一个凭吊者对安详的俞家公公稍事凝眸，然后就消失不见了。它皮黑，眼绿，腿白，甚至还有银亮的口髭。他们说，直到将俞家公公焚化许久，仍能清晰地听到某种咬噬的声音。

诡秘的旅行

置身在五月傍晚中的B似乎捐弃了一切思索和回忆，因而上午那个性质暧昧的电话轮廓显得异常清晰起来。在进行了一些必要的寒暄后，对方跳出了日常话语的圈限，觉得那条横贯旷野为他们传送语言的电线猛可的浪漫谛克地摇晃起来，使声音变得温柔和朦胧。“他早晨就走了，明天午饭前不会回来，”对方一连重复了三次，这种情况是近年来绝无仅有的，或者说一次次蕴含失望的遥遥无期的等待，使生命的雀跃变得僵硬起来。“我一直认为迟早会有这一天的（一次家庭生活的脱臼），可你总是绝望地予以否决。怎么样。观花你不觉得从自我蒙骗中解救出来了吗？嘻嘻。”B不由自主地打了个寒颤，因为对方过于兴奋的笑声使话筒震动起来，办公室所有的人似乎都停下了手头的文牍工作，朝他侧过身来，眉宇间全都有刺探的神情可寻。也许他们一开始就留神起来，甚至连脱臼留下的空白也没有逃过他们的视线。”“他早晨就走了。明天午饭前不会回来。”可以说所有的人随时都可以辨认出这句话所给予的暗示：一次情人意义上的幽会终于以夜晚的形式翩翩降临了，它不再是一句遁辞。而是一个散发着幸福气息的真实状态。

笑声过后，对方由于等待而沉寂下来，他完全明白应该说什么。但扰乱倾听者视线的念头霎时获取了他。“以后来稿一定要用方格纸誊写，为什么？很简单。便于数文字。尤其是对报纸版面而言。什么？买不到方格纸？报社可以寄你一点。”这至少可以让他们以为你在接一个普通作者的电话，而且是初次投稿者。但他同时发现，倾听者的嘴角都弯曲起来，这说明他们都在窃窃私笑。他惊奇的是自己为什么忽略了这么一个基本事实：在他们对这个电话的性质有所猜测的情况下，自己却还要掩耳盗铃，作茧自缚。他悲哀地想，自己从最初就钻进圈套而无所觉。

通话持续了颇长时间，但质量不高，大部分时间是话筒在那里自作多情地嗤嗤乱响。显然，双方都企图追寻一条言简意赅的捷径，但却出乎意料地陷入迷途，结果追寻完全背离了方向，对迷途的慌乱和找不到来路的焦灼使双方都顾不上喁喁多言。在确定了幽会的时间和地点后，电话就像断裂的警句匆匆挂上了。当然，是由对方先挂的。那种仿佛菜刀砍斫什么的“哆嚓”声使他怵然心惊，他甚至能感觉到刀锋的阴森之气。也许正是这个缘故，才使他一直木然地将话筒操在手中？以往通话告终都不是这种方式，她会缠绵地连连催促，你先搁下，你先搁下，似乎后搁下话筒意味着一种殉道，一种服役。那么今天突然出现的情况只能作这样的诠释：在她将要说出那声催促时，某个对她具有威胁的人突然出现在她面前。这个人也许觊觎已久了？在挂断电话后接下来的场合，他会对她说些什么？恫吓，要挟。抑或趁火打劫？当然，促使他忘却搁上话筒的还有一些郁结不解的迷乱心绪，譬如对方才窘状的绝望，对电话内容是否泄露的担忧，以及对可能会有的后果的惊惧。

这时一个声音突然在他头顶响起，似乎它已悬挂在那里许久，只不过是在等待某个时机落下来。他颤惊地看了一眼声音的来源处，同时本能地蜷缩了一下。“你怎么老是拿着话筒呢？这可不太好。”说这句话的人正把手从脸上挪开，表明他在说话之前摩挲过髭须。B 看到一张垂在他头顶上方完全陌生的脸：肥硕的脑袋，黧黑的皮肤，浮肿得耷拉下来的眼皮，鼓鼓囊囊的眼袋。而最富有特征的是肥厚的大幅度向前凸出的下唇，尽管它意识到自己的丑陋而努力投靠上唇，但因为过于宽长而注定了自己的孤独。B 立即张惶起来，倒不是那张从未见过的脸，而是他搞不清此人是何时悄无声息地来到他身旁的——实际上这个人就站在他身后，站立的姿势宛如一个大大的“？”号。B 恍惚想起，接电话伊始。他从窗棂间偶尔看到这个人飘忽的背影，也许他就是在那时踅进来的。问题是，门口的两张办公桌座位都空着，按理他进来后应该在那里就坐，但他却直奔他背后而来，看来是有意追索着他，而且完全有与他共同参与了接电话的可能。

“你是谁？”B 搁下电话不安地问了对方一句。他并不期待对方回答，只是觉得该用点什么填补彼此间的沉默。对方似乎有点鄙夷地耸了耸肩，但脸上又分明对他发出和蔼亲切的邀请，“以后你就会知道的。我这人既不喜欢指手划脚也讨厌说教，而只对方法感兴趣。年轻人，请记住，真理是从展示中流露出来的。”然后摆了摆手臂，本来他是想“拂袖”的，但 B 注意到他过早穿上了圆领短袖汗衫。而为了试图解释他不是一个热烈向往夏天的人，又在白色汗衫上加了一件深灰羊毛马甲。可是 B 却误以为他这身装束完全是冲着他的，无非是提醒他：抛弃某些态度，将自己建立在一些别的态度上。这么一想，B 对刚才的提问后悔了，因为他忽然想起，办公室近日要调来一个姓 Y 的股长，莫非就是他？他要我抛弃的一定是他的前任怂恿我培养出的孤僻、悒郁、冷漠、多疑，而要建立的正是与之完全相反的态度。但是初次见面我就暴露出我的冥顽不化，“你是谁？”不正说明了我的多疑吗？而且用“你是谁？”来填补彼此间的沉默，也是愚蠢至极的。可以肯定，沉默是 Y 股长最喜爱的方法之一：既可让对方在沉默中感到震慑和压力，又能通过沉默体现自己的威严。从而代替对对方的直接批评或斥责。沉默是 Y 股长惯用的行政语言，而自己却轻易颠覆了它——这在 Y 股长看来也许是故意的，这么一想，B 顿时忐忑起来。但他同时又想，Y 股长也许并无恶意，正如一本书上所说，人的恶意并不表现于沉默，而是表现于呻吟，因为恶意无非是取悦于对方，而呻吟则是这种享乐的结果——一种能到达最高淫靡程度的享乐。

这天上午办公室的电话接二连三特别多，由于电话就安放在B的座位附近，所以B几乎将所有的时间都用来接电话。两个电话之间往往留有一段间隙。B完全可以忙中偷闲地编稿或者撰写，但他完全迷醉在叮叮铃铃的电话铃中了。他总是隐遁在第一个电话里，然后期待第二个电话的如期而至。在某个间隙里，B莫名其妙地对他前面的同事说："这些美妙的电话铃声即使与快乐的呻吟一较轩轾，也毫不逊色。"那个同事觉得有必要转过身来，但他发现原来B不是在对他说，而是在朝着话筒说，"你过得好吗？我也挺好的，我整个上午都漂浮在呻吟之上，我是说我漂浮在享乐之上。"搁下话筒后。B不禁无限甜蜜地想，今夜的幽会也会漂浮在呻吟之上吗？

临下班时，一个奇怪的电话如梦如幻地萦绕在B的耳际：话筒里的话语模糊一片，似乎是由于无穷无尽的诉说却又不用标点和停顿隔开音节造成的，令人想起风连续不断地吹在糊窗纸上的零乱声。B又复制了刚才的那个场景：怔怔地长时间操着话筒，所有的同事又都侧身投来好奇的一瞥。B与其说在守望这片匪夷所思的话语，不如说在甄别和判断它的真相。作为回应，B也"喂喂"了几声，但那种模糊之音依然故我，这至少说明电话是打给他的，而且对方因为喋喋不休地说了许久却得不到片言只语的回答而焦虑、失望、困惑、撒娇、沮丧、倦怠和犹豫。一直到紧握话筒的手臂感到类似于兴奋之后的虚弱，B才恍然大悟：话筒里传递出的是一片呻吟之声！

B感到自己的躯体开始像风衣一样飘荡起来，周围变得晦暗不清。他空着的那只手下意识地抓挠起来——抓住某个坚实的东西。这坚实的东西可以说是一种虚幻的想法：躯体飘到哪里，哪里就是那片呻吟之声的背景。如果说飘到雪白的冬日的原野，那么呻吟声就是从雪白的冬日的原野上发出来的。如果说飘到公园的洁净空地上，那么呻吟声就是从公园的洁净空地上发出来的。

这时话筒里出现了短暂的停顿，他沉重地喘了口气，刚想搁下话筒，但如泣如诉的呻吟声又出现了。这一次呻吟的背景明确无误：隐隐约约的汽车喇叭声，间或夹着紧急刹车时车轮猛地蹭着地面迸出的撕裂般的刺耳声。当这种声音出现时，呻吟声就暂且退隐了。有时呻吟声被各种型号的摩托起步时渐趋响亮的马达声和一些归来的中巴渐趋减弱的引擎声点缀得美妙动人，让人怀疑是一首交响乐的渐慢曲。而且 B 还从这些缤纷的声音中辨听出小贩的叫卖声。“香烟、洋火、桂花糖——”有个童音在拼命叫喊。“嗤——”擦火柴点烟的声音，然后是连绵不断的烟圈摩擦空气的声音。咳嗽。不远处有个妇女给孩子把尿时吹出的“嘘嘘”口哨声。“砰！”不知是小贩把汽水交给顾客时过早脱手，还是顾客没接住，反正汽水瓶滑落在柏油马路上砸碎了，B 觉得那片呻吟声被渐渐洇湿了，变得僵滞和疲倦。B 甚至嗅到了一缕香味，那是刚出炉的烧饼所附着的黑芝麻发出来的。呻吟声变得愈来愈可触，让人造成这样的错觉：这是场景置换的结果。也就是说，所有的背景都消隐了，主角（呻吟声）被推到近前（聆听者来到了现场）。五足转椅的摇晃声、门轴的转动声和蚊帐的拂动声暗示出呻吟的地点。有个细微的声音在断断续续地说：“来啦？里面请……给 2 号桌上菜，记住，领头菜是野蘑炒香椿……快去拿醋碟，不知跟你说多少遍了，高贵的客人每人面前至少备一份醋碟，越是打扮得油头粉面的人越是喜欢吃醋……拿牙签，快去！不，不是企鹅牌，是口腔牌的……慢走，慢走，谢谢光临，谢谢……来啦？里面请，各位喜欢喝的蛏汤早已备妥……”这个细微的声音出现的同时，呻吟声便倏然而逝，B 几乎以为它就是呻吟的内容——呻吟者开始用标点和停顿隔开音节，就像放慢速度的汽车，窗外连绵不断的树木不再是一条闪闪烁烁的绿色光带，而是一棵一棵地凸现了。那个微弱的声音在继续。这一次似乎在责怪一个打碎杯盏的小童。B 感到一种莫名的烦躁，但就在他把话筒拿离耳际时，那呻吟声又肆无忌惮地响起来了，与责怪小童的微弱声缠绞在一起，须臾之间。

后者屈服了，不仅加入呻吟之列。而且跑上前去抚慰它，“你为什么呻吟不止呢？难道你就觉得这么快乐吗？”它加入之初还能清晰可闻，但时间久了是否也模糊不清，变成纯粹的呻吟？

现在话筒里的呻吟猛可的宏大起来，既气喘吁吁，又蝉声一片，似乎是呻吟者的距离和他一下拉近了。当他重新谛视这放大了的呻吟时，不禁心中一惊：那种低沉、浑厚、了悟一切人情世故因而显得城府极深的声音。多么像是Y股长发出来的，或者就是Y股长发出来的！B猛然想起，Y股长在说完“真理是从展示中流露出来的”后就一直没有露面，他完全可以利用这段时间到达某地。也许这个旅行计划是临时拟定的。而且颇费了一番踌躇，因为B向他请假时，他几乎毫无察觉。B又心怀鬼胎地重复了一句：“Y股长，下午我想提前走，家里有点事儿。”Y股长当时不置可否地瞠视他许久，好像在说：“过会儿再说吧。”那么现在的呻吟声是否就是给他的答复呢？它隐含着的是恩准，还是警告？抑或是在鼓励他：“机遇不再有？”

现在B踽踽独行在去车站的水泥路上。车站刚从城里移至郊外，所以它的琉璃瓦脊背在五月下午的云岚中绽放出惊魂未定的光芒。路上行人更多的是肩挑蔬菜赶往农贸市场的农人，他们被汗渍染得斑斓杂陈的粗布衣褂随着毛竹扁担在汽车扬起的灰尘中晃悠。他们不约而同地对B发生了兴趣，当他们与B交臂而过，都要驻足停担，搜寻着B的下落。但这个现象并未引起B的注意，占据他脑海的是中午的情景。

中午下班，B几乎是在恍惚的状态下回家的。打开门时，饲养在门后塑料盆中的几条黑鱼突然像骡马那样惊得尥起了蹶子，结果B被兜头泼来的汽水激得魂飞魄散。一直到坐上餐桌，B依然黯然神伤，郁郁寡欢。妻子关切地问：“哪儿不舒服？”他立即一口否认。“那你怎么不高兴？”似乎是为了证明这句问语的真实性，妻子给他挟了一块炒腰子。B欲擒故纵道：“唉！有个事儿我一直举棋不定。”这时襁褓中的婴孩突然哭了，妻子跑到里间哄了几声，然后走出来。“是关于旅行吗？”妻子低着头自言自语，倒更像在问自己。B诧异道：“你是如何得知的？”妻子思忖着说：“昨夜里有个梦境闯入我的睡眠。一个面目不清的人告许我你今天要去旅行，而且你会在旅行途中遭遇凶险。他反复告诉我今天不宜出行。”“真是不可思议，他没告诉你是何凶险吗？”“我记不太清了，你知道，对于梦境的记忆我总是颟顸的。他反复强调了洞穴，你想想，与同穴有关的只能是虫豸了。”为了能使妻子的思路不再向死胡同发展，B故意笑了几声：“梦境与现实正好相反。梦说不宜出行。正说明旅行是必要的。梦说我会困于洞穴，我倒担心我进不了洞穴。在现代文明的今天。进洞穴倒成了一件奢侈的事呢，哈哈。”妻子仍然忧心忡忡地说：“我说你今天还是不出门的好。”他佯装缱绻地按了按妻子的肩膀，似乎在期待某个温存机会的到啦。“一个难以推托的重要会议。没事儿的，我会安然归来。”他的目光越过妻子肩头，落在塑料镶边的椭圆镜子上。妻子消瘦的长辫在背上轻飏，似乎想努力拂去心淡淡的隐忧。

分别的时刻终于到来，而在这之前，妻子呆呆地坐在小毛竹椅上，似乎除了投入空思之外无事可做。她破天荒地抱起了熟睡中的婴孩。这是以前所有的暂别所没有过的，他用坚硬的髭须碰了碰孩子泛着美玉般光泽的额角，而孩子则用一泡温热的尿回应了他。站在门口石阶上的妻子始终忧郁地眺望他远去的背影，仿佛她所有的都开始凋零。

走出巷口时，B看着前面有个抱着孩子的妇女在匆匆而行，脊背上那根摇摆的长辫几乎与妻子毫无一致。他疑心妻子抄近路赶在他前面，以阻遏他的旅行。他想追上她，但始终不能如愿。她以不疾不徐的步态，始终保持着那段距离，而且她行走的方向与B去单位的方向不谋而合。几经辗转他们来到大街上。这时B的视线越过她的肩头，从对面一扇铮亮的玻璃橱窗上看清了妇女的真实面目，不禁无比惊骇：那是一张遍布皱褶的老妇人的脸，由于掉光了牙齿，嘴像泄了气的皮球那样瘪着。那天午后街上满是抱孩子的妇女，她们很容易就能复制或隐藏其中的一个。

到目的地的班车是个体中巴，为了尽可能多地装客，它载着他在城里转了一圈。他一直仰在座椅上阅读一份过期的《文学报》，这样做的目的更多的是为了用报纸遮掩自己。但司机用话筒絮聒不休地招徕顾客的声音使他不能安宁。因为话语过于短促，以及离送话器太近，那声音听上去就像粗重的呻吟。有一阵子他甚至固执地认为它就是上午电话里呻吟声的继续。当中巴终于开向郊外时，B 收起了报纸。五月的原野完全是油菜花的世界，一些低矮的房舍湮没其中，就像孤零零的岛屿。油菜花丛里忽然出现了一张注意着他的脸，那是一扇拉开了一半的窗玻璃告诉他的。那张脸的位置应该在他身后第三排或第四排的位置上。他扭过身向后瞥了一眼，那张脸赶紧转向一边，由于转得匆忙和不自然，那块突然面对着他的脖颈竟然颤抖了一下。"Y 股长！" B 几乎喊出声来，但是透明的窗玻璃又明白无误地告诉他，身后的那个人仅仅酷似 Y 股长而已，那圈淡淡的络腮胡表明了这一点。

此后的一段时间，那张颇含深意的脸一直以油菜花为背景盯视着他，有时则随着他脖颈不经意的转动而游移不定。B 摆脱不了这样的想法：这个人在监视他。随着中巴向目的地的逼近，油菜花愈来愈茂密起来，那种浓重的黄色就像稠密的浆糊压得他透不过气来。有几次 B 想提前下车，或者步行，或者乘下一辆中巴完成旅行，但每当车门打开，他却噤口无言，按身不动，似乎命运注定他俩要充当一次亲密的旅伴。

司机终于从呻吟中浮游出来，一字一顿地提醒外地乘客："前面就是环镇。"这意味着还有两站就到达终点了。B 突然注意到他前面的旅客都转过身来朝向他，更确切地说是朝向那个酷似 Y 股长的人，津津有味地听一则关于偷情的故事。那个人讲得眉飞色舞，唾沫四溅，显然故事已经进行了许久，而现在已临近尾声。B 感到了不可思议的是，他为何直到现在才注意到，而在此之前却充耳不闻呢？讲述者显然是针对他的，当他意识到 B 终于参与聆听时，便故意提高了声音。也许他庆幸 B 的幡然苏醒。因为方才的内容完全是背景，而现在才真正切入主题。讲述者出于卖弄或其他目的，滥用许多意义相近或相同的辞藻，句式上也竭力铺张，如果剔除那些矫饰和虚伪，那么这则故事的尾声或高潮则可以这样确定：

……这对抒情的男女由于是一见钟情，故而对他们来说幽会再现了初恋时代的让人难以抗拒的魅惑。他们的足迹曾经遍布了街角、影院、候车室、街心公园和郊外的黄泥小道，但他们从未拥有过真正意义上的幽会空间，也就是说他们从未进入过彼此的家庭。这很重要，因为这会使他们都能获得一种崭新的心境。当然时间会使他们达到目的——这样的机会正在抵达他们的途中。但他们却过早地垄断了时间，这一点从结局可以看出。他们约定晚上十点见面，这可以说是幽会的黄金时间——它遮掩了绝大多数人的活动身影：或者已经进入梦乡，或者在电视机前流涎水，或者醉心阅读，或者为家事大动干戈后，处于极度的困惫中。总之这时候晚风婆娑，万籁俱寂。男人准时出现在三楼的游廊上。三楼是女人的住所，准确地说，女人居住在游廊的东端。他按捺住剧烈的心跳，向东走去。其间有几户人家尚未入睡，映在窗帘上的富于曲线的身影耐人寻味。他经过时自然是蹑手蹑脚，提心吊胆。女人家的门是洞开的，灯火灿然却无人影。作为幽会的理由，女人已经在白天告诉过他，丈夫带着孩子奔丧去了，最早也得在后天回来，但是为何不见女人的踪影呢？这时女人拎着铅皮水桶从游廊西端走过来了。她是到盥洗室打水去的，但更主要的是借此观察周围的动静。女人走过映着人影的窗帘，几乎到了自家门前。桶中之水激动得呜咽起来。但即使这样，背身站在门口的男人也浑然不觉。女人于是轻轻唤了他一声乳名。乳名总是在最美丽和最危险的境地中才使用，女人当然是取的前者。男人扭过头来惊恐地看了她一眼，便像纸鹤那样飞出栏外，然后掉在楼底的水泥地上。

中巴应该在终点站车站停靠，但车站远在集镇的西北角，所以不少乘客在镇口就下车了，那个人因而提前结束了讲述，并且也裹挟在其他乘客中下车了。他走过B面前时，意味深长地看了他一眼。而且他下车后并不急于离开，而是频频回首搜索B的目光，似乎在诘问B："难道你不在这里下车吗？"本来B也应该在这里下车的，但现在才只5点，离见面时间尚有漫长的5个钟头，他无法不想方设法消磨时间。

实际上，在终点站下车的乘客只有B一个。车站位于喧闹嘈杂的交通路口，由于个体中巴的大量繁殖，它已经名存实亡，所有的乘客都在柏油路边上车或者下车。B下车伊始就被面前风驰电掣的各种摩托逼得喘不过气来，他试图从摩托停歇的间隙跑到对过去，但附近一辆货车紧急刹车的尖利声使他颤栗起来。他退到与马路接壤的草地里，但从茂密的草丛间蓦然发出的一声"香烟、洋火、桂花糖"又使他惊愕不已。那声音是突然消失的，似乎是被一把刀割断的。与充满险情的柏油马路相比，鸢尾草地显然安全多了。他开始向深处走去。一伙穿着邋遢的人坐在那里拼命吸烟，这多半是烟卷潮湿容易熄灭的缘故。"嗤嗤"的擦火柴的声音此起彼伏，而在这声音的上空，翻卷的烟圈摩擦着空气，发出类似鱼鳞抖索的声音。离他们不远坐着一个被缚的童贩，显然这伙人掳掠了他货篓里的烟卷。童贩是个瘦弱的少年，B看不到他的脸庞，因为他被脱掉了裤子。小脑袋由几根绳索固定在胯间。B知道这是一种名曰"看瓜"的民间刑法。有个隐在烟圈中的人对少年说："你要看好了它，你要把握住它，你要慎戒它的蠢动。"

他们背后忽然传来一阵“嘘嘘”的口哨声，原来那并不是某个妇女在给孩子把尿，而是一个就着火堆吹制玻璃瓶的中年男子发出来的。每吹好一只，便旋即用力砸在一块青砖上，让人感到那美妙的破裂声是他吹出来的。后来就有一缕黑芝麻香味飘来，他循着香味往前走，竟然来到马路的另一边。烧饼炉被安置在马路附近的布篷下面，打着赤膊的制作师傅连续不断地从炉内掏出烧饼，点点汗滴在炉口四周腾起层层青烟。吃烧饼的人清一色是刚从农田出来的农人，也就是说一个穿着干净、皮肤白皙的“工作人”拿着烧饼搀杂其间太引人注目，于是B边吃烧饼，边走进对着烧饼炉的大门。“来啦？里面请。”一个打扮妖冶，面呈笑靥的小姐出现在他面前，他这才明白误入一家饭店。

饭店门面不大，但就像山洞那样幽深，许多人影在甬道两侧晃动，而甬道终端的人影由于过于模糊，就像液体在流动。小姐将他领至一间雅室，问他要些什么的同时，吩咐身边的小厮：“给2号桌上菜，记住，领头菜是野蘑炒香椿。”呷酒读报也许是消磨时间的最佳方式，遗憾的是他把钱包忘在家里了，兜里的钱只够买回程车票。“我能在此小坐一会儿吗？”他期期艾艾地说。小姐没理他，而是大声呵斥另一个小厮：“快去拿醋碟，不知跟你说多少遍了，高贵的客人面前都要备一份醋碟，越是打扮得油头粉面的人越是喜欢吃醋！”然后对B说：“小坐是可以的，但不能白坐，你先去给5号桌拿一盒牙签，快去！不是企鹅牌，是口腔牌的。”

现在B依坐在沙发椅上阅读报纸的社会版，他打算过一个小时再离开。整整一个版面都是一部言情长篇小说的梗概。B开始对发生在衰叶纷飞的黄昏里的缠绵故事发生兴趣。但是隐约传来的几声呻吟破坏了他的阅读兴致，他本能地走出雅室。呻吟声是从甬道对面的小房间逸出来的，它最初也许是断断续续的，而现在则响亮地呜咽起来，仿佛是对B的召唤。B心烦意乱地走进去，发现里面还有一个房间，一块玫瑰红的丝绒布帘披在花瓶形的房门上。B冲动地走上前去时，几乎就要掀开布帘了。但一件深灰色羊毛马甲劫持了他的行为。它挂在布帘一侧的墙钩上。由于光线较暗而不易察觉。B冲动地走上前去时，它像旗帜或幌子似的飘动起来，而现在却像某个动物耳朵似的耷拉下来。静若处子。

B的手臂仍然僵硬地停地半空中，手指差不多触在了绒布上。他有几次想掀开它，况且里面紧一声慢一声的呻吟在催促他，但他最终还是审慎起来。这件马甲无论是颜色、布料还是款式都与Y股长的极其相似，甚至可以说就是Y股长的，但是接下来的一个想法在折磨着他：如果马甲是Y股长的，那么呻吟者必是他无疑，也即进入内室毫无必要；如果马甲不是Y股长的，呻吟者当然不会是他，那么进入内室更无必要。与此同时他又为方才的举止后悔不迭。方才他显然是想闯进去看个究竟，但丝毫未考虑后果：倘真是Y股长，他除了暴露自己外，又能怎样呢？倘不是Y股长，他完全有可能因为侵害他人自由而被送上法庭。然而，即使不进入内室，他就没有暴露自己吗？B开始想到了撤退，但他却不由自主地把手伸向马甲，他要弄清楚马甲到底是不是Y股长的。他记得上午他曾看到马甲胸襟上有一块风干了的口涎，因此他抓起马甲后便查看胸襟。这时他感到门口有个人影闪了一下。从它闪动的急速来着，并非不经意地从门口走过的，而是在门口滞留了一会儿，然后出于惊惶或其他目的而突兀地走开了。B奔到门口发现那是个抱着孩子向外走去的妇女，熟稔的背影告诉他那是他妻子，也就是说她一直在跟踪他。

现在B走在车站往南的马路上，从那里的一座拱桥向东可以进入集镇。马路上聚集了从化工厂和化肥厂下班的人流，他稍为安定了些。但天色似乎突然昏暗下来，他不知道是时间加快了流逝，还是眼睛欺骗了自己。而且他的鞋跟变得异常响亮起来。尽管他竭力使自己的脚步轻柔，但遏制不住的响声还是引人注目。由于拱桥是集镇与郊区联系的咽喉，因此桥上的行人特别多。所有的人都心无旁骛地急着赶路，他们甚至不愿把目光从路面挪开，投得更远一点。但是一个穿着短袖衬衫的人，却一直伫立在桥面上。最初，他背着B走来的方向观赏河面往来的船只。随着B的接近。他也一点一点的转过身来，好像是专侯B的到来。B犹豫着钻进了路边的茅厕。从某个窟窿望去，那人正向这里翘首而眺，显然已经焦躁起来。考虑再三，B还是决定退回车站重作计议——自坐上来集镇的中巴，渴求安全的意念就一直俘虏着他。但当他从茅厕出来时，却义无反顾地向拱桥走去。他心里第一次响起嘹亮的悲鸣：来吧，陌生者，你是我的目的的继承者，我要归隐到你身上去。可是当他一走近桥面时，那个人却悄然返身，消失在桥下。

拱桥向东实则是集镇的主街道，道路两侧杂乱地布满了各类商号。B看了看表。还不到七点，他打算逛街上打发两个小时，剩下的时间完全可以在某个娱乐场所解决。先从左面开始。靠拱桥的原来是粮站而现在则是灿米厂，铁栅栏内一片寂寥，自然没有什么可看，宽宽的巷道和消失于拐弯处的屁股。墙壁被严重风化的公厕。自行车修理铺。一个穿着破旧的老者正在敞棚里大汗淋漓地在一辆四角朝天的自行车上忙碌着。老者试图拧下车轴上的一个滑溜溜的钢帽里，但总是功亏一篑，每使一回劲，面颊上就添一圈汗滴。敞棚边上的爬爬凳上坐着一个衣着考究、利落的老妪——电许是他的老伴，正捧着水烟兴灾乐祸地观看着。从公厕过来的B随之蹲在老者面前，看他究竟如何拧下钢帽。老者突然恼羞成怒地朝他吼道：“有什么好看的，婊子养的！”B悻悻地离开后走进了隔壁尚未打烊的杂货店。坐在货架前的两个中年女人也许守株待兔地空等了一天，乍见到B不禁万分欣喜地走出柜台，一面挽袖捋臂，一面连声问：“你要什么？你要什么？”那架势完全有绑架了B的可能。B连忙退出去，差点被门槛绊倒。橱窗里陈列着的一长溜书籍表明了这间屋子的身份——书店，可惜已经关门，要不倒可以着实消磨一阵子的。又是关闭着的铺子，一间，两间，三间，四闻。一个月亮门使他逗留了几分钟，虽然天邑冥暗，但他还是看清了门墙上面排成弧形的六个大字：××镇幸福院。门洞里摆着几张缺胳膊断腿的木凳，那些孤寡老人每天就是坐着它们打发幸福时光的。B兴味索然地离开后，来到一座昂首奋蹄的骏马雕塑前。它可不是无缘无故耸立此处的。B早已知悉集镇名曰“马塘”，传说是沿着一匹马踩出的塘沟繁衍起来的。B坐在雕塑的底座上稍事歇息，但他偶然发现对面，也即街道右侧的店铺有个形迹可疑的人在向这里窥望。而且他附近一些过早地走到户外执扇纳凉的人，由于无事可做，便也都注目着B。类似这些纳凉的市民一直向西延续着，这意味着B下桥后始终处在他们的视线内。可以肯定，修车师傅呵斥他的情景也被他们看到了。B本来打算逛完街道左侧再逛右侧，集镇的娱乐场所几乎都设在那里，但现在看来已不可能。而且到别的地方闲逛也不可能。B于是提前结束了他的街道漫游，装着若无其事地原道返回拱桥。

下了拱桥再往南便进入名叫潮桥的乡村。天完全黑下来了，但铺天盖地如潮汐般翻卷的油菜花把天空烧得宛若白昼。时针在“8”上驻足片刻后开始向“9”迈进。它虽然走得磕磕碰碰，但它的方向除了“9”以外别无选择。B是从一座磨房废墟拐入乡村的，一条过份寂静的漫漫小路足够他消磨余下的时间。小路的右侧是辽阔的油菜地的边缘，左侧则是与路齐头并进的河流，一种似乎是永远不会苏醒的宁静笼罩在水流和蛙鸣之上，他试图使鞋跟踩出响声来，但无论他怎样努力，都不能听到那种“噗噗”的真实响声，也许是泥路过于松软了。他在一棵高大的油橄榄树下停留片刻。树木早已入眠，树上的鸟儿也已熟睡，它们偶尔发出的轻微呓语使他感觉到一种可以触摸的安全感。他开始后悔刚才的那趟街道漫游，“为什么不从车站直奔这里呢？”他反复这样问着自己。几乎所有淹没在油菜花中的农舍都黑灯瞎火，四周飘溢着难以言状的苦涩香气。

离开油橄榄村后，他打算深入油菜花的腹地，借机欣赏一番收获之前的丰赡景象。也好使他单调的踏步添上诗意的一笔。而那些景象往往悬挂于农舍温润的墙壁上，比如不时相碰发出风铃之声的弯镰，几串灼灼发光的辣椒，一扎绿生生的葱蒜。但是突然出现的情况搅碎了他的静谧之心。当他来到一个堆满麦秸垛的场院时，一个闪身而出的人抓住了他的手臂，吓得他几欲昏厥。那个人轻言细语道："别出声，跟我来。"在一间烛火摇曳的农舍里，他看了那人一眼，不禁大为骇异：那人正是他从大街的橱窗上看到的抱孩子的老妇人。她搬开一张衣橱，指着露出的洞口说："快进地窖暂避一时。"然后又解释说："村里人以为你是盗贼，都埋伏在油菜地里等着你哩。如果等不到你，他们就会挨家挨户搜索。"他想起中午妻子说过的洞穴的话，心里不胜悲凉。

十点钟的时候，B 终于到达幽会地点：她的家。那是一所学校的二层宿舍楼紧靠楼梯的房间。上楼前 B 看到她家后阳台上摆着一盆迎春花，表示她丈夫和孩子尚未归来。而且左邻右舍都熄灯就寝了。房间里除了柔和的壁灯和安静的家具外，空无一人。他在门口栏杆旁站了一会儿，突然听到背后有人唤他的乳名，于是他凝神一想，然后张开臂，像一只夜鸟飞出了栏杆之外。

在布道中永恒

一

我总是难以忘怀已成隔日黄花的美好时光。我是说，从我记事起，我们家的幸福生活就像鲜艳的红葡萄，从餐桌上倾泻而下，漂浮在我们的梦境里。春天的傍晚，我们喜欢到户外散步。在离开家门的瞬间，我们总要屏息谛听门上的舌簧在锁里缓缓展开来的声音，然后发出会心的微笑，似乎美妙的春夜就是由舌簧奏响的。小径、甬道、坚果果树、带花的藩篱把我们送向远方，同时留下我们亲昵的语声。夏天，在漫长的白昼中我们频频出没于河汊和游泳池，仿如热带鱼在清且爽目的水里缓缓划行。在爬满绿色藤蔓的天井里，顶着梳得整齐的黑发，穿着水洗布短裤和白色T恤，斜倚凉榻。这时远处响起卖冰棍的吆喝声，随着木槌对箱板的不断敲击，我们头发上残存的水珠进一步滴落下来，颈上刚搽的痱子粉逸出迷人的香气。黄昏，石桌上斟满啤酒的玻璃杯一片琥珀。而秋天，我们则陶醉在绿橘黄橙、草莓、槟榔果、莱阳梨、烟台苹果和红红的柿子中。每一天的日子都散发出水果的清新之气。冬天呢，我们的脚套上用芦花编成的茅窝，大衣的衣袖则显得很长，相拢着。取暖器揭示出蕴含在北风里的春意。全家人围坐在客厅的转角沙发上，轮流唱城市民谣。雪花在岑寂的屋顶上飘洒，就像在匆忙阅读冬季中草草记下笔记的碎片。你可以想象穿着臃肿的孩子。他们在悄无声息的雪花里像企鹅来回摇摆，嬉戏。过去的日子是一首让人怀念不已的谣曲。

但是这一切随着父亲的离休而告终，或者说，父亲的离休是谣曲的休止符。顺便提一下，我父亲曾经是个落魄的退役军医。在我这么大的年纪，也就是三十郎当的时候，被一个地方行政官员看中。那一年夏秋交割时感冒盛行，他披着一件黑色大氅到我父亲开设的私人诊所看病。诊所里一张紫檀木大床特别显眼，他躺在上面等待我父亲把脉或者使用橡皮槌和金属振叉。不幸的是，他幼时遗尿的毛病突然复发。骚味的飘出是和裤裆附近尿斑的扩展同时进行的。但是，他对我父亲高明医术的惊讶掩饰了最初的羞涩。因为父亲仅仅凭着斑驳的尿迹就断定他患着秘不示人的疝气和痔疮。时隔数日，父亲便成了行政官员专司拎尿壶的保健医生。每日清晨，父亲从行政官员的蚊帐内拎出沉甸甸的尿壶，然后跑到门口亮处细细嗅闻，以此来诊断尿者是否有恙。不久，父亲通过尿液查出了潜伏在行政官员小肚子底下的何杰金氏病灶。

后来，父亲独具个性的诊病方式传到了上头。父亲理所当然地被从行政官员身边挖走了。在县城行人稠密的大街上，人们较能轻易地认出父亲。为了保护对尿液灵敏的嗅觉，父亲平时总是戴着个大鼻套，尤其是在烹调做饭的时候，因而你摸上去肯定是一手腻滑的油渍，散发出的是洋葱气味。有人说我父亲像条狗。这一点我并不否认。

由于父亲名声大噪，因而要他诊病的官员络绎不绝。他完全失去了人身自由，常常是在这一家屁股还未坐热，那一家来接他的小车就到了门前。最苦不堪言的是父亲大小便也很难按照自己的意愿进行，往往是刚在这一家便所拉出一个屎头子，便急匆匆提溜裤子登车到另一家拉下第二个。为此父亲重温了战争年代的行军生活：他打背包还是那样迅捷娴熟。所有让我父亲拎过尿壶的人都对他的工作交口赞誉，“刘医生，确实不错。”我怀疑，现如今电视广告中的那句“唐威胶囊，确实不错”就是从他们那儿学来的。

实际上，父亲这种颠沛流离的生活并没有延续多久。一天早上他得到一个来自隐秘处的指令：摘下鼻套。父亲愣怔良久，不知所措。就像身体的其他组织一样，父亲早已把鼻套看成身体的密不可分的一部分而忘诸脑后。有人把他带到穿衣镜前。父亲摘鼻套时痛苦万分，心里一片悲凉。摘下鼻套后的父亲简直让人无法相认。鼻子早已烂成一块红肉，水冽冽，宛若一块刚从水中捞出的红绸子。父亲挺着他的烂鼻子走进了某个局的局长室。那一天不少人奔走相告：“来了个烂鼻子局长。”

二

应该说，父亲离休回家的步履还是轻松愉快的。据目击者称，父亲从办公楼上下来时，就像跳跳鱼连蹦带跳。楼梯是与过去连系的最真实的载体，父亲三下五除二就走出了过去，而且永不回复。楼下停着一辆黑色皇冠，司机很有耐心地等待父亲。他因为以后再也不会有讨厌的烂鼻子在眼前晃来晃去而窃喜不已。但是父亲仍然保持下楼梯培养出的惯性，我是说从县城到我们家居住的长沙镇，其间的十七公里，父亲几乎是走着回来的。“几乎”意味着父亲曾经骑了一条老牛跑了一程。父亲骑牛并非是对走路力不从心，而是发泄兴致的一种方式。

与往日相比，那一天并无任何特别之处。也就是说那天是九月间一个极其寻常的日子：清朗的阳光在天井的葡萄藤架上漫延；几只鸡在鸡埘周围捕食腿脚显得有点僵硬的蚂蚱，它们被迫进入鸡嘴时往往要伸一伸腿，露出脚窝处白皙的表皮；而我们则在厨房里把鲜活的鲫鱼用醋、味精、葱末和香料腌起来，准备做一道父亲最爱吃的炸鱼。

九月当然属于秋天。父亲在院门口停留片刻，贪婪地吮吸了几口布满水果味的空气，然后高声念了一句某出戏里的唱白：“我回来了！”父亲右手拎着在任上时权充道具的公文包（边角镶着绛色裘皮），左手拎着一只欧椋鸟笼子，一副厌倦尘世，心力交瘁，返璞归真的模样。

晚餐的气氛是热烈的，倒并不在于菜馔的丰盛，而在于心情。对官场剪不断理还乱的事务的彻底摆脱使父亲兴奋得有点放浪形骸。晚餐的整个过程他都是赤着脚蹲在高凳上。每当端上一道菜，他都用手撷取，然后将白兰地像喝汽水那样咕噜咕噜灌下去。父亲不再把餐桌当或一种孕育阴谋的土壤，一种虚伪的聚会的场所，一种交际的工具，而视作一个安全的港湾，一条与家庭成员交流的纽带，一块流露心灵的福地。如果说以前父亲是家庭餐桌的匆匆过客，家庭生活对他而言是旅馆业的一个分支，他的来来去去只是一种象征的话，那么现在的家庭生活就是一个容器，餐桌则成了这个容器的圆形木盖，父亲赤着脚全身心地投入了进去。

我想告诉你发生在晚餐中的几件事。在咀嚼的间隙，父亲滔滔不绝地说起官场中的奇闻轶事。父亲说，官场生活用一句话就能概括，即在一个简单的故事上蒙上一个离奇复杂的故事再蒙上一个简单的故事再蒙上一个离奇复杂的故事，如此这般，循环往复。它在太阳底下的效果说，错中有对，对中有错，扑朔迷离，闪烁不定。父亲说，其实当官只要具备一个条件就足够了——大大的酒量。这不仅是为了上下左右应酬的需要，而且过多的酒精会使你语无伦次，对某个问题数次重复，尤其是信口承诺，而第二天早上就忘得干干净净。一个成功的官员就是过多地承诺又过快地遗忘的人，就是喋喋不休，颐指气使的人。

大约在饮第十杯酒时，父亲抚弄着角质酒杯有点感慨，“我在任上时出席酒会，席间总有人唱歌助兴。你们谁来唱个小曲儿？”我们大家面面相觑，沉默无言，一种乡下人扶不上台面的小家子气悲哀地笼罩着餐桌。父亲无奈地说，“既然这样，只有老夫献丑了。”父亲以筷敲碟地唱起他出席酒会期间听来的歌，遗憾的是每首歌只会唱开头一句。有时一首完美的歌一开始就出现一道无法修补的裂缝，父亲于是就像老母猪那样哼哼几声糊弄过去。由于我们未像他期待的那样叩掌和之，场面显得有点冷寂、单调、尴尬，毫无弹性可言，为了弥补这一缺陷，或者说为了给日后留下一个美好的回忆，父亲醉眼朦胧中忽然提出让我骑他背上像狗在桌底爬行。“这是对结束公仆生涯的最好纪念，”父亲说。“你是喝醉了尽说笑话，我这个大块头趴在您身上还不把你压扁了。再不比从前啦，我已走出了儿时的栅栏。”我执意不肯。“你爸能喝醉吗，小子？不错，我酒量是不大，喝一口就红脸，一直红到大腿根子，然后就用衣架抽你屁股，可那是最初时候的事儿，老子我也走出以前的栅栏啦。再说，在父母眼里，儿女长得再大也是肉嘟嘟的光屁股的孩子。小子，上吧！”

我不可能一股脑儿压在父亲身上，而是有所保留。也就是说我骑在父亲背上，两只脚稍稍撑在地上，然后随着父亲身子的前移而像桨那样轻轻划动。当时桌子底下尽是粘滑的垃圾：吐出的鱼刺、肥肉块、虾皮、豆壳和鸡骨，父亲驮着我刚绕了一个桌脚就滑了个仰八叉。父亲醉卧桌底，间或舔一舔前来觅食的猫的口髭，然后搂着我娓娓而谈。父亲说，从明天起他就要开始一种真正的人间生活，这意味着完全抛却由烟雾笼罩的官场带来的一切烦恼。他要沉湎于欧椋鸟笼子，把它当作与外界联系的枢纽。每天清晨的遛鸟是必不可少的，同时一边俯首听袖珍半导体播送的话语，会使一天的最初时刻留下语言对时间的塑造与改造的痕迹。于是这一天他就有事儿干了——把那些痕迹抹去，还原成生活原态。这将会使他的赋闲生活美丽而充实。当然，抹去痕迹的工作也包含钓鱼、对弈和种养花卉。父亲说他需要用一种圣洁的光芒照临暮年岁月。这光芒就是鱼儿离水时鳞片的闪耀、对弈时一刹那闪光的灵感以及花卉的嫩叶绿蕾在黎明对露珠发出的呼唤。父亲说他要在晚年的余荫里修身养性，宁静淡泊。老年生活是以青春和激情为代价获取的，因而它隐含了人类社会最高层次的意义，享受人生，无忧无虑。它既是宗教的温床，又是最佳的生活方式。

三

欧椋鸟死了。这是父亲开始离休生活第10天时的事。它把椭圆形脑袋埋于腹部的蓝色羽毛中，仿佛是把控诉表现在藏而不露的隐喻中。事实上，父亲第二天早上就完全背弃了他在桌子底下描绘的离休生活计划，似乎那些都是一出闹剧中的戏言，随着帷幕的降落，它们飘荡在空气中，然后流放于荒野与山峦。而亡命的欧椋鸟则是它们最终消逝的体现者。

当时父亲深陷在贴满膏药的藤椅里，目睹了欧椋鸟死亡的全过程。当然，这里并不排除父亲以为欧椋鸟埋首腹部是为了捋弄羽毛的可能性，或者说他对欧椋鸟从衰竭到死亡全然无知，因为那时父亲身上已经清晰地出现了疾病的征候，神情恍惚，呓语绵绵，完全是一个颓败的表现主义者。

由于头天的晚餐到夜阑更深方散，所有的人没有洗漱就迷迷糊糊就寝了，因此谁也无法搞清父亲究竟是何时上床又是何时起来的，也许他从没离开过那把藤椅。他就那么一直坐在想象中南方冰凉的藤条中，接受着翌日清晨从卧室向他走来的脚步声。我们发现夜色已经在父亲眼睛上蒙了一层厚重的云翳，阻隔了风景对灵魂的抚摸和思想与外界的交流。就像一潭凝固的死水，投石和荡桨都激不起一丝涟漪。更引起我们恐慌不安的是，父亲的嘴唇不知何时开始有节奏地翕动着，嘘嘘有声，沾附在胡须上的皮屑随之飘落。与其说在祷告，倒不如说更像一条鱼摇晃着鳍在水面喋着。也许父亲把家庭当成了水族馆，而自己则成了一条回归的鱼儿？

欧椋鸟的葬礼是隆重的。我们选择长沙镇东郊一块朝阳的高坡，四周的棉田像打盹似的在阳光下静静地泊着。用桑木片打制的小巧灵柩盛着亡鸟，也装殓着父亲离休生活的最初时光。

后来发生的事至今仍是个难解之谜：当我们挖好墓穴将灵柩置于其中时，突然感到手中的棺木轻若鸿毛。棺盖的启开证实了我们的猜测：欧椋鸟不翼而飞！也许它从棺柩的缝隙遁出，然后沿着原野上的风信子和百合花的花蕊，飞入虚空。

欧椋鸟莫名其妙的失踪，无疑在我们心中留下了难以抹去的阴影。当我们工作、学习和休息的时候，总要不由自主地悚然心惊：欧椋鸟隔着板壁倾听挖坑的同时，睁开了滞重的眼皮。灵柩的空间是狭小的，但并不妨碍它阴郁的目光的眨动。它是怀揣复仇意愿诅咒着复苏飞去的。它翅膀扇起的阴风将会使在场的每个人劫数难逃。有时我们在梦中遭遇欧椋鸟，看到它的黄色小嘴像鱼在水面喋着那样翕动着，于是我们也不由自主地模仿它的嘴形翕动起来。于是左邻右舍就会为我们的喧嚣之声所惊醒。这种惊恐的声音开始时是含混不清的，就像闷在被子里，后来便大呼小叫，最后才渐趋明了：“飞——飞——飞——”，就像浸湿的唢呐，沙哑而刺耳。我们往往是裹挟一身冷汗翻身爬起，看父亲坐在藤椅中的轮廓于透过窗棂的曙色中渐渐明朗。这时我们想：父亲也是一只欧椋鸟吗？父亲嘴唇翕动着的也是“飞——飞——飞——”吗？父亲也会蓦然飞走吗？

为了弄清父亲翕动的实质，当然也为了尽可能地走向父亲的心灵，使父亲精神上的某种错失变成一种不需任何回答即自行消失的声音（譬如欧椋鸟的啭鸣），凑近父亲下颏辨听嘴唇之音便成了我们每天的重要功课。由于那种声音模糊得近乎雨季发生在林中的脚步与腐叶的粘连声，我们的辨听更多的是臆测。比如某天晚上我们交流一天辨听结果时，内容竟是那样大相径庭：

“酷刑。”

“荆冠。”

“经验……中途……”

“发生、起步、发展、趋向与意图。”

“忏悔。”

“膀胱。”

“车站，车辙，车前草。”

“引诱、召唤。”

“结局如何？”

“麦克风。”

我们有时想，父亲也许是迷失在往事的迷宫里，他的所有呓语是对所有交叉口的命名；或者，是行进在想象中的未来生活里，那么，嗫嚅之音则是每座里程碑的标志。无论我们怎样解释父亲懵懵懂懂的痴呆状态和那种从不离开藤椅的近乎愚钝的语义编码，现实都不可避免地警醒着我们：随着黑夜的降临，父亲嘴唇翕动的幅度逐渐加大，与其说是唏嘘，不如说是呻吟。于是破损的藤椅也不甘示弱地摇动每个关节，吱吱扭扭，吱扭吱扭，使你想起田埂上推来的独轮车。我们惶恐不安地谁也不去睡觉——也不可能睡着。我们往往把视线投向墙角，看一簇蛛网的颤悠和一只壁虎的爬行，而不忍目睹父亲坦露无掩的神态，深陷在藤倚中的衰弱、枯瘦的身影就像老山羊似的投射在对面的白墙上，从翕动的嘴唇吐露出的缥渺的词句雾气般袅袅升起。缓缓上飘，轻轻弥漫。下颏和脖颈够食似的向前伸展，一派弃绝人寰的味道。后来我们才知道，这是父亲人体的元语言，在渴求人们破译的同时，充满了对知音难觅现象的愤懑控诉。

最早光顾我们家的，是精神病院的一名主任大夫。他说父亲身上表现出的病况临床称为幻觉、妄想、意识障碍和行为混乱综合症。他试图通过催眠法治疗父亲的病。但是藤椅中的父亲精力过人，从不瞌睡。有时他眼皮像豆荚耷拉一起，嘴的翕动暂止。大夫以为他涉足梦乡，便用他温柔动听的男中音娓娓而叙："好了，你现在来到一块苍翠欲滴的芳草地。你左边是一棵桉树。风吹叶动，簌簌作响；右边是一座拱桥，流水潺潺，仿若弦乐。告诉我；你看到或听到了什么？或者感觉到了什么？你慌不择路，神色悲壮，同时频频回首来路。你是在逃脱某个情敌的追击，并且焦急地考虑是冲过桥去从此消失天外，还是爬上树暂避一时，东山再起，好吧，让我来告诉你……"这时父亲会突然睁开眼，朝大夫一瞪，又我行我素地翕动嘴唇，仿佛是对大夫自作多情的谑语。毫无疑问，催眠法或疏导法只有在患者处于梦境状态下才能实施，而如何使父亲入梦乃是治疗的关键所在。为此大夫每晚坐于父亲身侧，哼起著名的催眠歌谣《摇篮曲》。开始，大夫的歌喉在万籁俱寂的午夜就像沙漏那样丝丝缕缕，如梦如幻。两天后大夫的声音就喑哑了，犹若戳破的皮球。在服了大剂量的草珊瑚含片和胖大海勉强哼起的谣曲也不能使父亲滑向梦境的边缘后，主治大夫只好卷起铺盖离去。

接踵而至的是仗剑云游的长发巫师。他身披靛蓝色亚麻布道袍，刮得铁青的腮帮子上罩着带褐色圆点的类似牲口嚼子的黑丝纱。眼睛多眵的巫师显然认为父亲是蛤蟆精附身，因为蛤蟆的腮平素总是翕动不止。一次免灾求福，袚除妖魔的仪式在天井里举行。由于水是蛤蟆遁走的最好道路，父亲被置放在一口从染坊抬来的大缸里。

在满缸清凉的秋水中，父亲咿咿呀呀，躁动不安。有人把藤椅投进水缸，父亲才安静下来。你现在看到的情景是：父亲坐在微微浮动的藤椅上，仅头颅伸出水面，看上去就像一颗漂在池塘上的水葫芦。父亲宁静淡泊，心满意足地观望缸外的世界，似乎他把水当作与外界隔绝的屏障或与外界联系的桥梁。长发巫师则双目轻闭，念念有词，间或挥舞剑术，在三炷香的罅隙中手舞足蹈，斗法不止。仪式持续了三天。每天结束时，巫师都要将满满一盆冷水兜头盖脸浇在父亲脑袋上。巫师解释说，这是为了使蛤蟆的最后逃遁成为可能，如果不把头颅也变成水的一部分，蛤蟆的盘踞就有隙可乘。三天的浸泡生活对身体造成的伤害是明显的：父亲脸色青紫地休克过去并且像飘零的枯叶在缸中游弋。我们像捂柿子似的把父亲捂在三条新棉絮里，寒冷使父亲的翕动加剧。长发巫师临走时万分惋惜地说："如果再坚持一天，我管保蛤蟆弃他而去。"

九月将尽的一天，我们看到省城一位久负盛名的唇语破译专家出现在用树枝和蒲苇编织成的围篱口。他的到来使我们家屋前扬起的灰尘闪现出光芒。忧郁多日的母亲第一次面呈笑靥。破译专家背着手在父亲面前来回走了两趟后对我们说：

"这是一种典型的迷失现象。人到晚年总喜欢把回忆作为生活内容。他们希望像捋胡珠似的把经历过的每一种生活都捋过去，从胡珠间的真实可闻的碰撞声中得到安慰，并伴随着捋的全过程。可是，要做到这点谈何容易！首先，每一种生活都锈蚀不堪，稍稍一碰就有可能变成粉尘，更何谈去捋弄？其次，每种生活都有自己的过去，多种生活的过去经常互相纠缠一起，最后把你捆缚、淹没。譬如在我来之前曾翻阅过你们父亲的档案材料，得知他曾做过织网工和理发匠。这两个职业虽然目的和方向不同——一个是加，一个是减，但性质却是相近的。然而对回忆中的你们的父亲而言，两个职业之间的距离却是遥不可及。设想，当你们的父亲走进昔日亲切的网具作坊时，成片成片的尼龙网即会把他层层包裹起来，滞留在网绳上的鱼腥气会使他晕眩许久。使他醒来的是剃头挑子上钢推的轧轧声响，但他只能通过网眼领受雪花似的头发动人地飘舞。当然，他身陷囹圄是暂时的，但这期间他身上不可避免地表现出某种动作特征。比如手臂大幅度地颤动，表明他奢想撕破鱼网。后来他走出鱼网并非是撕扯的结果，而是他的态度使得网开一面。我是说，他总会从他所逗留的生活中走出来的，不过，时间的长短取决于他回忆的虔敬程度，一般而言成反比，即你越虔敬逗留的时间会越长，从这个意义上说，没有责任感的人对待生活会像风一样轻浮。你们的父亲从网里出去后即投身推子与剪刀的交缠中去。作为逗留的标志，他剃了个大光头，然后带着青青头皮再投身他经历过的另一种生活，比如下海仔和小贩——走向衰亡之路就是这样迈进的。这里要说明的是，正如捋胡珠是按照顺序进行的一样，回忆或者逗留或者说迷失也是循序渐进的。也就是说靠船下篙，是从离自己最近的生活开始的。就你们的父亲来说，当然是从局长生活开始的，然后就像爬不上坡的载重车一步步退回原地。一般而言，后退的方向因职业性质而异。例如一个一生中从事过教育、医学、艺术的人，他的后退方向必然是直线型的，因为这三种职业同属上层建筑。拿你们的父亲来说，他后退的路毋容置疑是弯曲的，因为局长、退役军医和织网工、理发匠、下海仔、小贩分属上层建筑和下层建筑。而且还有一个不能忽视的问题：由于你们的父亲在成为军医之前做过织网工，退役后也当过一阵子理发匠，所以他后退的方向会直中有曲，曲中有直，退中有进，进中有退。换言之，回归起点的运动会时常受到一股逆流的左右而影响进程。”

破译专家发了一通宏论后便走向椅中的父亲。九月末的气候，寒意已经从炎热中脱颖而出。父亲在磨破袖口的黄布衬衫上加了一件羊毛坎肩。由于最近父亲嘴唇翕动的幅度加大，羊毛坎肩的下摆不可避免地随之抖颤。破译专家端详良久后返回我们中间神秘兮兮地说：“这是焦虑现象。焦虑是认识真理的必要条件。”

父亲对破译专家视而不见，也许正如破译专家所说，他正逗留在局长生涯某一天的某一时刻中。那个时刻只是毫不起眼、在记忆中可能留不下一点痕迹的一个片断，一个侧影，一个环节，但是这个时刻的话语、神态、吸烟的姿势、眼角皱纹舒展的程度、吐痰的声音、作报告的音量、笔头在纸上游动时碰到疵点犹豫的时间以及莫测高深的微笑却是一些编码和语言信息，借助这些局部的编码和语言信息却能阅读出整体现象。整体就是这样来垄断局部的。

破译专家开始忙活了，先是顺时针绕着父亲走了几圈，仿佛走近父亲逗留着的那个时刻。然后双手模拟雕塑家的经典动作，距离适中地对着父亲砍削和填补，即拿掉多余的，添上缺少的。可以看出这项工作是艰巨和复杂的：雕塑动作并非依照自下而上或自上而下的顺序进行，往往是从任意一点开始，或者左右开弓，或者同时开拓几处，然后齐头并进。有时顺从灵感的安排直到将灵感使用殆尽，有时则主动放弃灵感，然后再重新找回灵感。这些表现在破译专家的手势上便是跳跃、重复、回返、僵持。他后来告诉我们，所有这些动作完全是一种辅助行为，即为最后的倾听作准备——为倾听开辟一条清晰的通道。

对通道的开凿是繁复和费时的，破译专家气喘吁吁地一直干到半夜三更，高悬的灯盏把父亲映成锯齿状。等到一切准备就绪，父亲又一次用激烈的翕动布置无边的呓语。破译专家聆听唇语是以拥抱的方式进行的。看上去他同父亲仿佛久别重逢，亲密无间。

"开会，"破译专家喜形于色，意料之中地大声叫嚷，"你们的父亲他在说开会，开——会——"

四

诺瓦利斯曾经在他的一部残篇中这样写道：一个获得秘法的人找到了伊希斯女神的秘密住址，揭开了女神脸上的面纱。那天夜里，破译专家同样找到了居住在父亲心灵深处的隐秘而执著的意念，使他脸上的面纱自然滑落。破译专家事后对我们说，"破译唇语除了需要深邃的专业知识和过人的才气外，还需要一种无生命物质状态的陪伴。在他拥抱父亲谛听唇语时，突然发现父亲左胸的表袋上有一块长方形的印痕。使此处布面的颜色要比四周深（新）得多，这完全是频繁佩戴某类物件所致——除了纸质或塑料的会议出席证还会有什么呢？这个印迹传给我一种信息，我应该这样译解这个信息：长方形是诺亚方舟的投影，或者说是一种躲避灾难的护身符。当然这里的灾难并非就是洪水，但同时又是洪水：当一个人一旦失去精神依傍，无所适从，惶惶不可终日时，又何异于遭受洪水猛兽的侵害呢？这种解释又把我引向更深一层的思考：长方形既是诺亚方舟的投影，说明方舟就在近旁，而找寻它确切的位置正是破译专家的任务。从这个意义上说，它又是一种召唤，召唤我对它的及早发现，召唤你们的父亲进入方舟，漂向会议的殿堂，同时又要求携带儿妇，因此进入和漂浮完全是全家性的。”破译专家说完这番话后似乎意犹未尽，又提纲挈领地说：“生活的含义就是把什么东西都隐蔽起来，然后再让你去发现。或者说生活中的一切，譬如蜘蛛、牙齿、眼泪、帽子、蔬菜、血、薄冰、胸膛、葡萄酒、面粉，在生活之前就早已存在，但它们只有通过你才能被赋予形态——通过你的发现。你不仅要有发现能力，还要善于发现，具备发现的技巧。记住，需要和等待我们发现的对象永远是双重的，一个是和许许多多的‘一个’连接在一起的，是现实的；一个却溶解在虚构之中。关于这一点，闲暇时我拟做一个通俗讲座。现在让我们与你们的父亲一道进入诺亚方舟。”

在破译专家的倡议下，我们腾出一间贮藏室：粉刷墙壁，清除鼻涕虫，并在潮湿不堪的旮旯敷之以干燥粉。这一切都是在从天井上空飘来的苟延残喘的蝉声中进行的。蝉声中的父亲昏然欲睡，口涎涟涟，对我们的布置一无所知。

漂浮过程的艰辛为我们始料不及。由于父亲长期与藤椅相依为命，因而行走对他来说竟然变成虚假的行为，他不愿为虚假而奉献步伐。如果仅仅于此倒好办，背着父亲就是了。伤脑筋的是，父亲又不愿放弃对虚假的体验和想象中的冒险。妥善的办法是：我们中两个力气较大者将父亲架离地面，往贮藏室挪动时又不失时机地让父亲蜻蜓点水般踮一踮地面，又赶紧架起。你可以想象它鲜明的节奏：架——踮，架——踮踮，架架——踮。父亲肥胖浑圆的身子在真实与虚假之间上下浮沉。可不可以说父亲是行进在真实与虚伪的路途中呢？贮藏室和藤椅设置处到底哪一个是真实的，哪一个是虚假的？

还有藤椅。当我们最初架起父亲时，他像倔犟的孩子那样死劲垂着屁股，不愿脱离花纹编成的藤篾，而后又扭身盯住藤椅，那种惊惧与焦灼的目光似乎在说："你们不能夺走我的影子！人不能没有影子！"于是行进的时候，我们指使一个人紧跟父亲身后专管端椅，使它与父亲臀部若即若离，既不妨碍父亲运动，又能让父亲感觉到影子的存在，不至于对人生的信念有所损伤。

当父亲抵达目的地后，浑浊的眼睛陡然一亮。昔日贮藏杂物、旧书、柴禾、蜂窝煤的小瓦屋焕然一新。他看到几张柳木条桌罩之以大幅的天蓝色的确良布，完全是一副会议桌的模样被置于屋子当中，而且还摆放着几碟水果，一盆花草。桌子四周众星拱月似的围着一圈凳椅。对门的主席座空着，显然是等待着那张藤椅的光临。由于布置匆忙，作为一个会议室还略嫌简陋，比如桌布未经洗涤，果碟遮着的地方有几块尿迹似的黄斑；凳椅高低不齐，还未达到清一色的程度；墙壁虽然洁净如洗，但还缺少"会议纪律""考勤制度"之类必不可少的布告。虽然一切都有待补充、装饰、衡量、更换，但对父亲产生的影响却是意想不到的，尤其是当父亲在主席位置上落座的时候。

父亲被架进来后，他的影子——藤椅便先他而安放在主席位置上，这时父亲突然甩开搀扶者的臂膀，接受影子的呼唤，两脚坚实着地，犹如走向圣坛的布道者"咚咚咚"径直奔去。当时我们听从破译专家的安排，静立在各自的座位上，父亲的背影成了我们眼中的活动风景。父亲走到藤椅跟前仍然背对着我们，他并没有立即转过身来。我们猜想，在欲转未转之时，父亲心里产生了一股异常复杂的综合感觉，要在一瞬间将这些综合感觉整理出来是不可能的，但毫无疑问，喜悦是首当其冲的。这是回忆赋予的。回忆只有在用具体形式表现出来时，才是真实可感的。

片刻之后，父亲敏捷地转过身来，就像从窗外陡然刮过来一阵风，我们只觉眼前一晃，父亲就坐下了，同时朝两边一摆手，我们便木偶似的怦然落座。我们惊喜地发现，父亲嘴唇的翕动戛然而止，就羸弱消瘦的身体一反往日的僵硬而变得鲜活起来：面色红润，容光焕发，脸上浮起的满足甜美的笑容不仅使褶皱舒展（有的趋向于消失），而且使他原本就不大的双眼细得可怜。总之，父亲从窒息中复活过来，从一座陡峭的拱桥走向了地面。我们还发现父亲娇嗔地俯视地面，有一种不知手脚往何处放的倾向——也许父亲在为自己身上发生的连自己也难以说清的突然变化而感到害臊不安呢。

破译专家虽然坐在我们中间，但他扮演的角色非同寻常。在后来的一段时间里，他一直以会议主持人和管家的身份出现在刘家庭院，而将所有的求教和景仰者摒弃于门外。虽然破译与主持会议和管家并无内在联系，但对后者所必需的美学与哲学标准的掌握程度丝毫不逊于前者。现在，他趁父亲呷茶、与会者小心翼翼剥香蕉皮的当儿，郑重其事地站立起来，谦卑使得他驼腰弯背。

他说："同志们，"然后稍稍停顿，履行某种必要的手续似的咳嗽了一下，"同志们（嗓音并不比咳嗽前亮丽），"他甩腕看了看手表，应该说看了看表面上镶嵌的日历，"今天是三十号，也就是说恰逢局务例会。时间匆匆，过隙白马。但我们即使工作再忙，事情再多，也要抓住马的缰绳，否则我们的作用表现在什么地方呢？如果我们对马的疾驰熟视无睹，那就等于成了挥霍时间、对事业吊儿郎当者的帮凶。不用我说，大家对'局务'的含义是清楚的，也即今天的主题是解决局内事务问题，决不能被一些偶然因素导入歧途，例如打瞌睡时飘挂在胸前的涎水、过于频繁的解手活动、偷看流行小说等。局内的事务当然是繁杂缤纷的，就像错综复杂的尘粒悬浮在我们头顶，但正是尘粒与尘粒之间的空间造就了我们每天的工作，或者说我们每天的工作分成了一系列平面，如果说我们每开一次会就能掸掉每个平面上粘附的一颗尘粒，那么循序渐进，集腋成裘，我们的事业又何愁不能兴旺发达呢？下面我们请……”破译专家停顿半晌，显然在“你们的父亲”和“刘局长”之间踟蹰不前，最后终于选择了后者，“下面请刘局长作重要讲话。”破译专家带头鼓掌，我们当然也机械地应和。

父亲神采奕奕，满面春色地往右甩了甩头发，只是由于太短而未起到随风飘逸的效果，但我们却感到先声夺人的威慑力量。可想而知，这是父亲在任上时每次作重要讲话前的经典动作。“同志们，”父亲说，“今天开个短会，主要谈谈卫生问题。为什么要一而再，再而三地谈它？我不说大家也会明了的。其实几十万年前的北京猿人就开始注意这个问题了，他们把蚌壳作为饰物挂到胸口前，总要洗得净之又净。自然，在漂洗饰物的过程中涌现出许许多多的动人故事和令人回味的趣闻轶事，这些我以后再专门开会说给你们听。刚才说了，为什么要旧话重提呢？是不是我们自己同自己过不去？是不是我们会议再无新的话题？非也！因为卫生就像每天必升的旗帜，它既是一个国家的文明标志，又是社会活动赖以进行的环境。对个人而言，又是生存的条件，健康的保证。”

这时父亲的话语出现了短暂的空白。这段空白也是非有不可的：它是将话语引向另一个内容的桥梁。破译专家拎着竹壳茶瓶走过桥去为父亲那只装过扬州酱菜的玻璃杯续水，然后又从桥上返回。父亲满意地对这座桥凝眸片刻。

“同志们，今天我着重谈三个大问题，即洗澡问题、解手问题、打扫问题。每个大问题里又分三个中问题。每个中问题里又分三个小小问题。每个小小问题又包括 ABCD 四点。比如洗澡问题的三个中问题分别是：对经常洗澡的重要性的认识、国内外学者对洗澡的著名论断、在公共浴池洗澡的一般常识。前两个中问题里的详细内容以后会有打印材料发给你们，在此不再赘述。第三个中问题，即‘在公共浴池洗澡的一般常识’分这样三个小小问题：出发前的准备、在公共浴池洗澡的注意事项、对浴池中突发事件的紧急处理。第一个小小问题由这样四点组成：A. 如果你骑自行车去浴室，一定要检查刹车是否灵便，轮胎有没有气。B. 如若你乘车去，一定要带上足够的零钱，以便于购票。有月票的要查验是否过期。C. 带上香皂，最好是扇牌儿的或是力士的，毛巾，包括洗脸和擦下身的。D. 切记带上换身的一应衣物，有脚癣的还须带上药水、药膏以及药粉，洗完澡一并搽在脚丫上。当然，操作完毕应立即洗手，以免传染。第二个小小问题‘在公共浴池洗澡的注意事项：A. 男同志进公共浴室忌带异性朋友，女同志亦然。否则不仅有伤风化，而且还会对其他洗澡者造成终生难愈的心灵损害，从而使你的洗浴本身完全成了一桩蓄谋已久的暴力事件。B. 你凭票找到铺位后不必急着脱衣服，最好倚坐靠背以不经意的神态观察一下四周，看有设有向你射来的不怀好意的目光。这些目光有两类倾向，一是觊觎你兜里的钱包；二是同性恋者对爱侣的寻求。这种目光最明显的外部形态是——僵硬，就像一枚树叶脱离枝头时将落未落的样子。当你发现这种目光的存在时，应赶快撤离，但也不能跳过一些未经检验的步骤就鲁莽行事。这里面既有个度的问题，也有个辩证法的问题。C. 所有进入浴池的人都是裸身的，你不能出于好奇或某种潜意识而不断盯视他们，这样会引起人们对你的猜忌而破坏浴堂内那种紧密合作，其乐融融的祥和气氛，比如你背脊上和其他够不到的地方的污垢就不会有人主动为你擦洗。D. 当你置身浴池，只有一颗头颅浮在漂着油渍和垢涤的水面，或者说同时有许多颗头颅浮在水面，这时水中的任何行为都是掩蔽、难以察觉的。这种便利可能会诱使你临池小便。记住，你一定要斩钉截铁地拒绝这种诱惑，因为它不仅极端不道德，而且会轻易使水里的各种细菌沿着你射出的小便爬进你的尿道，进而危害膀胱，威胁内脏。唯一可行的办法是走出浴池，寻找厕所。第三个小小问题是‘对浴池中突发事件的紧急处理’，包括：A. 如何急救晕堂的窒息或休克浴者。B. 对突然浮出水面的屎头子如何处置。C．对偶尔发现的皮肤病患者如何说服他从他所迷恋的浴池迁向他不喜欢的淋浴场所。D．如何摆脱一直跟踪你并向你伸过来的滑腻腻手臂的露阴癖者。同志们，下面呢，我想就第三个中问题‘在公共浴池洗澡的一般常识’，展开来具体谈谈。”

会议一直开到午夜方散。父亲兴致勃勃，亮着大嗓门提议搞个有点规格的晚宴。不用说，这个建议得到大家的热烈拥戴。在父亲病态时期贮藏进冰箱的各式菜肴终于有了崭露头角的机会。一只火鸡甚至等不及冰箱门开到应有的程度，便从罅隙“扑哧”钻出，一路飞向热气腾腾的灶房。那里，父亲腰围饭单，臂套护袖，亲自掌勺。你可以想象那种散发着浓郁的家庭气息的生活场景：气候宜人的秋夜，万籁俱寂，漆黑一片，惟有我们家铮亮的灯光照彻一方天庭，它辐射的边缘是扇状的。它从所有的空隙泄漏出来，使我们家看上去就像一盏大灯笼，不仅照亮飞临的鸟翅和陨落的流星，还照亮我们每个人像潮水一样生动的脸庞。在等待饕餮的时刻是最甜蜜和富有诗意的，人们通常用这样的方式来消磨：三五成群，步出户外，然后挽臂搭腰，一边喁喁细语，一边款款而行。他们从树篱间采撷一株苜蓿或一棵狗尾巴草，造就一片田野；从一株白杨或一棵银杏摇落一滴露珠，造就一汪湖泊。想象中的田野和湖泊使他们踯躅的脚步变得缓慢而优美，而即将来临的美味佳肴对味觉器官产生的美妙快感，又使他们想入非非，谈兴正浓。我无疑是他们中的一个，我的思绪甚至比他们沉得更深，飘得更远，但我欣喜着的却是一种复苏，往日的幸福生活的复苏，它们就像鲜艳的红葡萄，重新从餐桌上倾泻而下，漂浮在我们的梦境里。

夜宴的情景完全是对不久前的经历的复制：父亲赤脚蹲在高凳上、用手抓取菜蔬、敲碟歌唱、做小狗驮着我在桌下爬行、舐猫的口髭。我要告诉你的是，夜宴的复制天衣无缝，妙不可言，包括从树篱间升起的一缕蜃气，从长沙镇街心传来的两声狗吠，由远而近又由近至远的夜行人的脚步，衔着一根草飞越灯光的乡雀。当然，复制的尾声并不纯粹，我是说出现了一个前所未有的局面：夜宴结束，在收拾杯盘狼藉的饭桌的叮当声中，我的姐姐忽然神色诡秘地把父亲叫至门外。事实上姐姐的做法完全是徒劳的，因为由于激动和紧张，她的声音竟然变得出奇的大，我敢肯定，屋内所有的人都毫无疑问地听到了他们的对话。

姐姐说："爸，我想……"

静默片刻。

父亲打着哈欠说："有话就说呗，干嘛吞吞吐吐的。"

又是沉寂。这段时间颇长，我们中有的人已失却了等待的耐心，又开始按照一般拾掇饭桌的程序忙碌起来。后来姐姐告诉我，这段沉寂也许是她一生中最恐惧最焦虑最绝望最软弱最孤独的时刻。当时父亲虽然心情极好，但也不免有点不耐烦：

"你要是没话说，我就进屋了。"

姐姐终于说："我想去赴一个约会。"

"什么时候？"

"现在。"

"谁的约会？"

"毛蜂。"

我们吓了一跳，其中不知谁惊落手中的椭圆形大鱼盘，在瓷片纯银般的粉碎声中，母亲尿湿了裤子。我们不怨母亲。我们知道父亲对毛蜂深恶痛绝，不共戴天。有一次全家人刚在饭桌上坐定，姐姐偶尔提起毛蜂，父亲旋即脸色煞白，当场掀翻尚未举箸的餐桌，用手中的饭碗准确无误地砸破了墙角的三五牌座钟。当天晚上父亲余怒未消，作为对母亲听到毛蜂这个名字时态度暧昧的反击，父亲庄严提出要同母亲离婚。父亲捶胸顿足地大叫大嚷："我怎么能让一个掏粪工做我的女婿？我怎么能容忍蓉蓉结婚的那天洞房里臭味熏天！"

在姐姐话音刚落，要尚未开口的间隙，我剑拔弩张地做好冲刺的准备。要是父亲胆敢将老拳落在姐姐身上，我不把他弄个狗啃屎才怪！但我们谁也没想到父亲会若无其事地说“去吧”。父亲说：“脚长在你腿上，你爱去就去吧。”他也许觉得这个弯转得过于唐突，而难以向自己交代，便又添了一句：“都快天亮了，还约什么会。”然后又佯装不满地嘟哝了几句。姐姐不无娇憨地说：“他会等下去的。如果我不去，他会一直等到时间失去了重量。”于是我们看到姐姐的身影轻捷地消隐在趋淡的夜色中。须臾，姐姐便出现在对面的河岸上。也就是在这个时候，晨曦开始进入白昼的营地，它把姐姐的背影勾勒成一段轻盈的河流，而她走路的姿态就像舞步那样优美。

五

第二天傍晚，我们刚从各自的单位下班回来，正待喘口气或拭擦脸上的汗迹，坐在天井里的父亲就碰了碰破译专家的胳膊以急不可耐的口吻说：“怎么样，开始吧。”破译专家善解人意地打了个“此言正合吾意”的手势。他把我们召集到一起，正患头痛病的母亲也被叫出来了。于是藤椅作为一种象征物在前面开道，紧跟其后的是精神烁烁，高视阔步的父亲。而我们则像拖地的裙裾尾随着父亲。贮藏室（会议室）的木板门在一行人将到未到之时，自动打开了，桌上的台布下摆随风舌苔似的飘荡了一下。

这次会议的主题是“怎样识别虱子”。待父亲在讲完“虱子是一种常寄生在人和猪、牛等身体上吸食血液能传染斑疹伤害和圆归热等疾病的昆虫它通常分灰白色浅黄色成灰黑色有短毛头小没有翅膀腹大”后就缄默无言了，方才表现出的机智聪慧一阵风似的消隐了。这种突如其来的变化令我们颇为费解，也许这个信息蕴含的奥秘只有破译专家能解？但主持人破译专家似乎也有点举足无措，他急中生智地想出了一个谁也能接受的理由：“刘局长身体有点不适，散会吧。”我们纷纷站立起来，然后又试图脱离父亲视线似的猫着腰走出屋门。这时有一种陌生的意识在我们心里扎下了根，后来我们才把它打捞出来，那就是“越狱”。父亲对过去生活的沉迷仿佛就是监狱。越狱就是与游离自己身外的心灵会合，恢复人世间的正常生活。当时我们以为越狱的道路，得到拯救的道路，就是从会议室通向天井的路途，但事实无情地指出了我们的误解。在后来的日子里，我们一直在寻求一条真正的越狱之路。

在跨出门槛的最初时刻，我们回首瞥见瘫软在藤椅中的父亲一瞬间苍憔了许多，耳鬓初生的几缕白发就像弯曲的导线记录着他内心的烦躁、懊恼的程度，而且嘴唇又开始翕动起来。破译专家的专业知识恰巧在此时出现了短缺，那颗天庭饱满的硕大头颅仿佛置于真空地带，而他所处的这段时间也是时间中的空白。在这段空白里他所能做的似乎也只有抓耳挠腮，围着父亲团团转。这使我们顿生恻隐。越狱后的心情并不轻松。

晚餐是匆忙和凑合的：啃食生地瓜、冷茶泡饭、咀嚼由于存放过久而像烂棉花一样软韧的锅巴。这样粗劣的晚餐可能会使你匪夷所思，但笼罩在我们——大哥、姐姐和我——脸上的光环是圣洁而快乐的，它赋予晚餐以崇高的意义，或者说赋予晚餐后不约而同的旅行以崇高的意义：奔向永恒的爱情。也许那是另一座监狱，但对至今还在它边缘徘徊的人来说，它是世界上唯一存在的事物：我姐姐固然不忍心让毛蜂在河滩上白白熬夜，而染上风寒。大哥呢，将面临他人生中最严峻的时刻。由于他天生腿跛，婚姻生活就像雾中之花可望不可即。在经受了一百次失败的打击后，命运终于向他绽出了微笑：有个年轻貌美的寡妇决心与他梅开二度，为了测试大哥对爱情忠贞程度，当然也含了一点浪漫在里面，她今晚约大哥在一个叫三角渡的地方会面。根据大哥一瘸一拐的步速，估计东方欲晓时正好赶到，然后她偕初露的朝霞和大哥缔结婚约。我肩负的使命也不寻常：我不能让一个坠入情网的中学女生一开始就蒙受欺骗，尽管是客观上的。在她看来，生活应该是蔚蓝、潋艳、温和可爱的海洋，而海底陡峭的沟壑、阴森的隧道、嶙峋的岩洞与她绝对无缘。这就要求我想方设法让她一直漂浮在海面，而准时甚至提前赴约便是其中最起码的要求。我相信我的行为对她生命之初开始那段必不可少的最不清晰的日子可以投掷一道亮光。

然而谁也不曾料到，当我们离家欲行时，破译专家从天而降般出现在面前，他几乎是像驱赶羊群那样带着一点强制把我们推进会议室。会议室安了一盏200瓦的大灯泡亮如白昼，父亲正处于恢复过程中，虽然神态略显颓靡，但比先前壮健许多。他对我们颔首微笑，表情纯真。由于我们再度置身会议室的心境十分勉强而且抵触，故而空气显得沉闷、僵滞。父亲也许看出了这一点，他开始殷勤又不无委屈地说了几句隽词妙语和一两个笑话。我们就像那些承认你说的是笑话却又不觉得有什么可笑的人一样，除了咧咧嘴外并不说什么。

破译专家宣布会议继续开始后，突然从桌子底下搬出一摞崭新的牛皮纸封面笔记本，天知道他是什么时候买来的！他一面分发一面低声吩咐：“从今以后，开会时一定要作好记录。”

我们首先在本子封面上写下自己的名字，然后在第一页公式化地写上会议时间、地点、出席对象、主持人等。父亲见我们如此这般，不禁情绪激昂，气色红润，嗓门洪亮：“刚才我谈到的虱子从传统的意义上称家虱。有家虱必有野虱。不少教科书把野虱划归毛虱的名下，即寄生于家畜毛上的食毛亚目昆虫。以毛、绒毛、表皮鳞片为食。患畜发痒，不安，消瘦，尤其以幼畜为甚。”父亲稍稍停顿，在充分享受了从记录的笔尖溅出的迷人的沙沙声后，激动地站起来，像阅兵的将军那样挥动手臂，同时声音发聋振聩，气度非凡：“防治毛虱的措施，除了注意畜舍、用具的卫生外，可用敌百虫、蝇毒磷等灭杀。下面，我着重谈谈虱子的起源、进化过程中饶有兴味的小故事、国外虱子的种类、如何借鉴国外灭虱的成功经验。”

我注意到大哥记录与啜泣交缠一处，他现在即使变做飞鸟也不可能赶在东方欲晓时君临三角渡了。姐姐情绪还好，这一方面是她乐天知命的性格造成的，另一方面她认为好事多磨，爱情需要坎坷伴随，历久弥新。而我则自始至终沉浸在对中学女生的深重的犯罪感中：日后她若走入深渊，始作俑者除了我又会有谁呢？

散会时又是夜深人静，星斗阑干。父亲表示歉意似的搓搓手，对门外吹了个口哨。母亲端着宵夜应声而入：每人一碗蛋炒饭。趁父亲出去，破译专家对我们拱拱手，央求地说："饭后还请各位留步，刘局长，不，你们的父亲，虽说恢复过来，但并不稳定，尚处于危险期中，随时都可能旧灰复燃，眼下我们所能做的就是为他创设一个养治的环境。各位上了一天班，又开了一夜的会，可谓心力交瘁，疲惫不堪，但为你们的父亲着想，尽一份孝心，也为了遵循今日事今日毕的生活原则，请你们咬紧牙关，再坚持一下，谁笑到最后，谁就笑得最好。"

我记得那个秋季的残夜我们是在墨香中度过的。在用玫瑰色丝绒布给会议室蒙了个天花板后，我们分别用楷、篆、隶、草四种字体书写了与会议有关的名人警句、民间格言，以及"考勤制度"、"会务须知"和"会议纪律"等，一俟墨迹稍干便上墙张贴。在我们忙得昏天黑地的时候，父亲一直背着手来回逡巡。他东看看，西瞧瞧，间或亲切地拍拍某个人的肩膀。在父亲看来，这种看似漫不经心的举止并不是轻易而为的，它隐含着对被拍击者的提拔或重用意味。当然，父亲这时进入的完全是在任上时的角色。

顺便说一下，会议室的布置一直延续到几天以后。它完全是按照当时流行的风尚定格的：橙黄色的拼木地板上一溜仿真皮转角沙发，茶几是那种装了橡皮轮的咖啡色玻璃的。同样是橙黄色的护墙板上端钉上了画着砖纹的淡青墙布，挂着嵌在精致的红镜框里的伟人画像，画像与画像之间则是我们奉献的墨宝。还有一些镜框空着，破译专家说，那是特地为可能会有的表彰奖状留下的位置。这笔注定不会太小的开销，完全来源于大哥。由于婚姻无望，大哥不必再购置结婚用品了。

六

在一个落叶飞扬的清晨，我们透过秋海棠斜卵形花叶看到一个身着石磨蓝牛仔工装的青年走进了天井。他推着一辆吸粪车，高耸的粪斗遮去了半个身子，让人觉得他正沉沦于某些感受之中。在那个晚秋的早晨，毛蜂用两道车辙捅开了刘家院门。

看得出他对天井内的地理情况颇为熟稔。他推着吸粪车径直走向屋后的便厕。途中，他在自囚于藤椅中的未来丈人的跟前伫立片刻。由于粪斗的遮掩，我们不知道毛蜂在伫立时表情如何，但有一点是肯定的：闭目翕动的父亲根本不会料到毛蜂会斗胆上门，否则不把他摁进粪斗才怪。

我说这话是有道理的。就在两天前父亲再一次重蹈旧辙。事情的起因并不复杂：装璜一新的会议室对父亲的暗示和刺激显而易见，他干脆把铺盖搬了进去，而且坚持在里面吃喝拉撒。原先开会时间一般定在晚饭前后，但自从父亲住进会议室后，开会就成了他兴之所至的事。比如只要他心血来潮，便随时到镇上邮电所拨通我们每个人的电话。通常我们都在上班，我们的工作都要求我们专心致志，全神贯注。往往这时父亲的电话打来了。“回家，开会！”父亲在话筒里焦灼地催促。有时父亲把电话打到传达室去，门房于是通过高音喇叭大声嘶喊：“刘××，家里来了电话，让你火速赶回去开会。”这使得我们单位的头头既十分恼火又忧心忡忡，经常是我们一接毕电话，头头就亲自前来把我们召到办公室去盘问一番：“说吧，你家到底在开什么会？我不明白，作为一种延伸，家庭开开会倒也无可非议，但为什么要开得这么勤呢？你说说，这里面是否别有用心呢？或者说是一种明目张胆的公然对抗？我要严正警告你，是参加家庭的小会还是出席单位的大会，这是个立场问题，你可不能糊涂。”

有一段时间，头头完全把精力放在消解父亲的电话上。他不仅派人监视、阻挡我接任何一个打给我的电话，而且吩咐门房，只要出现来自任何一处要我去开会的电话，就立即告诉他。在那段时间里，许多人对那种现象既迷惘又莫解：只要门房神色张皇地往头头那里跑，召开全体职工大会的通知便随之下达。我们知道这完全是针对我们的，头头用这种方式与父亲背道而驰。

我们头头的良苦用心是卓有成效的，不仅使父亲的开会计划彻底破产，而且炙烤了父亲翱翔在追忆似水年华中的翅膀，在他的自尊心与喧嚣的期待之间造成一片荒芜。两天前的沉沉暮霭中我们从各自的职工大会上匆匆赶回家，看到枯坐在会议室里的父亲神情索寞，一副悲凉与无奈的模样。他察觉出我们回来不是通过我们粗重的喘息和匆匆的脚步，而是我们群体身影的到来使回绕在他四周的最后一缕暮色蓦然加重，或者说时间的突然深入使潜伏在父亲血液中的绝望一下子呈现出来。父亲于是幡然一惊，看到了我们。父亲神态异样地观望着我们，我是说，父亲当时面呈微笑，很是投入地欣赏我们的脚步在傍晚的空气中划出的优美弧线。这使我们对父亲的怜悯消失殆尽，我们不能再忍受我们的怨愤了。我们要诘问父亲：为什么我们在工作中仅仅拥有的一点自由也要遭受你的绑架呢?

我们几乎是异口同声地对与母亲蜷缩在墙角的破译专家说：“今天晚上的会议，我们要同父亲转换一下角色，让他当听众而由我们主讲。首先要解决的问题是‘如何处理好开会与生活、工作和休息之间的关系’。”

破译专家沉默无言，他知道我们的话语是通过他而折射给父亲的，但他不能没有一点反应，于是就拉亮了电灯。灯光使刚才被黑暗消除了的空间距离重新显现。我们无意间发现父亲仍然毫厘不变地保持着刚才的微笑，在我们看来，这只有将面部所有的笑纹一直固定下来才能做到。而且从父亲的视角看，目光仍然落在刚才的位置，只不过那里早已没有了我们脚步的弧线——也许一片空白更能湮没父亲？父亲，你没事吧？父亲虽然许久无语，但他的眼睛却闪烁着一种奇异的光彩。父亲，你没事吧？我们相信父亲对我们的问询充耳不闻，一种能点燃他灵魂的东西正使他神驰心醉。

接下来发生的事情让人目不暇接：父亲先是出人意料地发出羊鸣似的尖叫，然后扑地而倒，眼睛翻白，四肢抽搐，口吐唾沫。事后有人问我：当时你父不省人事了吗？对这一点我是有所保留的，因为当时我们在对父亲施行一系列救治活动——掐人中、用肥皂水灌肠、用酒精擦身——的过程中，父亲偶尔睁开双目瞥我一下，那样炯炯有神，甚至还包含着一丝兴灾乐祸的意味哩！我怀疑父亲完全是佯装的：一场手忙脚乱的闹剧也许对他枯涩的心境有所滋养。

救治是在会议桌上进行的，当父亲最初的迷乱过去后，我们准备把父亲背上床去。但破译专家似乎早有所料，他在我们动手之前就把藤椅移至天井，并抱起父亲安置其中。他凛然正色道：“请大家记住，无论情况发生了什么变化，你们父亲的岗位始终在藤椅里！”有人在天井的苦楝树枝上挂起了汽灯。灯光倾泻在父亲凌乱蓬松的长发上，然后向四周流过去。他似乎匆猝间就消瘦成了稻草人，而他拼命向上翘起的长满胡须的尖下颏则使他的投影像头老山羊。他脸上渗透着一种执拗又蛮野的原始力量，但它的轮廓又是娴雅而高尚的，不能不令你肃然起敬。但他的念念有词，低低独语，又让你怀疑是对它的倾吐，倒好像是被魔鬼附体的表现。这件事最糟糕的地方在于，尽管你对他过于热衷开会非常恼恨，厌恶透顶，甚至认为他自找苦吃是活该，但他那副自我弃绝、悲怆哀痛的无助模样又不由你不对他滋生悲悯之情。你如果在那个秋虫唧唧的夜晚碰巧从我家天井走过，你会看到一长溜跪在藤椅前的我们，因为空气清新而传得很远的语言拽住了你的脚步：“父亲，您别这样了，您不知道您的行为使儿女们多么恐惧。我们再不会像以前不理解您而心存责备之念了。您怎么开会就怎么开会吧；您爱什么时候叫我们回来就什么时候叫我们回来吧。总之，以后决不会有谁再背叛您了。我们准备……”

也许是我们的真诚打动了父亲，他开始隐忍某些裸露的东西（比如唾沫和娇情）而且把自己从刚才自己涂抹的隐晦的背景上分离开来。父亲换了个人似的走出藤椅，对惶惑的我们莞尔一笑：“你们这是怎么的了？我不是蛮好吗？”这使我们感到，父亲方才的谵妄可能是对梦境的一次成功移植，对他人经历的一个酷肖模仿，一次心怀叵测的示威演习。

第二天，我们以生病的名义向各自的单位请了假，陪着父亲在会议室度过了一天。父亲神采飞扬地作了两个专题报告：“怎样捕捉叫天子”、“从便器的改进看现代文明”。不用说，父亲心满意足，通身闪烁着一种陶瓷的圆润的光泽。如果说有一丝疲倦的话，那也是得到满足后的生理现象。但从父亲偶尔的愣怔里，我看出了他对某个场景的思念不置，以及由此引起的怅然若失，心有不甘。随着黄昏的降临，这种征候逐渐明朗了：父亲郁郁寡欢地走出会议室，破译专家端着藤椅紧随其后。我们战战兢兢地在天井里陪伴父亲。

我们看到了毛蜂在父亲面前伫立片刻。我们总认为，闭目翕动的父亲不会想到毛蜂会斗胆上门，否则没有理由不把他摁进粪斗。

七

你很难相信我姐姐曾经描述的“毛蜂是早晨八九点钟太阳的小伙子”。他给我们最初的印象是肥胖和衰老。他后来告诉我，在第一次走进我家天井之前的 20 分钟，他把膀胱排空之后过了一下秤，150 公斤。在体育馆折腾了一年后，体重仍然是 150 公斤！毛蜂身上最显眼的地方，是鼻头过于粗糙，就像一块赭红的桔子皮。由于嘴角长期向下咧着，因而双颊的肌肉松弛下垂，丰壮的脖子上布满细小褶皱。

然而毛蜂一开始就博得了我们的好感。

我想，毛蜂推着吸粪车上门完全是一种耐人寻味的预谋行为，显示出他奇异的性格魅力和独特的个人品性。长沙镇谁都知道，当初我家盖房时，父亲不知出于何种考虑，把便厕底下的蓄粪池设计得足有一个篮球场大。事实上，这完全符合父亲的审美意趣，因为屈指算来，从盖房到现在，我家已有 10 年没有掏粪矣。10 年后的一个早晨，毛蜂捋去水泥盖上一层如痴如醉的霜叶然后挪开。他惊喜地看到，粪水已经超越了标有红色记号的危险线，这就是说它甚至不能再承受哪怕是一次的如厕，否则将溢出池沿，遍地流淌。

黄昏的时候，毛蜂踩着院中衰草中蛤蟆的呱呱叫声走进我们中间。他欣喜又略含一点惆怅地告诉我们："完事了，掏得溜光洁净。再掏，还得等上 10 年。"他在我们身边走来走去，目光始终关注我们的耳朵。他不无炫耀地说，掏粪生涯培养了他从微小的孔穴洞悉大千世界的能力。"我敢说，你们每个人的耳朵眼里都积满了耳屎。怎么样，能再给我一个效劳的机会吗？"毛蜂就像在最寂寥的荒原上突然发现了真理那样兴奋。他从兜里摸出一根金属耳扒，伸向离他最近的那个人的耳朵。我们不能不承认，毛蜂掏耳屎就像掏人粪那样干净利落，讲究技巧，令被操作者产生一种难以抑制的快感（感官享受）。他做这类事也像他的为人那样出人意外，不落俗套。他完全摆脱了理发匠惯用的传统的线型掏耳法，而是从任意一点开始，按照自己的经验和感觉，驱使耳扒在耳道里跳跃、重复、回返、滞留。它对显而易见的耳屎不屑一顾，而顽强地寻觅线索。但一旦寻到又主动放弃，稍事停留后，又重新找回线索。操持耳扒的胳膊往往给旁观者造成一种错觉，即它的运动方向是循环往复的，类似于一个不规则的圆。实质上，它一直在向终局——高潮——运动。为了走向高潮，适当的退缩和迂回完全是必要的。当面临结局，高潮出现，即耳扒把所有的耳屎拖向耳眼边缘时，我们都快活得大吵大嚷，巴不得一死了之。我们对毛蜂充满感激之情的是，不仅他把我们一个个侍弄得舒舒服服，而且我们的父亲也享受了这个福分，只不过他是在昏睡中被赐予的。多年以后我们依然记得那动人的一幕：父亲的耳屎竟然是折叠在一起的，伸展开来完全是一条长长的细绸带。毛蜂平静地说："早在开始掏之前我就窥视到了它的形状。我始终认为一个人耳屎的形成与接受何种语言信息有关。父亲（大言不惭！）的折叠的耳屎更像一堆稿纸，准确地说，是一堆会议讲稿纸……"毛蜂开始颇为细致地观察起暂入梦乡的父亲。他是通过父亲本身的孔穴，比如微睁的眼睛、鼻孔、稍启的嘴巴，辨视出一个光怪陆离的隐秘天地：城堡或村庄。也许我们每个人都被囚禁于这样的城堡式村庄，因为我们难以与别人交流或交融：一方面是由于语义的模糊，辞不达意或似是而非；一方面是因为对方缺乏接受它的能力。因此我们每个人相对别人既是终生跋涉的香客，又是根本不存在的寺庙。

毛蜂完全沉浸在奇妙的窥视中，他的欣喜的神情泄露出他意义重大的发现，并暗暗地描摹下来。"我清清楚楚看到了一个备受折磨的灵魂……"他言犹未尽，躬身告辞了。吸粪车的辚辚轮声辗过了我们的冥想遐思。

几天后一个秋雨潇潇的下午，毛蜂又一次不期而至。其时我们在开一个关于"怎样精打细算地改善伙食"的会议。父亲虽然正襟危坐，但对会议的关注根本没有深度，显得神情慵懒，无精打采，仿佛作报告的只是一个躯壳，而痛楚的灵魂早已游离身外，昭示了父亲的自尊心正受到痛苦的噬啃。

毛蜂跨进会议室时，父亲正低头呷茶。我姐姐吹风笛般地介绍了毛蜂。我们惊惧地看到父亲脸色愠怒，眉毛紧拧，握拳的关节就像麦场上的裢枷噼啪乱响。但毛蜂高傲地举着头颅，对未来的泰山视而不见。他不知扯动了哪根襻带，橄榄色风雨衣倏然滑落，赫然露出一身全副武装的装束。我们完全傻了眼。毛蜂左挎豆色牛皮公文包和长镜头照相机，连系它们的皮带皆乌黑贼亮；而右首则斜披一台进口微型摄像机，色泽同样咄咄逼人。

在凝重的气氛中毛蜂的表现显得既沉醉其中又超然物外，潇洒并且浪漫：他把靠门的一张沙发暂且作为照相机、公文包和摄像机的集结地，然后掀开公文包的舌盖，抽出一份打印好的会议讲稿。他把它递给父亲时的表情绝对是不亢不卑，藏山掩水，犹若两个刚面红耳赤吵了架发誓决绝的人，屁股一转，为了某种利益又不得不来往那样。在父亲埋首文件时，毛蜂开始手脚麻利地整理那两种用于记录的仪器。看得出他干这行当功夫深厚，绝非学子。他给照相机装上彩色胶卷，然后跑到父亲左侧，打开镜头盖，双膝着地对准父亲。这类动作分别在面向父亲的不同位置重复了数次。我知道，这是为了调试镜头和选择最佳拍摄角度。

接下来的场面你完全可以从新闻纪录片上看到。父亲面绽笑容地侃侃而谈，当然牵动他视力的一直是毛蜂给他的那份打印文件。对每个会议主席来说，他面前的讲话稿是他心灵的锚地，精神的防波堤，具体、集中而轻盈地引导着他的语言方向。你看到我父亲焕然一新，既像涅槃的凤凰，志得意满，又像终于步出监禁地的囚犯，纵情奔走。你不会不明白，促使父亲换了一个人似的原因完全在于毛蜂忙碌的身影。他从不同视角为父亲频频拍照，就像那些有摄影记者参与的大型会议那样。不断闪烁的闪光灯耀得我们眼花缭乱，却使父亲十分陶醉。他往往不注视相机镜头，甚至不瞥一眼，而故意摆出某种夸张的表情，时而激动得眉毛乱颤，时而沮丧得以掌击额，时而悲恸得揪落数根头发，让人从画面上一眼看出，会议内容既跌宕起伏，又丰富多彩。与此同时，父亲的话语在从相机发出的银白色的灯光导护下安全抵达我们的耳中。父亲说，有照相机伴随的会要比没有照相机的会效率高出 10 倍。

父亲如是说还隐含着另一个原因：照相机的出现使会议氛围变得浓郁的同时，也使父亲的声音越发铿锵有力，像金属声那样浑厚清脆。这一点在毛蜂使用摄像机时表现得尤为突出。我们发现，当毛蜂扛着摄像机对准讲得满头大汗的父亲，录像带转动时那轻柔的充满磁性的嗤嗤声响彻屋内时，父亲的眼角挂满了泪花！如果说照相机录制的完全是静止的场景的话，那么摄像机则是记述的动态世界，它更能使父亲真切地感受到运动的真谛：永恒的多种可能性。而永恒则意味着芳华永驻。父亲想象，他被时光吸进了摄像镜头，然后转动的漫长的录像带把他输送进昔日的会议生活。对父亲而言，那里才是他真正的精神家园，只有在那里，他疲倦的灵魂才可望得到休憩。

这一天的夜晚发生了一件让我们难以理喻的事。

刚才我对你提到了雨水。整个下午，秋雨一直在淅淅沥沥地下着。我们能感受到秋寒正穿越雨丝与雨丝间的缝隙向我们逼近。它给我们的印象犹如南方丝绸那样冰凉飘逸。云层很低，压在树木与烟囱之上。天井里的一堆陷入泥淖的草垛就像一只触滩的小船。屋檐的泻水犹若布帘，遮住了最后一缕光亮。夜晚提前到来了。

会议结束后，毛蜂急于打道回府。但由于父亲的苦苦挽留，他只好勉为其难，客随主便了。父亲把手伸进毛蜂的衣摆，紧紧吊住他的裤带，深情地说："你怎么能走呢？我怎么会放你走呢？非但要留你与我们共进晚餐，而且还要让你与我共眠一床。"说到此处，他扭头叮嘱老伴："今晚睡到卧室去。添个枕头，与我的挨在一起。"简单说一下，我父母生下最后一个孩子后就分床至今，饱尝了独睡的甜头。但负面效应也是明显的，尤其对于我父亲：只要床上出现第二者就难以入睡，甚至一连几天都是这样。看得出，我父亲不仅完全改变了对毛蜂的看法，而且陡然产生了知音难觅，相见恨晚的感觉。父亲吩咐完老伴后吊裤带的手并未松开。他正想继续刚才的话头，却被一个小插曲暂时阻遏了：母亲听老伴这样说，高兴得哇地一声哭开了，随即抱头钻进里屋。看来一顿结结实实的自我哭诉是在所难免的了。父亲以欣赏的眼光目送着老伴颤巍巍的背影，对毛蜂说："晚餐进行中我要让你重温童年的乐趣，我要让你像骑小狗那样骑在我身上，如何？从今以后，刘家大门永远向你敞开，你爱什么时候来就什么时候来，喜欢用什么方式来就用什么方式来。”父亲转身看了看我姐姐，意即：“往后招呼客人就全拜托你啦。”我姐姐笑而不语。她今晚表现腼腆娴淑，颇具大家闺秀之风。

虽然天色俨然黑夜，但准备晚餐尚需一个过程。父亲便利用这段时间挽起毛蜂的手，进自己的卧室一叙翁婿之情去了。我们在厨房里看到父亲漆黑的卧室一东厢屋——骤然亮起灯，表明他们已身在其中了。接下来的一个现象让我们颇费猜测：父亲急着拉上了窗帘。紧接着两颗脑袋的头影就贴在窗帘上了，像一对蚕茧一样紧紧粘在一起，直到我去喊他们吃晚饭之前一直没有分开。

母亲不折不扣地恪守着乡间有关“女婿到，丈母娘靠锅灶”的古训，晚餐自始至终是她张罗的。当最后一盘菜肴端上桌时，母亲柔声对我说：“叫他们来吃饭吧。”时至今日，我仍不明白的是，当时我为什么要蹑手蹑脚地走向父亲的卧室呢？我这样做的目的无非是担心他们听到我的动静。然而我的忧虑是多余的，紧锣密鼓的雨声完全潮没了我的脚步。另外，我也没有即刻敲门，一种强烈的好奇心把我引向窗口。窗帘虽然紧闭着，但由于拉时匆忙，边缘还是遗下空隙。你可以想见，我把眼睛凑近空隙，举止完全是诡秘，鬼鬼祟祟的。这时父亲已与毛蜂稍稍拉开了距离，开始在屋内踱步。当他转过身来时，我看到他面色绯红，嘴唇哆嗦，这是一个人吐露了一番激动人心的话语后惯有的表情。也许父亲已经意识到踱步的枯燥，或者心情已平，便重新在毛蜂身边坐定。毛蜂不知何故显得醉眼朦胧的，一副色迷迷的模样。父亲对毛蜂注视良久，突然扼腕而叹：“知我者莫如你啊！”他抓起毛蜂的手，开始细察他指尖上的罗纹。又是一阵快慰的叫嚷：“我说你为何如此善解人意呢，原来是一个罗，不是说一罗巧二罗拙么？哈哈。”这个意外的发现似乎使他刚才踱步时对要不要对毛蜂说出那句至关重要的话而产生的踌躇蓦然流失。他把手很夸张地搭在毛蜂肩上，几近相搂：“蜂，都说女婿顶半子。在我看来，你比我亲儿子还亲十倍。我已经郑重决定了，我要在遗嘱上把你列为我所有财产的第一继承人。我和你妈都是土埋到脖子上的人了，未来还不是你们的？我们只要不愁穿不缺喝就行了，别的一切完全是身外之物。蜂，你父我既已把你当作比亲生儿子还亲的人，就该把心和肺都掏给你。下面的话我甚至连你妈都没告诉：从我家门口过桥往东有个墓园，”父亲突然打住话头，朝窗户上溜了一眼。我觉得父亲透过那空隙同我对视了一下。我吓得腿一软，沿着墙壁整个儿滑入泥水。当然，这完全是我的错觉造成的，父亲那样做完全是出于下意识，出于审慎和多疑。尽管父亲完全相信在这样的雨夜不可能隔窗有耳。但还是拉灭了电灯。他可能以为黑暗能够对声音的传播有所阻遏。父亲的声音低得就像耳语，但由于紧张和激动，无意间还是把某个音节说得过于响亮。于是我断断续续听到这些词语：紫荆……铁匣……祖传……金元宝……

八

在父亲的授意下，介入我们家庭的毛蜂完全取代了破译专家会议主持人及会务料理者的角色。破译专家完全成了一个可有可无的摆设。事实证明了父亲的高瞻远瞩。毛蜂在安排一应会务方面的能力令我们叹服。一切都是按照局级以上的要求置办的。首先，他购置了一套先锋音响设备，包括话筒、扩音器和喇叭。在主席台搁话筒的旁边配置了一盆天竺葵，扩音器摆在墙旮旯刚买来的角橱上，四只喇叭分别安放在四面墙壁。这套设备对于这间狭小的会议室来说也许是多余的，但它至少能达到两种效果：一是增强了与会者的会议意识，保证了效率；二是使纠缠嗜睡者的瞌睡虫易于遁走。细心的毛蜂还买了几张唱片，题材都是运动员进行曲之类的。本来他想买些时下流行的圆舞曲，但在商品货柜前偶遇一个老相识。那人从开始工作就泡在会议室里，至今已近三十年，是个地道的开会运动员。他力劝毛蜂买了《运动员进行曲》，他颇为激昂地对毛蜂说："舍此，别无选择。"这些唱片当然是步入会场或散会时播放的，完全用于整肃纪律，协调步伐，营造气氛。父亲对此相当满意。调试话筒的那天，父亲兴味盎然地亲临现场。他先是对话筒嘘嘘两声，咳嗽几下，然后吹起了口哨，竟然是一首很荤的民间小调。不用说，喇叭传出来的声音完全清晰、逼真，让人放心。

其次，毛蜂聘请了一位来自安徽的农村姑娘担任会议服务员，任务是会议开始前用去污粉洗涤茶杯（父亲的茶杯是专用的），同时将装满水的电烧壶的插头插入插座。对此项工作的技术要求是，要恰巧在与会者跨入会议室的一刹那擦净洗好茶杯后遗留在桌面上的最后一滴水珠，而电烧壶也应该在这时发出表示水开的蜂鸣声。这样要求，是为了解除与会者落座后等待主持人开场白时的寂寞。比如安徽女服务员见大家进来后，麻利地灌好水，给所有的茶杯沏上茶，然后装进紫檀木托盘，一一送达每人手中。端着托盘行走的安徽姑娘的姣美的身影实际上是对大家的一种暗示：这段时间完全可以用来插科打诨，何必呆若木鸡地坐着呢？于是与会者们得到了启示，一边吹散或吹沉漂浮在水面上的茶叶，一边争先恐后地同安徽姑娘说些有点过分的笑话。一时间个个面露喜色，甚至潜意识中还怀了一丝对开会的感激——如若不是开会又何来这个开怀畅笑的机会呢？

会议服务员的职责还不止于此，还应包括间或给讲得满头大汗的会议主席递个热毛巾把子；搀扶由于不动窝地坐得过久而手脚发麻又迫不及待地想去解手的与会者，等等。这里的"等等"中又包括有个相当重要的角色需要她扮演。会议开始后服务员一般退出会议室，稍事休息，但不能远离现场，还必须时不时地返回去，不仅仅是给大家添茶续水，她还应当时不时地跑到正作会议报告的我父亲的身侧，凑近他耳根子低语几句。每逢此刻我父亲总是笑眯眯地放下讲稿，洗耳恭听。凡是有过参加一定层次会议的经历的人都知道，服务员是向会议主席通报有不少登门拜访者来找他，或是请示他是否去接打给他的电话。根据毛蜂的安排，服务员有时还须抱着文件夹去请会议主席签发紧急文件。会议主席为了显示自己不拘小节的洒脱，往往对内容不屑一顾，而在签名处龙飞凤舞地拖出一个酷似王羲之草书的长长的签名。父亲干这类活计总是得心应手的。我们家有个不成文的财务制度：母亲保管全家的经济钱财，但每次支出都必须有父亲的签名手条，即使买一把筷子也不例外。手条是请人打印好的，内容十分简单：

经研究，同意购买________。

签名________

日期________

或者：

经审慎考虑，请支付______同志

人民币________元（大写）。

签名________

日期________

父亲的签名手条当然是一种法律和权威的象征，它要求接受手条者，即我母亲，不许有一丝一毫的怀疑和懈怠，否则便是对父亲持家能力的藐视和亵渎。去年冬天，我姐姐想买一件价值 2000 元的牛皮风衣，父亲糊里糊涂在姐姐填好的手条上签了字。由于金额颇大，母亲拒不付款，并且很不明智地跑来询问父亲，唯恐姐姐模仿了他的签名笔迹。结果父亲大发雷霆，用秤砣将衣橱上的大圆镜砸成了齑粉。

有一次安徽姑娘把一张不知从哪里弄来的手条填好后夹在文件夹里，在会议的中途送至父亲手边。正说得唾沫乱飞的父亲习惯性地在手条的签名处信手一挥，依然是俊逸的王氏草书。这样做的后果是，安徽姑娘顺利地从母亲那里预支了5000元工钱。后来母亲失踪后，父亲依在病榻上整理那些手条时终于发现了它，不禁追悔莫及，狠狠掴了自己两个耳刮子。

当然，这是后话。

写作本文时我脑子里总是不断闪现萨默塞特·毛姆曾经对我们叙述过的一段话。大意是：有些人诞生在某一个地方可以说未得其所，他们一直苦苦思念着一处他们也不知道座落在何处的家乡。在出生的地方他们好像是过客，从孩提时代就非常熟悉的浓荫郁郁的小巷，同小伙伴游戏其中的人烟稠密的街衢，对他们来说都不过是旅途中的一个宿站。这种人在自己亲友中可能终生落落寡合，在他们唯一熟悉的环境里也始终孑身独处。于是他们试图远游异乡，寻找一处永恒定居的寓所。有时候一个人偶然到了一个地方，会神秘地感觉到这正是自己的栖身之处，他便在这些从未寓目的景物里，从不相识的人群中定居下来，倒好像这里的一切都是他从小就熟稔的一样。他在这里终于找到了宁静。

也许父亲正是这样的人，所不同的是他寻求的是精神意义上的家园。正是在这个程度上，我们才深刻理解父亲为何如此热衷开会，充分享受开会给他带来的快感，而不惮麻烦地配合他，满足他。但我们却独独忽略了父亲的一个与开会有关的隐忧。

父亲在任上时每临开会何曾要他打过腹稿或亲自执笔起草讲稿？他的会议报告都是由秘书事先准备好并距开会一分钟由专人置案头的。而他离休回来后，情况完全相反，迄今为止的每一次会议都是由他准备讲稿，形成文字的。我们完全有理由认为，这早就使他苦不堪言了，只不过由于某些原因他不便直说罢了。也许他曾经不止一次地暗示过，但我们却又是那样的愚钝。所幸毛蜂的到来父亲的这种苦恼便不复存在了。

毛蜂独揽了今后所有会议讲稿的起草工作。姑且不论一个掏粪工的文化水平能否胜任，单单这种勇气就吓煞了我们。会议讲稿的最终形成当然需要一些配套项目的合作。毛蜂从电脑公司买回来一台中文打字机，派我姐姐到“中文打字速成班”进修了一个礼拜。我们的分工如下：毛蜂把起草的讲稿交给姐姐；姐姐敲击键盘，然后输入打字机将其完美无缺地打印出来；大哥负责油印腊纸。他的工作最为艰辛，如果仅就我们家庭成员来说，油印讲稿的数目是极为有限的，问题在于除了多印一部分存档外，还要印数百份对外交流，因为和父亲同时退休的同一级别的老战友、老朋友人数庞大。既然是交流，这些人当然也寄电脑打印稿来，反映他们召开家庭会议的情况。最后由我统一装订，再由安徽姑娘把开会用的那部分灌进文件袋。母亲也不闲着，每次开会前，她都抱着那些牛皮纸做成的文件袋候在会议室门口，与会者进来时就从她手里领取一份。

所有这些工作都是在下班回家后进行的，有时工作量大我们就向单位请病假。用语言向你准确地描述我们通宵达旦的忙碌情形是困难、吃力不讨好的。我大哥总是愁眉苦脸地抱怨：“忙得连屁都没工夫放！”

可以说，毛蜂的起草工作干得既出色又轻松，既卸除了父亲沉重的思想包袱，又保证了会议质量。但有一点必须指出，即父亲无意于每次会议的内容，他更关注的是形式，这可以从下面例举的10次会议的主题可以看出：

Ⅰ掏粪工如何度过自己的青春期

Ⅱ掏粪工谈婚论嫁的秘诀

Ⅲ掏粪工心理与生理保健

Ⅳ为什么饮酒对掏粪工是有害的

Ⅴ掏粪有哪些禁忌

Ⅵ怎样在有人解手的情况下掏粪

Ⅶ掏粪工的行房次数多少最为适宜

Ⅷ掏粪工性功能障碍调治

Ⅸ运粪途中如何避免粪便泄漏

Ⅹ提高掏粪工的社会地位关键在自己

我们经常想，在父亲看来也许照本宣科就是会议的实质，或者说对讲稿的高声念白就是会议的唯一标志，只要有声音——不管这声音的指向如何——灵魂就能安宁地栖息，仿若一只夜鸟慌不择枝地栖息那样。

九

就像所有的事情一样，开头往往进展顺利，但愈到后来节外生枝便发生得愈多。只要想一下开会统治了我们所有的业余生活，你就会明白我们的心灵受到怎样的伤害。我们为了体恤孝敬父亲，牺牲一切娱乐活动，放弃生活中的所有乐趣，疏远亲戚，拒见来访的挚友，甚至严重影响了本职工作。为了慰藉步入晚境的父亲，我们可以说是忍辱负重，孜孜矻矻，在天井和会议室里戴着镣铐跳舞。

我要告诉你，最先忍受不了的是我大哥。其实更早些时候这种消极情绪就初露端倪了，譬如他常常在油印讲稿时心不在焉，致使我在装订时总发现缺张少页，参差不齐。有一次在交给我的印好的文件里竟夹杂着一叠白纸。他也常常一面摇着油印机木把，一面打着瞌睡，一绺一绺的口水不经意地流向滚筒，稀释了上面的油墨，使得印出来的文字模糊一片。我想，大哥对开会的厌倦（我们又何尝不如此）完全来自于对美丽寡妇的眷念。大哥总是多情地认为，她一直在三角渡等着他。

有一次临开会前，大哥突然向父亲递交了一份请假条，说有一桩重要的事要即刻去办一办。父亲把脸埋在请假条上足足有一顿饭的工夫。后来我们曾对“父亲在这顿饭的工夫里想什么”展开过探讨。一种意见认为，父亲在苦思冥索要不要批假，父亲十分清楚动一发而牵全身，倘若开了先例，后果将不堪设想。另一种意见则认为，父亲接请假条的动作完全是下意识的，他压根儿就没瞅一眼它，他用请假条遮住自己的脸闭目养了一会儿神——连日的开会，他就不累吗？我更倾向于后者，而且父亲从请假条上抬起脑袋说的第一句话也不像是经过颇长时间的考虑的。父亲说，“会议纪律，上写着，开会一律不许请假。你说你有重要事要办，难道还会有比开会更重要的事吗，嗯？”大哥听罢，无话可说，只好乖乖坐下。

大哥采取的第二个方法与第一个一样的愚蠢，他觉得自残是一种最佳托辞。大哥是把左臂搁在一截倒伏的电线杆上，然后用狭长的石砖砸断了它。第二天开会时，大哥的位置醒目地空着。父亲问我：“你哥呢？”我说：“大哥胳膊断了，躺在床上，他要我代他向你请假。”父亲略表同情后说：“去，把他叫来。”大哥胸前吊着绑了石膏的左臂，可怜兮兮地进来了。父亲的眼睛和声音分别有点发红和哽咽。父亲对大哥说：“回到座位上去吧，手臂断了并不对开会造成多大影响，不是还有耳朵吗？你的油印工作先让你弟弟代干一阵子。会议笔记由你妹妹帮着整理一下。你只须准时到会，认真听着就行。会议进行中你若要方便可请服务员协助解决。”大哥听罢，无话可说，只好乖乖坐下。

还是我想出了一个绝妙的主意。我们到社会上雇用了几个长相、气质、身材、嗓音、走路姿势酷肖我们的人，对他们突击训练，一直到能对我们的神态模仿得维妙维肖为止，然后让他们代替我们出席会议。雇佣的工资是昂贵的，但相对从桎梏下得到的解脱来说，又算得了什么呢？

初冬的一个晚上。他们穿上我们的衣裳走进了会议室。我们从窗眼里看到，由于他们扮相逼真，完全瞒过了父亲和毛蜂。一直等到会议开始了一会儿，我们才如释重负地各自奔赴甜蜜诱人的幽会。也就是说我们耐心地看着我们的替身像我们那样有点懒散地走向会议室，并从躬身门前的母亲手里领取属于自己的那份牛皮纸材料袋。父亲的那份已经摆在了他专座前的茶几上。安徽姑娘开始端着装了茶杯的托盘走来走去，一片插科打诨声，安徽姑娘免不了咯咯笑两声。父亲气宇轩昂地步入会议室，缓缓落座。毛蜂简洁有力的“主持人语”。我们的替身不约而同地打开笔记本，记录声就像春雨那样，沙，沙沙，沙沙沙。父亲咳嗽一声，开始作重要讲话。毛蜂拍照，然后扛着摄像机扫描。我们的替身甚至还像我们平时那样，边记录，边点头，以及莞尔一笑，这表明讲话者完全说到自己心坎儿上去了，虽然不无阿谀的成分。我们是在安徽姑娘捧着文件夹走向父亲时离开家门的。

可惜好景不长，这种完全充满冒险的游戏不久就宣告破产了。事情的起因如下：当时大哥的胳膊还吊着，解手仍需安徽姑娘的帮助。但大哥的替身只注重了前者，而忽略了后者。有一次会议临近尾声时，大哥的替身站起身出去大便——大哥总是在此时去大便的。他刚出去了一会儿，安徽姑娘就抱着文件夹进来了。父亲并未像平素那样在签名处不假思索地一挥而就，而是愣了一下，然后抬起头盯视着她。他感到纳闷：从时间推导，他（大哥）胳膊痊愈还早着，这意味着他不可能独自去解手，也就是说，安徽姑娘此时出现在会议室是悖理的，她的位置应该在厕所里。父亲的第六感觉告诉他，事情有点不妙，遂大步流星跑到屋后的茅厕看个究竟。眼前的事实使他大吃一惊：有个人蹲在茅厕门口吸烟！父亲知道，大哥是从来不吸烟的，眼前的这个人显然不是大哥。为了进一步证实，父亲喊了两声大哥的乳名。大哥的乳名叫善堂。正如你所知，大哥的替身根本没有也不可能有任何反应。

我们诡谲的计谋就这样被戳穿了。在那次会议上还发生了一件事。父亲在识破我们的替身的同时，发现破译专家不翼而飞了。破译专家的突然不见并不重要，重要的是与他一同消失的还有我母亲！

这两桩事对父亲的打击是致命的，父亲当天夜里就开始不间断的咳嗽，声音就像破旧的风箱。伴随着咳嗽的是咯血，天井里飘满了浓浓的腥味。偶尔既不咳嗽，也不咯血时，就呆望天花板，长时间地默默垂泪，那种哀痛欲绝的神情，谁见了谁都会潸然泪下的。

第二天，我们把父亲送往医院。穿白大褂的大夫就像检查路况的铁路工人那样，在父亲身上这儿敲敲，那儿打打，然后耸耸肩，做出一副爱莫能助的样子。“根据你们父亲的这种病情，用药物根本是无助的，”大夫沉思着说，“唯一行之有效的是借助精神疗法，从医学的观点看，这也是一种对症下药。”

我们想，父亲是从开会这个通道走入疾病的，而让他摆脱病魔也只有走开会这个通道，即通过回忆开会场景，重温会议历程来慰藉他那颗苍凉的心灵，而录像带和笔记本是最好的媒体。当我们把这个想法告诉父亲时，他老人家艰难地点了点头，眼睛里闪烁着感激的泪花。

会议录像是在一个寂静的午后于我父亲的卧室播放的。我们拉上了所有的窗帘，把录像带推进放像机，然后小鸟依人般地围着父亲。一阵极其轻微的嗤嗤声过后，画面出现了：

雨夜。

空旷的会议室。雨点击打着窗棂，室内显得模糊而潮湿。

一个人推开会议室的门。那盆天竺葵随之摇曳了一下。那个人是破译专家。

破译专家扫视四周，朝门外招了招手。

一团黑影移过来。母亲进来了。

破译专家和母亲在父亲的专座上搂作一团。

长时间激动人心的接吻。

破译专家和母亲滚在地上。

幸福的呻吟。

灯光骤灭……

我们惊得魂飞天外，而父亲早已气得奄奄一息，气若游丝。一阵手忙脚乱的抢救后，父亲终于苏醒过来。他自我解嘲地说：“我刚才睡着了。”他挣扎着垫高枕头，然后固执地要翻阅我们的会议笔记本。我们怕他劳累，劝他以后再看，但他却说："你们的父亲一般是经得起风浪的，大江大海都过了，还在乎这毛沟沟？"

我们是挨在父亲肩头同他一起翻阅的。我们又一次惊得目瞪口呆。笔记本上的文字与会议内容完全是南辕北辙。我们肯定这绝对不是出于我们笔下。但父亲一针见血地指出："笔记本始终在你们手中攥着，不是你们写的又会是谁写的呢？"

在此我想摘录数则，让你评判到底像不像我们所为。

例 1

我总是这样问自己：你的感情何时才能坚定一点呢——不为情欲驱使，不为诱惑俘虏，不轻易陷入虚妄的幻影。我与其说是询问自己，不如说是谴责自己，鄙视自己，嘲讽自己。最近我确实越来越不像话了，一缕香气，一袭女人的身影，一辆静立的女车，一条悬挂的女裤，甚至一只倒扣的妇女马桶，都会逗起我千种风情，万般遐思。有一次马路上随便出现的一个女人的臀部竟让我想入非非，不顾一切地跟踪它穿越大街小巷，直至一扇钉有信箱的门关闭了它。又有一次在下班途中，一个少女的背影一下子迷住了我。圆润的、正向成熟迈进的肩膀，飘扬的三角巾，黑白相间的布拉吉，柔软似水的腰肢。少女美丽的背影使你想起正在盛开的花朵。我跟着她亦步亦趋，如痴如醉。后来她走进一间女厕，我便在外头抱着膀子等她。较长时间的等待使我心焦如焚，我甚至恶毒地想：拉吧拉吧，把肚肠子都拉出来吧。我设想她这么久不出来不外乎两种原因：拉稀或便秘。后来她终于出来了，和我打了个照面。我不禁不寒而栗，原来她面孔黧黑，且布满麻点。我无论如何不会甘心：怎么会是个黑麻子呢？

生活啊，你是一枚硬币，无论怎样抛掷，它只告诉你一半的真实。

例 2

如果你要问我早晨上街买菜的窍门，我只须回答你：去找老太太。

这完全是我的经验之谈。我开始买菜时，总是大上其当，叫苦不迭。缺斤短两倒还在其次，让人受不了的是花钱买来的菜无法入口，比如去买韭菜，拎回来的却是一捆麦苗。这完全是缺乏菜场经验所致。有一次我无意间跟在一个老太太后头买了与她所买一样的菜：两斤白芹。结果烧出来又香又嫩，我堂客终于有了点笑容，说我是“头一回做了件人事”。后来我去买菜就专门瞄着老太太。跟在她后头买，保管没错。当然，不能被动地找老太太，否则你在菜市场就会忙得团团转。我的做法是一大早就在菜市场路口等待老太太。这些老太太买菜去都爱成群结队，而且高声交谈购买对象。若你今天想买茄子，你就选择去买茄子的老太太，然后暗中相随，直到如愿以偿。唉，生活中什么时候不需要等待和选择就好了。

例 3

用砂锅注入清水约 8000 毫升，放入牛鞭烧开，撇去浮沫，放入姜、花椒、绍酒、母鸡肉，用旺火再烧开移火上炖，每隔一小时翻动一次，以免沾锅。炖至九成熟时，用干净纱布滤去汤中的姜和花椒，再至旺火上烧开，加入纱布袋装好的枸杞、苁蓉，移小火上炖，到牛鞭八成熟时取出牛鞭切成 3 厘米的指条形仍放入锅内，直至熟烂为止。鸡蔚取出作别用。药包取出不用。再加食盐、猪油调味即成。吃后能壮阳、补肾、益精。

十

父亲卧病后再也没能下床。有时我们想，这样也好，因为父亲的康健意味着会议的卷土重来。我们甚至想到“还乡团”这个字眼。但从良心上说，我们还是盼望父亲早日康复，哪怕以背负比以前沉重十倍的会议十字架为代价。但是我们又到何处去找寻灵丹圣药呢？病中的父亲一直呢喃着母亲的名字。也许只有母亲能救父亲吧。但又到何处去找寻母亲呢？

我们寻找母亲的足迹遍布方圆数百里的每堆草垛，每道沟壑，每座树林，每个屋檐，每块田野，每条河流，但却一无所获。所有的人都对我们说："没有见到你们的母亲。"顿了顿又说："再找吧，只要你在走，总会找到的。"于是我们继续行走，既用脚，也用思想。

有一天我在一座小城的某个街道上同一个衣衫褴褛的人撞了个满怀。我定睛一看，不禁大吃一惊。他是我昔日的同窗，父亲是相当一级的官员。我懵然不懂的是，家境殷实的他为何沦落到这种地步。当我提出这个问题时，他喟然长叹，泪流满面。他简单告诉我，他父亲数月前离休后，仍然沉迷于在任上时的酒宴生活，因此他每天都要在家里大摆宴席，规格完全是沿袭在任上时常吃的那种。如果一天不摆酒宴，他就会生一种奇怪的病。这种病所有的医生都束手无策。可想而知每天的家庭开支，于是很快便陷入家徒四壁，一贫如洗的境地。不久前，他父亲夺走了他母亲手上祖传的金手镯，家中仅剩的唯一的资产，作为置办酒宴的费用。母亲因而负气出走，至今下落不明。他告诉我，他一直在苦苦寻找母亲。我问他："如果万一找不到，你怎么办呢？"他毫不置疑地说："不会有'万一'的，只要你在走，总会找到的。"

这时候，朝另一个方向寻找母亲的大哥和姐姐走来与我们汇合了。令我惊讶的是，他们的身后竟然跟随着那个年轻貌美的寡妇和中学女生！

我的昔日同窗加入了我们的行列。

写于 1994 年 10 月江苏掘港

没有梦境

回想起来，粘附在我生命之壳上的那年夏季是一湾麇集了浮萍与芜菁赤褐色工业垃圾与青灰色烂菜帮子的河流。载着我焦灼迷惘惊惧多疑烦躁晕眩的时间之水匆匆淌过。

那一年的夏季，城市西区边缘最后的一爿雉堞终究没有抵挡住推土机的攻击，其芦荻般的烟尘就像一条道路抖开在惶然四顾的人们面前，为城市历史注脚的古代故事从此荡然无存。设想一个面色苍憔心力交瘁的青年，听从脚步的安排去城市的某处探幽访胜。孰料无数座一夜间拔地而起挤得空气嗡嗡作响的高楼大厦阻遏了他，这些咄咄逼人的建筑的形状就像他的长方脸型，面无表情地追噬着他。

现在你看到的他已经被迫退进一个静寂的黄昏，狭窄又潮湿的胡同在夏季傍晚的天幕上瑟瑟颤栗。我回想起了那个燠热的时刻，当时我正慌不择路地从那条胡同口切入，奢想一截弯曲的麻条石街路会领我到达一个柳暗花明的新天地。我这样想的时候正走过某个屋檐滴水的地段，其实那正是阴谋潜伏的开始。

一条高身量的狗的狂吠开始了我的劫难。对付狗我也许有丰富的经验。在乡间的夜晚你骑车疾驰在坑坑洼洼的渠道上，从斜刺里狂奔而出的狗狺狺着声嘶力竭地追赶着你吓得你魂飞天外。但是只要你骗腿下车弯下腰佯系鞋带，那狗便会陡地刹住调头哀嚎着落荒而逃，那情形就像它真吃了你一记打似的。然而在那个薄暮笼罩的胡同里我重演故技时，传统的经验显得苍白无力。那条刻意追踪我的狗对我虚伪的行为熟视无睹地一路冲来。情急中我扒下一只鞋胡乱地扔过去。那狗用它满是胡髭的嘴准确无误地接住又准确无误地甩进了路边的垃圾桶。

现在我仿如一个瘸汉一颠一拐地追逐着我想象中的新天地，被日头晒得滚烫的麻条石灼烤着我赤着的右脚。有几次伸着长舌的狗嘴差不多够到了我的后裤脚，我闻到了一股难闻的气味，也许它的舌尖上长了一层赭黄色的苔？使狗最终放弃对我追赶的是我蓦然的滑倒。

那一年的夏季，胡同两侧的居民都习惯把门口的路面当成自由抛掷的垃圾场。西瓜皮、南瓜籽和丝瓜壳敷设在路上绵延不断，其长度正是我摔倒后滑行的距离，当我以仰八叉的姿势在瓜杂碎上滚抛时，从窗户和门缝渗透出的灯光在我身上闪闪烁烁，那情状就像一截慢速行驶的夜行列车。现在他正满身腻汗一脸沁凉地蹒跚在胡同的尾声。从某个爬满壁虎的窗口流溢出的《月光奏鸣曲》暗示着这个结尾也许是吉祥柔和的。他开始计算穿越这个胡同后回家所需的时间，想象中的公交车正挥汗如雨地敲击着路面，就像装满麦秸的牛车，从离经叛道的少男少女中犹犹豫豫地轧过。他看到胡同尾一家挂着大红灯笼的冷餐店诱惑着他的脚步。难以料到的是一排排高脚桑木马桶拦截了他，这些主妇们的宠物此刻就像哨兵蹲伏在路中央。他万分沮丧地试跑了几步，然后以腾跃的方式重温了中学时代在田径场上跨栏的苦难历程。当他力不从心地跳过最后一只马桶时，正好落脚在那家异香纷呈的冷餐店前。一盆潲水的泼出也许是它蓄谋已久的唾沫，门口一个腰板挺直的老太太端着瓷盆厉声对落汤鸡的他说：

“你看你，长没长眼睛？！”

那年夏天开始的时候我还觉得日子有滋有味就像缀满了芝麻的椒盐卷饼，但是随着季节的逐渐深入，我变得越来越不像我，我成了被土地和河流抛弃的纸鹞渐次缥缈地飘出时间之外，所有的人都听到了飞逝的时光拉动纸鹞线桄嗯啦嗯啦滚动的声音，最后的一绺竹哨掉进在屋背上折腾的叫春的雄猫的嗥叫里。

当线桄不再滚动时，纸鹞就落在城市的某个角落里。“五香螺儿，五香蛋！”一个叫卖小吃的妇女捡起脚下的纸鹞，撕下一块大纸给买主包五香螺儿五香蛋。“香烟，洋火，桂花糖咧，准不买就是他娘的龟孙子哩！”“水蜜桃，甜啊甜啊甜啊！”两个小贩几乎同时看到了体无完肤的纸鹞，他们为争抢那块剩下的彩纸而以死相拼。沉重的喘息和大运动量的动作使他们脱得只剩一条裤衩。一个经常在此游荡的疯子冷空抢过纸鹞就跑，那两十争斗的小贩不禁相视而笑。

现在纸鹞变成了十数根凌乱的篾骨。一根置身于一个瓜摊的遮阳伞下，从刀口滴下来的鲜血似的西瓜汁彻底湮灭了它。一根就像木质书签躺在柏油路上，从远郊进城的驴车队剧烈地践踏着它，城市此刻再也记不清自己的页码。一根握在了一只指甲涂着蔻丹的纤纤细手中，那个打扮妖冶的少妇用它做煽情的道具。一根飘落在下水道的阴壑上，成丁蚁蝼、臭虫和蟑螂的桥梁。一根被飞翔的白头翁衔进遥远的森林，支撑起一触即溃的鸟巢。一根漂在人工湖面上，成了落水者的救命稻草。一根被一群跨出店堂的酒鬼劈做牙签，他们一遍遍地剔除着日子的精华，而把污秽和腥臭牢牢地塞在牙缝里。一个想为情人勾一件坎肩又苦于找不到钩针的姑娘喜出望外地捡起遗留在脚下的蔑骨，她不会料到这件坎肩一旦成形便会挣脱她的视线。

如果你在仲夏的某个清晨来到城市西区的百年烧饼店，你会看到年迈的老板把纸鹞的最后两根篾骨投进龟裂的烧饼炉，飞扬的烟屑萦回在附近的酒楼、茶肆和裁缝店。你会听到老板愤懑的叫骂声：

“这两根柴禾真他妈的不禁烧。”

那时候我总是频频搬家，我搬家并不仅仅是为了改善居住条件，我固执地认为每搬一次家就会离世俗景仰的图腾近一点。从我们身后望去，我们的家是沿着严格的秩序攀援而上的。当我们乐孜孜地搬进一间独居的陈年老屋时，喜新厌旧的天性立即就会使我们忘却了大通间里此起彼伏方兴未艾的鼾声，它们就像一串串形状各异的竹蛇敲打着风中的扁担，而眺望已久的宿舍区终于有一间砖房飘扬起我们炊事的烟气时，对陈年老屋在绵延的寂静中看屋梁裂缝里抖索的星星的记忆，便会像晾在绳子上的被面的皱褶即刻拽平。每搬一回家我就要忍痛扔掉一些散发着陈年樟木香气的书籍，那些离我远去的腐墨残字就像盛在毁坏器皿里的水流，几乎遍布了那年的整个夏季。

现在你会看到我和我的家人，僵立在某座洋瓦红砖小楼的一间底层里惊魂未定地守着一堆刚搬进来的破败家具，它们仿如一伙断腿缺胳膊的伤兵蜷缩在你面前。

从新居里开始的生活是清新迷人的。我们连做梦都想有一间楼房，尽管它还不隶属于巍峨气派的宿舍楼，它不过是一座低矮灰旧的两上两下的工房楼。它门前苔藓腻滑，垃圾密布，飘扬着一股浓郁的尿骚味，但它使我们回答所有关心我们生活的人的问题时底蕴十足："我们在单位里住楼。"我们像布置新房那样打扮着新居。我们从箱箧里翻出结婚时用过的彩带悬浮在头顶上，使隔着新栽的树篱照射进来的阳光变幻起缤纷的颜色，使清爽的晨风吹过来时发出像鸽子扑楞翅膀的声音。

住进新居的第一夜我们享受了岑寂对梦境的滋润所带来的妙不可言的快乐，我们恍若躺在落了帆布的船舱里谛听着远处一丛草莓浆汁涌动的细微声响，我们甜蜜的鼾声带着浓浓的湿气在天空中飞远了，伴随而去的是一对对娇羞的小鸟，它们叽叽喳喳的啁啾为那一年的夏季镶了一圈美丽的金边。为了抚摸夜色的苍翠如黛，我们拉灭了电灯，然后把点燃了的蜡烛插在枝形吊灯和铜烛台上，在宁静、安逸、略带一点晦冥的微暗中，我们听排箫王子吹奏抒情的《花心》。

大约是在凌晨三更，楼上一种细微的声响呈现在我们的梦境里，它就像绵绵不绝的风挣破了我们的梦境。开始，这声响仿佛悬挂于河道上的月亮投掷在水面上所发出的一条狭长的微微颤栗声，它引起了蛙鸣、蛇嘶和鼠吟。河两侧所有的水生植物对此迎风起舞，顶礼膜拜。声响的转换是突然的缺少坡度的，当类似于床脚叩击楼板的声音迸溅出来时，我们想起了木鱼和竹板声，在木槌将落未落的间隙里传来术士诵读的歌诗。嗣后，一种飓风似的天摇地动几乎要掀翻了我们的床铺，我们在晕眩中还是觉出了这声响的节奏，它一抽一送就像木匠在锯着一棵秀颀的树，这个漫长又短暂的过程始终伴随着粗野的喘息和柔嫩的呻吟。最后，那棵秀颀婆娑的树砰地一声摔倒了，我们的脑壳倏地一震。一切复归于阒寂。当我们明白这是怎么回事时，不禁面面相觑。后来我们发现，楼上居住者的性生活几乎都是在凌晨三更进行的，他们就像黑暗中两只疲倦的蝙蝠。

你不能说我在那年夏季的焦躁不安与此没有一点关系。设想，当你把奔渡了一天的疲累的身子交给睡眠滋养时，有两个盗眠者蹲踞在你头顶上恣意取乐，心怀叵测地拨开圈养黑夜的木栅栏，你能无动于衷吗？他们不仅破坏你的睡眠使你睁着一双枯眼到天明，而且还在人格上亵渎你羞辱你，在你心灵上罩上晦涩的阴影。当我们凌晨三更被震醒后再也无法入睡，我们眼睁睁地看着灰褐色的晨曦在蓝莹莹的月光中缓缓升起，心里是无限的悲凉。缺眠少觉使我们白昼头重脚轻，眼圈发黑，易躁好怒，记忆减退。在单位，每当我接待上访者时，总是动辄对他们讥讽嘲弄，恶语中伤，恩将仇报。有一次一个来自草荡的上访者给了我一支散发着浓烈的霉稻味的劳牌香烟，我给他点烟时竟然烧掉了他从鼻眼里伸出的鼻毛。在家里，我们成了好斗的鸡仔或蟋蟀，经常为一点不足挂齿的琐事而战事频仍，我们相互攻击对方的生理缺点而给对方乱起绰号就是那年夏季的产物。有一次，她烧菜时竟记不起食油置于何处，慌乱中将桐油倒进了锅，结果一吃好饭，我们几乎是同时跪在马桶跟前，把半截肠子呕了出来。

后来，由于条件反射的作用，我们届时便自然而然地醒来，瞪着一双蜗牛一样溜圆的眼珠静等凤凰涅槃。当想象中的那棵俏丽的树开始锯动时，我们便不知不觉中有了一种参与的感觉。但是我们失败了我们沮丧得无地自容。我的忧郁寡欢桀骜不驯的品性注定我鹤立鸡群而不随波逐流。随着半夜三更的苏醒，我们的情欲亦随之苏醒了，我堂客就从行军床上跳上来了。然而当我们青春欢畅地亲吻相互取悦着对方的身体时，蓦然降临的床脚敲动楼板的的笃的笃声一下子使我们索然寡味。这种自己打败自己的沮丧竟然发展到我们一看到对方的裸体就会惊恐不安。有一天晚上当我替堂客往行军床上铺被褥时，她一头倒在我怀里，泪流满面地说：

“我们离婚吧。”

我知道那天晚上我们并没有听完排箫王子吹奏完《花心》，那最后一段棕红色的柔情旋律似乎永远滞留在那年夏季的回廊里了，我们期待着某个玲珑透剔的黄昏它能在我们头顶骤然响起。但这种期待实际上是一种虚妄的信念。最初的时候，楼上白天静晰如水，这表明他们彼时正存在于楼层之外。然而这种情形并没有维持多久，很快喧嚣的躁动切断了惯性的链条而充斥于白昼的每时每刻。譬如上午你想读书或写作，钉了铁掌的高跟皮鞋就会反反复复地在你头顶上敲击，那情形宛如把你面前的每行文字当成橡皮筋在跳，你呢愣在一边硬着头皮当裁判。最要命的是伴随着高跟皮鞋的舞蹈，总要沿着墙缝流下一股褐黄色的液体。而中午你想躺在床上小憩片刻，楼上就开始来回拖桌子或椅子，就像刨锯吱嘎吱嘎拉在你心上，使你头皮发炸冷汗涔涔，产生一种深刻的绝望之感。这种尖利又沉闷的声音总是延续到附近寺庙的晚钟响起。有一段时间我们都惧怕回家，当温馨的灯光和烹调的香味诱惑着人们归巢的脚步时，我们则像焦躁的疯子与涌动的人流逆向而行。

有一次我再也抑制不住愤懑，想揪下楼上居住者的头发。我并不奢望我们能分享一点在他们看来极其寻常的日子的实质，但至少我们应该有一块安谧的锚地。我们不能老是放逐属于我们的有限时光。然而我发现我们居住的工房楼没有楼梯上下，我不知道楼上的居住者是如何上楼的。我几乎从未见到过他们，不知道他们是高是矮是胖是瘦是丑是美，他们的窗台上也放着一盆城市流行的天竺葵吗？他们的组合橱柜的表面也镶嵌着龟甲形的护面板吗？他们也穿藕色真丝衬衫和石磨蓝牛仔短裤吗？

我记得在一个薄雾散播的清晨，附近紫荆和栗树的叶子湿漉漉的凝滞不动，太阳似乎还未露脸，但你无时无刻不感到它的存在：它跳跃在窗骨间滑翔在早起人们惺忪的眼皮上闪烁在田畴的棉铃中。我端着马桶出门时，忽然看到一个好像没有头颅的人从工房楼的某个部位飘然而上。当我倒完尿回来时，就听到楼上清晰地传来洗衣服的声音，我甚至能听到肥皂泡就像熟透的麦子爆裂那样破灭。从圆润得没有破绽的声音听出，洗衣者的动作是极其娴熟的，衣物在他(她)一上一下的快速搓动中发出惬意的呻吟。后来搓动的频率渐趋缓慢，显然洗衣者正陷入某种思索中，颇费心力的沉思阻遏了他(她)的操作。发展到后来，与左手相搭配的右手或与右手相搭配的左手总是迟迟不愿落下来，这使得相拥其间的异彩纷呈的肥皂泡接二连三地迅捷破灭，盆中之水静谧得就像一泓死潭。

这种突如其来的情况搅得我心神不宁，我深深地惦念着那只悬着的左手或右手，我想它为什么不落下来呢？它不知道另一只手正在焦急地等待它的降落吗？也许我的癔症就是在那时初露端倪的，我像笼中困兽那样为期待那只手的滑落而急速地来回踱步。后来我情不自禁地对楼顶大吼一声：

“落下来！”

在那个夏季湿润又汗腻的早晨，我狂奔在城市所有的街道和弄堂口，对每个行人都说着这句偈语：

“落下来！”

后来我到达了城市的边缘，一辆抛锚的浅蓝色汽车横贯路面。我对正偃仰在由千斤顶支撑起的车腹底下修理某个传动结构的司机说：

“落下来！”

司机那布满油迹的眼睛惊恐又诧异地瞪着我。我做了个搬开千斤顶的手势，同时提高了声调：

“落下来！落下来！”

我要告诉你，我们单位的头头是个五十五岁的开会迷，他的圆阔的秃脑门上被会议的灯光镀了一层釉子似的光亮，他在日常工作中碰到的所有巨细之事都要用会议的方式解决。譬如有一次为落实厕所打扫人员，竟关起门来开了一天的会。在那次“厕所会议”上，我们的头头竟破天荒地打起手势来，而以前开会头头总是把手压在屁股底下或夹在胳肢窝里。头头的手势虽然略嫌生硬，但还是牵扯了与会者全神贯注的目光，尤其是我。我的心随着他手势的有规则的起落而怦怦乱跳。大约是在散会前夕，头头的右手蓦地扬在半空中再也不落下来了。那一刻尽管头头抖颤的嘴唇在急促地乱翻乱动，但我一句也听不清，我的注意力完全被他高扬的右手深深吸引住了。我看到透过窗棂的阳光依附存在五根手指的边缘。这使无名指上的一颗澄黄的方戒显得特别刺眼。我低声问左右的人，头头的右手怎么不落下来呢？一个人激动地告诉我，这是为了蓄势，等他把要说的活说完，这只手就会劈下来，不把桌子劈两半才怪。另一个人不以为然地说，手势是一种身体语言，听不懂的人才要它落下来呢。

我再也憋不住了。就像河面上陡然冒出一个水泡那样站起，指着头头停在半空中的手一迭声地说：“落下来！落下来！”

自从楼上那种杂乱刺耳的噪音粉碎了凌晨三更某个绚丽多姿的梦境后，我在那年夏季的另一半时间里几乎没做过什么梦。弗洛伊德曾经把梦阐释为生命的支点，或者说人的一切活动都是以梦作背景的。但我的背后是一片空白，无所依傍。这使我每天都精神恍惚。眼花耳鸣，陷入一种无可言状的失落中。我是说那一阵子城里人流行做梦，他们把梦当成橇滑行在幸福的想象里。每天上班他们都要腾出一部分时间描述梦境。他们梦境内容无非是肉排和爱情。当他们觉浸在两边树木迤逦的梦乡之中时，他们富足而安宁的生命果实挂满枝头随时能摘。他们异口同声地说，梦其实是一种设想，凡是人类设想的，迟早都会存在在那儿。当他们面呈神奇的向往对我喋喋不休地谈论梦中见闻时，我惶惑又忧伤。我是多么渴望能拥有一个暂且憩息的梦境啊。哪怕是一丝云的翳影一扇雨燕的剪翅，哪怕是上帝和撒旦，妖魔和鬼怪，地狱和灵魂。每天晚上临睡前，我都要推开窗户久久凝视遥远处被渔火映红的幽蓝的天空。或近处那棵探身阴晦的天井之外的刺树，我是奢望能梦到鹰隼或树叶，自由自在安详宁静地飞翔或飘落。但是我的睡眠是多么的贫瘠和颓圮，梦境总是像一则被水浸湿的寓言，挂在我目不能及的地方吹晒。每天早晨醒来我都默然无语，郁郁寡欢，我生命的果实到底挂在哪儿呢？

后来我想，美梦彻底背弃了我并不完全缘于楼上的噪音，我们夫妻关系的某种变化也可能导致了梦的逃遁。那年夏季我堂客心存介蒂，现在想起这百分之百的归绺于我。我堂客是个算不上漂亮但也算不上丑的妇人，穿戴普通，性情温良，你可以在车站、商店、菜市场或电影院门口遇到她。

起因是一次拥抱。自从楼上居住者肆无忌惮的骚动消蚀了我们夫妻间的情致后，我们就把回家当成一种可怕的探险，而宁愿浪迹于喧响的马路，耐心等待楼上灯光的熄灭。这期间我对周遭世界的认识发生了急遽的变化，凉风习习，月色温柔，使我对印象中枯硬得毫无一点弹性的世界有了一种恍若隔世的感觉，而恋爱中的男女在树丛中留下的散发着馨香的剪影，使我感到时间把我送回了陌生的过去。我情意绵绵地牵着堂客的手走向一棵百年银杏，然后以树为依托把堂客揽进怀中，堂客雾濛濛地看着我，感激得涕泪交加。月色中的我们就像一座宁静祥和又跌宕起伏的岛屿，这时我听到久违了的梦境的细微的脚步声向我们姗姗走来，因为一切都疑若梦中。

事情就是这时发生的。拥抱中的我忽然感到堂客绵软的胸脯上有一件硬梆梆类似刀柄的东西，我迅速联想到间谍电影中的镜头，风骚美貌的女间谍总是在和猎物靡靡情醉的做爱中，将匕首捅进对方的胸膛。这一联想使我毛骨悚然，全身僵硬。我虚情假意地应酬堂客，心里默言，且看她下一步如何动作。为了使堂客看不出破绽便于行动，我微闭双目，佯坠温柔乡。料想中的动作终于出现了。我觉得堂客搭在我后背上的右手不经意地松落下来，停泊在我左胯骨上，迟疑了好一会儿。我想她也许在举棋不定，顾虑重重，因为周围的环境可能不适于她下一步计划的实施。也许在那一刻她的良心忽然苏醒，“一日夫妻百日恩”的古训成为她的心理障碍。当她处于这种痛苦的矛盾中时，我明显地感到她的身体颤抖不停，表现出她内心斗争未果的是那只右手在我脊背上的忽上忽下。这样僵持了一顿饭的工夫，我终于感到她的右手果决地收了回去，我想，此时“无毒不丈夫”的古训终于占了上风。机不可失，时不再来。我注意到她的右手开始伸进栗色真丝衬衫前襟的第二与第三个钮扣之间，也许已经触摸到了刀柄。这时它又停顿了片刻，因为我们背后走过一群工纠队员，其中一个大块头虎视眈眈地盯着我们。当值勤的工纠队员渐趋远去，那只手又开始窸窸窣窣动作起来，想象中的匕首已经脱离胸衣，正闪烁着寒光向我心口刺来，我吓得“哇”地一声怪叫逃之夭夭。回头望去，我堂客惊得呆若木鸡，她一边追赶我，一边气喘吁吁地说：“我是想解开乳罩，太憋了。”

在叙述那年夏季的生活经历时，我忘了一个极其重要的细节，那就是我们的宝贝儿子——阳太。他本来叫太阳，但五年前他出生时，城市正风靡次序颠倒。譬如人们把袜子套在手上。行走是以手倒立的方式进行的。绝大多数人都是昼伏夜行。住家户几乎都堵死前门而在后墙上凿洞出入。交警们原来要求“车辆靠右驶，行人傍边走”，现在却是“车辆靠左驶，行人中间走”。老师们则让孩子们倒着背书，“床前明月光”，要背成“光月明前床”。人们说话都要倒着说，称名道姓也是这样。我们的儿子是在太阳升起时分降生的，当我看到儿子那粉嘟嘟红兮兮的肉身就像一轮鲜嫩的太阳在襁褓中晃动时，我便脱口而出：

“太阳！”

我堂客顾不上产后的疲惫和虚弱，用手势制止了我，“应该叫他阳太。”

阳太是一个聪明活泼健康圆胖的孩子，你经常可以在儿童招贴画和卡通片上看到，他也常常在装驱蛔糖的彩色铁罐上出现。我的意思是说，阳太是我们心中的圣物、骄傲和向往，当你看到我们行将消亡的生命孕育了一个接续的媒体，你不难体会我们不再是纤弱短暂的过客，而成了永恒的一部分。在漫长的季节里，阳太是跳跃的音符和嘴馋的小狗，他总是迷失在左邻右舍飘逸出的菜肴甜香里。他几乎把所有的精力都花费在了寻找食物上，在他四岁的时候甚至偷家里的木梳到瓜摊上去换香瓜。有一次他跪在床侧的布帘里偷吃白糖，我喊了他一声，他猛回头怔在那里，我看到他腮上沾满了粘乎乎的糖粒，那样子就像舞台上突然忘了台词的丑角。我说阳太是我们的希望，还因为他每天都起得很早，当我们睡意朦胧身体还仿若线状横卧在床上时，我们的儿子就从我们中间一跃而起，就像太阳从地平线上升起——新的一天新的日子新的憧憬新的一切就是随着他的腾跃而开始的。

我要告诉你的是，有一天晚上手执蒲扇坐在门口的忍冬藤下纳凉的堂客突然对我说：

“今天晚上你和阳太换个个儿睡。”

我听了不禁怵然心惊，半晌说不出话来。雕花大床也许是我们最好的家什了，没有阳太时，它俨然是我们的宫殿，除了吃喝拉撒外，晚上所有的活动几乎都是在床上进行的，在她织完一截毛线我写完一章或两章文字后，我们就在凋谢的夜声中共枕同衾。那时可真是多梦时节啊，但是我们从来梦不到藩篱。有了阳太后，堂客忽然固执地睡到行军床上去了，而阳太又不愿和我伙睡一头，因此几年来阳太和我都是分头而寐（阳太睡东面，靠门）。令人费解的是，为什么当这种使我和阳太各得其所的方式早已坚固地攀附在逝去的黑夜之上时，堂客突然提出要和阳太换个位置呢？当我口吃着把这个意思端出来时，堂客怀恋地久久凝望着我。她裸露在月色中的一半脸上挂着狡黠，而另一半隐在阴影里的脸似乎潜伏着杀气。我感到头皮发麻，装着漫不经心地看高悬在她头上的点缀着弯月疏星的天空。有一颗流星拽着长长的尾巴倏然而逝，它也许化成一团火焰溅落在远方的荒漠里，也许变做一块陨石掉在城市某户人家的铁锅里了。

“今天晚上你和阳太换个个儿睡。”

天井里总是散发着苔藓和松脂交缠的气息，从东北角的鸡埘边上蔓延出一丛一丛的绣绒花，绣绒花的背后隐现着贴着窗纸的老窗。我记忆中，姥娘总是在这样的背景面前给我描述许多让人恐惧不已的故事和传说。一条伪善而残忍的狼吃了到山坡上捡柴禾的外婆，然后用外婆遗留在刺梨枝条上的白羊肚毛巾伪装自己，回村来哄骗小外孙开门，就是我从姥娘那儿知道的。在我十岁那年的冬天，整整一个冬季在树梢顶上飞舞的雪粒中飘浮。姥娘告诉我，有个腰包鼓鼓囊囊的皮货商由于急着赶路，错过了住宿的村镇，最后来到一家座落于荒郊僻壤的人家借宿。户主是个面目慈善的妇人，她的腰间总是挂着一条狭长的蓝印花布帕，当她不揩手或擦脸的时候，它就那么若无其事的垂在胯间，从侧面看去就像一根耷拉在股沟的狼尾巴。妇人有个十岁的孩子，当皮货商挑起门帘进屋的时候，孩子正跪在炕上往青瓷尿壶里尿尿。孩子本来是睡在靠门的那头的，但是妇人对孩子说，今天晚上你和客人换个个儿睡。第二天皮货商逢人便事后诸葛亮地说，当我听见她要孩子同我换位置就寻思她起了歹心，我睡的那头靠门，行事方便嘛，结果呐，聪明反被聪明误，她哪知道半夜我又和她儿子换了回来，她手起刀落错杀了自己的孩子。

我是在午夜时分窗外开始淅淅沥沥地下雨的时候躺下的，在此之前我一直守候在电视机前，堂客几次对我说“到床上去睡吧”，我总要听成“到墓场上去吧”。我气咻咻地说：

“要去你去，我可不去。”

电视屏幕上打出“再见”的字样，使我再无理由呆在它面前。黑咕隆咚的房间就像一张巨口吞噬了我。阳太被窝里浓郁的尿骚味使我原本淡薄的睡意望而生畏。脚头阳太的鼾声在雨声中显得似有若无，我悲悯地想，孩子毕竟是孩子呵。堂客还在厨房里磨蹭，我知道她用抹布反反复复地拭擦依附在炊具和器皿上的时间的目的无非是拖延它，好等我睡着后下手。我明白堂客这次真的和我较上劲儿了，因为我分明听到她在一块青砖上磨刀，由于隐忍着磨的幅度和力度，那声音断断续续喑哑得就像在哭泣。我怕我一不小心朦胧过去，求生的本能使我重复了故事中皮货商的动作，又和阳太换了回去。但是万一她杀了阳太怎么办？那时我似乎是陷入了一种谵妄状态，我看到血腥的谋杀被一根无形的针缝得天衣无缝，当你不经意的时候，它会蓦然释放。睡死的阳太就像一只滑溜溜的大冬瓜，我汗流浃背地搬过来又送回去，后来我想，我怎么那么傻呢？我怎么就想不到和阳太都睡在西头呢？这样她不就扑了空吗？一直折腾到厨房的灯啪地熄灭，我惊恐得撂下了阳太。屋子里静得瘆人，但你仍然很难听到我堂客踮着过来的脚步声，它时隐时现，若即若离。我感到一股阴森杀气渐渐逼来，脊背冰凉一片。待堂客的那团阴影移近我睡的床东头时，我山崩地裂地猛吼一声：

“住手！”

应声而起的是清脆的哐啷一声。拉开灯，堂客吓得脸色惨白，她端着的白瓷马桶惊落在地。

在夏季将尽的时候，我终于做了一个梦，它像一片猩红的罂粟花开放在我生命的原野上。我没有想到我们的阳太会醺倒在那片惑人的花季里。在那一刻我的心里经历了音乐打碎酒杯的过程。

我记得那天下午的气候就像苹果一样鲜艳美丽。从窗外来来回回走动的人们的腋下都挟着一张刚出版的晚报，清新的空气里游动着馥郁芬芳的油墨味。我打开窗，竟意外地发现窗外一绺一绺的野草丛里盛开着大丽、金盏和玫瑰红，那些躲在花枝间还未吐露风情的小花蕾就像含羞脉脉的眼睛注视着你。但我意识到我打开窗并非为了寻找颓夏中的花朵，我凝望远处一带青碧的原野和云层，暗问自己：你到底渴望什么呢？也许是一泓绿茵茵的池塘？它平静的水面和我此刻宁静的心境是多么吻合，当它和我的心河流在一起连成一片的时候，我会变成一棵伫立它身旁的石井楠。也许是一阵悠扬又清越的箫声？它的神奇的声音会使那些烦恼刺心的日子变得遥远又陌生。也许是在缤纷的阳光下飞翔的鸽群？它们油亮的羽毛会重新挑逗起我对生活的热望和眷恋。也许是一枚鹅卵石，一堵红杏伸出的栅墙，一扇久远的门扉，一段迁徙中的苦旅？后来当我的视线停留在远处河汊里的一只帆舟上时，不禁砰然心动，喜出望外——那叶饱经风霜的篷帆从桅樯的活环上倏然滑下，这种情形多像此时此刻我终于卸下了多日疲惫憔悴的心呵。

我正是在这时听到堂客香甜的鼾声的，它加深了我对午后的珍视，我觉得这个美好的午后是以前许多糟糕透顶的日子孵化出来的。我看到堂客在行军床上侧身而卧，肥硕的乳房就像秋天的果实从她敞开的睡衣中裸露出来蛊惑着我去摘取。我抑制着狂乱的心跳，胡乱地褪去衣裤躺倒在她身边。酣然入梦。

后来我就梦到了阳太。梦中的阳太一副馋猫的样子。他穿着一件当时十分流行的儿童汗衫，胸脯上印了一只憨头憨脑的大熊猫。阳太是蹑手蹑脚地踱进我们的卧房的。他首先凝眸的是梳妆台上一把搁在晚报上的琥珀色骨梳。晚报的头版醒目地印着一则套红的乳罩广告，某一对奸夫淫妇的最新绯闻，以及某个非洲国王在塞纳河边的灌木丛被杀的消息。但年幼的阳太显然对此了无意趣。他沉浸在将梳易瓜的往事中。后来，一罐蓝茵茵的白砂糖凸现在他的视线里，我看到他稀溜溜的涎水不由自主地顺嘴角流将下来。糖罐摆在高高的五斗橱上，但这并不动摇他攫取它的决心。他搬来一张机凳然后爬上去。我们都没有想到，阳太生命中的原始风景过早地呈现在他面前。那是一只橙黄色的月饼，它就像一个最后的圆形年轮充满了宿命的意味。我看到阳太毫不犹豫地抓起月饼吃起来，吃尽了我们包在里面的邱氏鼠药。后来阳太就倒卧在雕花大床上，他那渐渐放大的瞳孔最后回顾了一下充斥在房间里的暮色岁月。

这个不祥的恶梦吓得我翻身爬起，但恰恰是这时我头顶上滚过一声炸雷，我发现阳太正以梦中的姿势倒卧在雕花大床上，已然全无鼻息。接着我看到五斗橱上小瓷碟里用来药耗子的月饼已经荡然无存。唯一有异于梦境的是，阳太汗衫上印着的不是熊猫而是飘荡的经幡和灵旗。